2nd シーズン

リーガル"ハイ"

胜者即是正义 2

〔日〕古沢良太 百濑忍 著 星野空 译

人民文学出版社
PEOPLE'S LITERATURE PUBLISHING HOUSE

著作权合同登记号　图字 01-2015-7535

「リーガル ハイ 2nd シーズン」

图书在版编目(CIP)数据

胜者即是正义. 2/(日)古沢良太,(日)百濑忍著;
星野空译.—北京:人民文学出版社,2015
ISBN 978 - 7 - 02 - 011317 - 0

Ⅰ. ①胜…　Ⅱ. ①古…　②百…　③星…
Ⅲ. ①长篇小说-日本-现代　Ⅳ. ①I313.45

中国版本图书馆 CIP 数据核字(2015)第 320798 号

责任编辑:**张海香　于　壮**
特约策划:**陶媛媛**
装帧设计:**汪佳诗**

出版发行　**人民文学出版社**
社　　址　**北京市朝内大街 166 号**
邮政编码　**100705**
网　　址　**http://www.rw-cn.com**

印　　制　**山东临沂新华印刷物流集团**
经　　销　**全国新华书店等**

字　　数　**248 千字**
开　　本　**787 毫米×1092 毫米　1/32**
印　　张　**12.5**
版　　次　**2016 年 7 月北京第 1 版**
印　　次　**2016 年 7 月第 1 次印刷**

书　　号　**978-7-02-011317-0**
定　　价　**49.80 元**

目录

第一章
一切为了委托人，不败律师勇往直前

昏暗的东京拘留所会见室。长发女子的轮廓在逆光中浮现。即便在昏暗中看不清她的脸，也足以感受到她惊人的美丽。

“……从未败诉过的律师？”

隔着玻璃发问的女子是囚犯安藤贵和。

“是的，只要钱够了，什么样的官司都一定赢。”

男人点了点头，他是三木法律事务所的老牌律师矶贝光。

“……一定？”

“一定……只要那个男人出手，哪怕是杀人犯，都会被判无罪。”

“名字是？”

“古美门研介。”

“古美门研介……”

同一时刻，古美门正在东京地方法院的民事法庭上演出动人的舞蹈。

“♪你说是饭粒沾到了哦　把脸凑近　慌乱之中你亲吻了我的唇——这样的幻想全　都是幻想　我就是幻想腐女子 Girl！”

黛真知子按下卡带式录音机的开关后，古美门摆出了“表演结束”的收尾姿势。

法官目瞪口呆地看着这个发型三七分的男人——古美门正以猫咪握拳招手的姿势静止着。

“……什么叫全都是幻想？”

古美门锐利的眼光转向站在证人席上的偶像明星南风伦伦。全身穿着粉红色女仆装的伦伦扎着双马尾，马尾上戴着心形气球——当然也是粉红的。

“现实明明比这更为糟糕，却有不少人购买了十张以上《幻想腐女子 Girl》唱片，他们都不知道被你欺骗了！”

古美门手中拿着伦伦的唱片指向她。

“伦伦并没有想骗人嘛……”

她偷瞄着古美门。

“你就是骗人了！他们都相信你！相信南风伦伦是二十二年来没有男朋友、从没和男性牵过手的宅男女神！”①

古美门把唱片放到证人席，双手交叉在身后，缓缓地步向旁听席。原告席与旁听席上坐满了御宅气质的青年，他们统一穿着粉红的号衣。

“然而却被你的前男友揭露这一切都是赤裸裸的谎言！这对原告团是何等的打击！”

古美门展示周刊杂志上曝光的报道，上面写着“幻想腐女子 Girl 的真面目　南风伦伦超震撼性癖”，还附上了极其真实的“令人震惊的外泄照片”。

“和终年穿着运动衫的不良青年骑着偷来的摩托车出没于国道边的‘白金汉’酒店，要是让别人知道你竟是这样的女性，谁都不会成为你的粉丝！”

“开什么玩笑啊?！喂！还钱——！”

粉红充气棒和毛巾纷纷从旁听席朝着伦伦飞来。伦伦紧紧地闭上眼，捂住耳朵。

“很显然，你利用虚假情报进行了不正当的商品销售。唱片、

---

① 日文直译为非现充。リア充，宅用语，在宅圈被称为“现充”的人，意思是现实中社交生活很丰富的人。非现充则表示相反的意思。

写真集、演唱会门票以及其他种种。你理当支付原告团全体人员迄今被骗取的钱财总额以及精神损失费总计五千八百万日元。”

“我是想向大家传递甜甜的爱。”

伦伦双手比出甜瓜状，嘟起嘴，却“哇”地哭出了声。

“你似乎哭不出来，要不要我借你眼药水？你是不是觉得拿出这样廉价的演技就能轻易骗倒这群一把年纪了还会为了偶像倾家荡产的恶心宅男？少把人当白痴！”

古美门说着，用手中的笔戳爆了伦伦头上的气球，然后双手抓着伦伦的肩猛烈地前后摇晃。

“律师，就这样吧，别过分了哦！”

黛忍不住站起身。

“……我一时气过头失去了理智，法官，现在由我优秀的合作律师代我提问。”

黛与法官视线交流了一下，“咳咳”地清了清嗓子。

“我明白了……那么就由我……”

“不是你，不是你！我说的是优秀的合作律师！来——”古美门望向黛的身旁。“好的好的。”黛噘着嘴坐下。

“那么……”一边说着，一边走向证人席的是皮肤白净、身材颀长、玉树临风的青年律师羽生晴树。

“……小时候，我因为父亲工作的关系在海外生活。加拿大、澳大利亚、沙特阿拉伯……是的，在沙特阿拉伯有这样的谚语，”羽生“啪”地打了个响指，“‘水可饮而不可燃，石油可燃而不可饮’。我虽然不是很理解这句话的意思，却似乎知道是颇有深意的话呢。南风小姐，坦率地说，我并无意责备于你。因为我觉得你之所以会说谎，是为了带给支持者们梦想。”

羽生对着伦伦露出了微笑，洁白的牙齿在笑容的映衬下尤为夺目。羽生缓步而行，宛如播撒闪闪星光，连伦伦都看入迷了。

“为了他人幸福而说的谎，并非皆恶。只不过，会带给自己不幸。一直伪装自己，很辛苦吧？”

羽生笔直凝视伦伦的眼，她的眼中渐渐浮起泪水。

“水就是水，石油就是石油。做你自己就好。一定会有许多人喜欢上原本的南风伦伦。因为，我就是其中之一。”羽生从口袋中掏出南风伦伦歌迷俱乐部的会员卡，“爱，成功传递到了哦！这次，应该轮到你获得幸福了。”

“我会全额赔偿的……”

伦伦抬起湿润的眼眸望向羽生。羽生取出干净的手帕递给伦伦。一直面无表情的法官也拭了拭眼角，法庭上洋溢着祥和的气氛。

“那是他事先设计好的结果吗？”

黛低声问坐在身旁的古美门。

“不，他天生就是万人迷。”

古美门一脸欣赏地盯着羽生。

“干杯！”

审判结束后，古美门等人在古美门法律事务所的庭院中互碰红酒杯。

“连胜纪录再添一笔！”

古美门事务所的事务员服部称赞古美门。

“赢得太轻松，都没什么干劲了。就没有什么困难的案件上门吗？”

古美门洋洋得意地转过头。黛绷起了脸：

“这么胡闹的诉讼都能全面胜诉，我真是于心不安。”

“这次赚了多少？”羽生一手端着红酒杯，一手拿着数码相机，一边拍摄着黛等人一边问。

“胜诉酬劳是二千三百万元。对我来说也就是点小钱。”

“噢，天哪！”羽生耸了耸肩，“近距离见识到古美门律师的法庭辩术，我只觉得精彩绝伦。能在这里积累律师经验真是太好了。”

“律师职业实习到今天就结束了。哎呀，要冷清了呢。”

服部对羽生说道。

“检察厅要我回去，我也很无奈。”

“我觉得比起检察官，羽生君更适合做能帮助他人的律师。”

听到黛这么说，羽生点了点头：

“其实我也是这么想的……”

“那么干脆辞了检察官来我这儿，你能挣到很多钱。必要的话，把另一个赶走也可以。”

古美门的话惹得黛吐出舌头做了个鬼脸。

“这样也很难办……而且天才是天生之才，我可没法模仿律师您呢。”

“你真是懂我。真希望某个像金鱼粪一样粘着我、满嘴唠叨说要打败我的废物也能铭记于心，好好学习。”

“我会试着摸索出自己的道路。”

羽生再次露出闪亮的笑容。

“好一股新气息啊！似乎会发生什么新鲜事，好期待。”

服部对羽生表示祝福后，羽生放下红酒杯。

“太留恋会说不出再见，我要走了。”

“加油。”

“请奋斗到底。”

黛和服部分别说道，羽生捏住鼻子克制泪水。

黛眼看着也要一同洒泪。

“这么伤感可不行啊！最后要击掌！来来来！耶！古美门事务所最棒！”

大家一起“呼”地跳了起来。

“那么，后会有期！谢谢大家！”

羽生如清爽的风一般向前走了几步，又转过身。

“古美门律师……最后能问您一个问题吗？你为何如此执着于胜利？”

“因为不胜利就没有意义。用一切手段毫不留情地打击对方并获胜，这才是一切。”

“……如果输了呢？”

“我不会有失败的那一天。”

“万一……”

“那我就不再当律师了。丧家之犬没有存在价值，说不定连人都不做了。”

古美门竖起食指放在脸的一侧，毅然地表态。

“……非常感谢。”

“不用客气。”

目送羽生离开，连古美门都紧紧抿着唇，忍住泪水。

“哎？您是在哭吗？”

黛吃惊地问。

"眼、眼睛进灰而已！"

古美门飞快地冲上二楼。

"看来陷得最深的是古美门律师呢。"

黛和服部笑着望向楼梯。

"但是我也理解别人为什么会喜欢上他，毕竟太有魅力，就像是哪个国家的王子一样啊。"

"王子……咦？"

服部一脸意外地把脸转向黛。

"哎？不不不，并没有什么特别的意思啦。"

黛羞涩地低下头。

"我觉得你们很般配哦。"

"说、说什么呢，服部叔！"

黛一脸羞涩地猛拍服部的肩，服部的肩膀便垮了。黛对自己的神力完全没有自觉。

"啊……要、要紧吗？对不起！"

"没关系……脱臼这种事，我自己能治。以前，我在台湾当过推拿师。"

服部"嘿"地左肩撞墙，整好了肩膀。

大牌律师事务所三木长一郎所长办公室里，矶贝正满脸苦恼地低着头。

"想要退出，是什么意思？"

"委托人说我被炒鱿鱼了……"

"矶贝，你可是大名鼎鼎的三木律师事务所刑事部门的王牌！除了你，还能有谁？"

“要在这场官司里胜诉，我的确十分……”

秘书泽地君江走近低着头的矶贝。

“承受了世人的谴责、压力，还要被委托人本人斥骂……我深知您有多辛苦。但是，这个案件只有矶贝律师才能胜任。”

“你能赢的。”

虽然三木如此鼓励，但矶贝只是绷着脸行了个礼，离开了。

在沙发上打电脑的年轻律师井手孝雄，从刚才开始，视线就频频落在三木身上。

“山田。”三木叫他。

“我叫井手。”他回答时没看三木。

“你平时的自荐劲头去哪了？”

听到三井的问话，井手有些怯懦地回答：

“我手上有别的案子在忙……”

“哪有这回事？你这窝囊废！你是害怕吗？害怕安藤贵和？”

“我想，委托人是希望三木律师本人亲自上场。”

泽地语气冷静地乘隙插话。

“我现在有别的案件在忙……”三木也含糊其辞地抬起头，“而且我是为善良市民而工作的好律师，不管给我多少钱，我都不会为恶魔辩护。”

“矶贝律师真的能赢吗？”

“怎么可能赢？不管谁上，结果都是注定的。很遗憾，那个女人会被判死刑。”

三木斩钉截铁地说。

跑、跑、跑……黛飞奔进事务所。

"好呀！来了来了来了！"

"虽然感觉是个麻烦，但我还是想问下，什么来了？"

坐在庭院躺椅上享受雪茄的古美门看着黛。

"困难得一塌糊涂的案件哦！"

黛和古美门一起欢呼着出发去了东京拘留所的会见室。在探视玻璃的另一侧等待安藤贵和出现的间歇，他们阅读了这一事件的新闻报道。

两年前，运输公司社长德永光一郎和他的女儿被发现倒在家中。光一郎死亡。当时读小学五年级的女儿砂月经抢救后保住了性命，但至今仍因该事件的刺激而自我封闭……之后，经过警方的搜查，发现晚饭的汤里混有氰酸化合物。

四个月后，光一郎的交往对象、前事务员安藤贵和被逮捕。她是光一郎五千万日元保险金的受益人。贵和虽然有过两次婚姻，但第一任丈夫意外身亡，第二任丈夫自杀身亡，她两次都获得了高额的保险金。光一郎的妻子病逝后，两人开始交往，经查，光一郎供给她的车、公寓还有其他资产，总额超过了一亿日元。媒体一片哗然，称其为世纪恶女。

虽然贵和自一开始就否认犯罪行为，但有多名目击者证明事件发生当晚曾在德永家后门见过贵和。另外，在贵和的家中，也发现了与作案用毒药相同的氰酸化合物。

一审判决、死刑……黛读完了资料。

“全日本三呼万岁。真是众望所归的判决。”

“现在虽然是二审，但想必会维持一审的判决吧。”

“很合理。”

“是吗？这难道不是因为过去有过嫌疑并被舆论煽动而导致的过度重判吗？”

正当黛反驳古美门时，探视玻璃那一头的门打开，贵和走了进来。她低着头，披着乌黑的长发，表情无从琢磨，似乎甚是憔悴。

“那、那个，我们是您联络的律师，古美门和黛。”

这就是世纪恶女……黛问候时略显紧张。

“……我真的没有做……谁都不相信我……”

贵和开门见山地说道。她垂着脸，美丽的容颜扭曲着，似乎马上就要哭出来。她看上去和媒体所渲染的“世纪恶女”“魔性之女”的形象大为不同。

“自以为凭着廉价演技就能博得同情的无耻女人，自然会这样说。”

“我要求无罪释放。”

或许是知道了到演技对古美门不起作用，贵和摇身一变，轻佻地跷起二郎腿，黑色连衣裙下露出白皙的膝盖，小巧而美好。

“动机、间接证据、物证一应俱全。怎么看，你都不是无辜。”

“即使这样我也觉得死刑判决过重了。所以我想，就减少量刑的方向……”

古美门才别开脸，黛就企图为解决贵和的案件另辟蹊径。然而，贵和却“哈——”地一声露出了不屑的表情。

“你是白痴吗？我说了，我要求无罪。”

贵和冰冷的视线扫向黛。

“安藤女士，该反省就应该反省，展示出你改过自新的可能性，以避免极刑，才是……”

“叫幼儿园小孩闭嘴。”

贵和神情妖冶地抬眼望向古美门。古美门立刻对黛丢下一句“把嘴闭上”，再次面向贵和。

“我真的没有做。”

“问题并不是你做过还是没做过，而是你能付我多少报酬。一切都看钱。”

“一千万。”

贵和当即回答。古美门一脸讨价还价地看着她——

“上诉审理已经开始了，如果你能早些跟我联系……”

古美门无视她的开价。

“两千万。”

“为什么要为那种女人辩护？我简直可以预见自己会受到全国上下有良知的人的集体斥责……”

“三千万。”

“两亿。”

“……比索吗？”

黛因古美门漫天要价而惊呼出声。

“日元。能救你一命哦，很便宜吧？”

“我怎么可能有那么多钱！”

贵和目瞪口呆。

“再找个冤大头帮你付就好了，小菜一碟吧？”

“你比传言中更无赖呢。”

“彼此彼此。我可是你最后的希望哦。”

"……一亿。不能更多了。"

听到贵和的话，古美门站起身。

"就当没这回事。还请你和三木事务所的废物一起被吊着共赴黄泉，以平全国民的激愤。"

"安藤女士，若不介意，我愿帮您……"

虽然黛又想见缝插针地推销自己。

"幼儿园闭园时间到。"古美门拽着黛的手臂就要离开，两个人互相拉扯。

"……等一下。"贵和从容地脱下黑色披肩，露出无袖连衣裙，"那这样如何？就让你来当冤大头。"

"哈？"

"你想做我的冤大头吗？……哎呀，打个折嘛。"

贵和慵懒地坐到桌子上，身体紧贴着探视玻璃望向古美门。

"无聊。"古美门双手交叉在身后，瞪向贵和。

"我会全心全意伺候你哦。"

贵和抚摸着白皙的手臂，美目流盼。

"停！"

"一直待在牢房里，我也忍着呢。"她双腿交叉，轻抚嘴唇，"快受不了了。"

就在这一刻——

"我接受！"古美门完全没了形象，高叫出声，"我真恨自己无法对陷入困难的人袖手旁观！等着！我很快把你弄出来！"

古美门心猿意马地飞快离开，黛无可奈何地紧跟其后。

回到事务所，古美门的心情依旧很愉快，他正一脸淫笑地裁开周刊杂志上折页封装的专栏页——“让任何男人都浑身酥软　魔女安藤贵和的四十八种绝技”。

“真差劲。”

正在处理文书工作的黛对他投去轻蔑的眼神。连吃饭时间古美门也不放下那专栏报道，于是周刊杂志被服部一把没收：“吃饭了。”

“律师，您是在把人命当成赚钱工具。”黛说。

“有何不可？”

“想要命就付钱，这不是威胁吗？的确，本案证据齐全，她被判有罪并没有问题，但我认为死刑并不妥当！我们的工作是引导合适的量刑！”

“错！如果委托人的要求是无罪，那么就算是黑的也要说成白的。这才是我们的工作。”

“我们不能歪曲事实。”

“这种对话我已经受够了！如今连晨间剧的主人公都已经成长了！一成不变的只有你和矶野家的了！喂了阿玉就跟中岛君做作业去，你这个穿灯笼裤的海藻妹！”

古美门飞快地发射连珠炮。

“中岛君是鲣鱼君的朋友，海藻妹的朋友是堀川君[1]。”

夹起餐桌上的裙带菜，黛认真地反击。

“不关我的事。”

---

① 这段对话中提到的矶野家、阿玉、中岛君、铃子等都出自日本国民级作品《海螺小姐》，鲣鱼是主人公海螺的哥哥，海藻则是海螺的妹妹。《海螺小姐》原作是漫画，并有过同名动画、电视剧等。

“此外还有一个叫铃子的朋友。”服部有些欲言又止地在旁插话，忽地改变了话题，“说起来，我一直去采购食材的那家蔬菜店老板，我一直以为是个老伯，结果却是个大妈。”

“这是什么故事吗？”

黛一脸发呆地问道。

“不，我只是觉得主观认定是很可怕的……”

“也就是说，安藤贵和有罪这种想法也可能是主观认定啊！去打个招呼吧。”

说着，古美门邪气地一笑。

翌日，古美门和黛去了检察厅。

“负责的检察官会见我们吗？”

“我有后门哦。”

后门？黛一侧头，却被人在肩上砰砰拍了两下。一回头，正是羽生。

“羽生君？你在跟安藤贵和的案子？”

黛很吃惊。

“那么大的案件却被随便分派，难道你们两位要负责这个案子吗？”

羽生报以一贯的爽朗笑容。

“亦敌亦友啊。”

话虽这么说，古美门和羽生却彼此拥抱，为再会而高兴。

“这边请。”

羽生带两人去了检察官办公室。但那间屋子里却一片幽暗，冷得像冰箱——不，比冰箱还冷。

“我带他们来了。”

听到羽生的声音，坐在房间深处桌前的男人抬起了头。他“咳咳”地咳嗽着，长长刘海下的眼睛眯起：“谁?”他的黑色大衣的领口立起，就像怪医黑杰克[①]一般。

“这是古美门律师和黛律师，他们负责为安藤贵和辩护。”

“我是主任检察官醍醐实……请坐。”

沙发也很冷。衣着厚实而朴素的女检察官本田简为冻僵的二人泡了红茶，她也垂着长长的刘海，因为戴着眼镜，看不清她的长相如何。

“是奶茶。”

“太感谢了。”两人端起冒着白气的茶杯喝了一口，又立刻放下。竟然是冰奶茶！脑袋针刺般地疼。黛摁着太阳穴。

“你们想问什么事?”

醍醐从自己的座位上站起，坐到了他们对面的沙发上。

“我们认为申请死刑的理由并不充分。”

古美门霍地站起身。

“那是……”正欲开口，醍醐又一阵咳嗽，“我今天身体状况不错。”本田飞快地上前为他摩挲背部，然后开始说明——但她的声音叽叽咕咕，让人很难听懂。

“被告被认定为通常意义上的结婚诈骗的惯犯。尽管在本案中已有足够的证据，但她本人却全无反省之色。很遗憾，申请极刑实属无奈。”

“虽说有充分的证据，但决定性的证据只有一个：毒药。

① 怪医黑杰克：漫画家手冢治虫的作品。

是吧？”

古美门对着醍醐发出此问后，喉咙总算恢复正常的醍醐答道：

“在被告的家中发现了用于作案的毒药。”

“真顺利啊。”

“很幸运呢。”

对于古美门的讥讽，醍醐毫不畏缩地回应：

“犯罪证据没有被立刻处理，而是一直都保管在家中，真是幸运啊。”

古美门不依不饶。

“你想说什么？”

“意思是我深刻了解检察官的手段。”

醍醐闪烁其词地避开了古美门的挑衅。黛和羽生看着他们唇枪舌剑，不发一言。

“……那个，你姓什么来着？”

“古美门。这个圈子里居然有人不知道我，倒也稀奇。”

“我在外地的时间比较长……古美门律师……我呢，想尽可能地让这个国家变得更好，为了生活在未来的孩子们的和平与幸福……仅此而已。”

咳咳咳……醍醐靠在古美门身上又开始咳嗽。古美门和黛逃一般地飞奔出门，两人都连打了好几个喷嚏。

三木听矶贝解释了古美门将为安藤贵和辩护的事。

“什么？古美门？”

“是的……所以，我就此——”

矶贝似乎想说已经不关自己的事，行了个礼，正要出门。

“为了慎重起见，我想问一下，该不会是你把古美门介绍给她的吧？”

“……重要的委托人在审判中途被那种家伙抢走，我也深感懊恼！”

“你在背什么书！”

三木粗了喉咙，但矶贝并不正眼看他。

“有什么不好吗？就算是古美门律师，也打不赢这场无罪辩护，你不是很想看他输吗？”矶贝忽然一反常态地爆发了，“说什么刑事部门的王牌……十五年来只让我处理注定败诉的案件。从今天起，请允许我离开这里。长久以来，承您关照了。”

矶贝浮出自怜的笑容离开。

“总算辞职了。”

目瞪口呆地看着矶贝离开后，三木嘟哝了一句。站在身旁的泽地开口说道：

“……不过，事情的确变得越来越有趣了。没想到古美门律师会为安藤贵和出手。”

“被几个小钱冲昏头了吧……要是这对被鄙弃的人能一起消失，倒也可喜可贺。”

上诉审的第一个公审日。对面的检查官席位上空无一人，古美门和黛在高等法院刑事法庭上百无聊赖地等待着。

“真慢。”

黛对正在闹别扭的古美门说。

“是不是在房间里冻死了？”

古美门正这么说着，忽然吹进一阵冷风，醍醐走上法庭。他一边咳嗽一边说自己是“老毛病犯了”。

“不是房间冷，而是那家伙自带寒气啊。”

就在古美门发牢骚的时候，羽生和本田也跟在醍醐身后出现了。羽生入座时对古美门和黛轻轻点了点头。

“那么，开庭吧。”

“关于在被告家中查获到的毒药，被告一直在家中保留犯罪证据，这种行为不是很不合常理吗？难道不存在第三者为了嫁祸于她而把毒药放进她家中的可能性吗？”

古美门打响了第一炮。

“……羽生君，请你回答他。”

羽生被醍醐催促着站起身。

“被告所居住的公寓设有严密的自动门锁，安保措施万无一失，第三者想要入侵，可谓难如登天。”

“关于据说是从毒药的容器上检测到的被告的指纹……”

古美门刻不容缓地持续发问，沉静的醍醐回应道：“不好意思，这些都已经在一审问过了。”

“一般情况下，上诉审中将不再一一重申一审中已经审理的内容……”

起身的是本田，她的话语一如既往地模糊不清。

“我才不管你一般情况！”古美门砰地一拍检方的桌子，“一审审理的内容进行得不充分且疑窦重重！不管这是不是特例，我希望在这里进行充分的审理。莫非有什么不方便？”

古美门锐利的目光射向醍醐，醍醐一脸从容地回答：“没有。”

正在做文书工作的黛，收到了羽生的手机邮件。她前往羽生约定的地点，那是林立高楼中的社区五人制足球场，羽生正和伙伴们在场上挥洒汗水。进球后互相击掌时，羽生的笑脸熠熠生辉，比绿茵茵的草坪更加闪亮。

“不好意思，把你叫到这种地方。”

黛在长凳上等到比赛结束，羽生坐到她旁边，两人之间空出了一个身位的距离。

“现在我们算是对手，这样的见面方式还是尽量避免为好。”

“是啊……但我实在有话要对黛律师说。”

对着看起来有些羞涩却又直勾勾凝视着自己的羽生，黛感到自己心跳加速。

“……什、什么事？”

“黛律师对于死刑制度有什么看法？”

羽生突然提出了一个深刻的主题。

“死刑制度吗……很棘手的问题呢，发达国家中，至今仍保留死刑的出乎意料地少。”

“实际上，我是反对派。所以，坦白说，我现在的立场相当尴尬。”

“是吗？”

“虽然我知道以我现在的立场不能说这种话……不过，无罪也太离谱了。你们应该争取酌情量刑，尽力避免死刑。”

羽生探出身热切地诉说，黛也点头。

“我也这么认为的。但是，只要本人坚持自己无辜，那么，就必须相信她，因为我们是律师。”

"……即使全无胜算？"

"迄今为止，他已经无数次在全无胜算的官司中翻盘了。"这就是叫做古美门的男人，"虽然对他在人性上的表现，我只感到轻蔑，但我尊重他的专业能力。哪怕现在，他也一定在设法出招。"

"什么样的招？"

羽生摊开双手问。

"谁知道？"

黛也摊开双手耸了耸肩。

市中心的某公寓。居民回家后按下数字键盘上的自动锁密码开门。入口处的大门敞开了，居民走了进去。这一切被站在邮箱旁的快递员尽收眼底。他按下刚才记下的数字走进公寓。这名快递员便是身兼古美门事务所调查员与"忍者"二职的加贺兰丸。兰丸在确认空无一人的房间门口拿出铁丝，打开门锁。

"太简单了。"

兰丸咧嘴一笑，侵入室内。

上诉审第二次公审。古美门在显示屏中展示了一只小瓶子。据说那就是在安藤贵和家中发现的装有氰酸化合物的小瓶。

"从被告家中查获的毒药是不是真的属于被告？是否有被人栽赃的可能性？关于这些疑问，检方的意见如下：因为安保措施相当严密，所以没有这种可能。到底是不是这样呢？证人，请。"

大学讲师川田博夫站到了证人席。

"您的住址？"

“港区的公寓、六本木山赤坂。”

“咦，和被告同一栋公寓呢！”这种个人独角戏般的自导自演，古美门玩得得心应手，“我之前拜托过您，若是在家中发现没见过的东西，请把它带来，请问您带来了吗？”

“有，就是这个。”

川田从西装口袋里掏出和物证相同的容器。旁听席顿时一阵哗然。

“这是什么？”

“不知道。它就在我的书架上，但我却没有关于它的记忆。”

“也就是说，它是在您不知情的情况下被放进屋子的？”

“只能这么认为。”

“多谢您。”

之后，女白领、老人、学生……与贵和住同一栋公寓的证人们接二连三地出现，证明在冰箱以及厕所里发现了同样的小瓶子。

“到底是什么人在如此恶作剧！不不，现在问题的重点并不是这个，而是那栋公寓的安保措施绝对谈不上严密，外人可以十分轻易地把东西带进去！”

接下来是检方交叉质询[①]。

醍醐看着白板上贴出的“德永运输社长毒杀事件指纹鉴定结果”，开始说明。

---

① 交叉质询，由一方当事人或其律师在法庭上对另一方证人进行的盘诘性询问。

“在一审中已经解释过，这里是被告的指纹，而这边是在毒药容器上采取到的指纹。鉴定结果完全一致。毫无疑问这是被告的指纹……咳咳……我说完了。”

古美门和黛“嗖”地上前，死死地盯着指纹照片看。

“这是什么？垃圾吗？”

黛指着“毒物容器粘附指纹”照片的食指指尖，指纹上有一条像是线一样的痕迹。

“大概是什么小伤口吧。这对鉴定结果的可信性没有任何影响。”

听醍醐的语气，似乎这道伤口并不值一提。

“是这样吗？”

黛像是早就知道答案一般背书式地回答，古美门继续说道，“根据被告的说法，警察在审讯过程中曾给她看过毒药，途中还强迫她拿起容器。说不定就是在那时沾上了指纹。”

“并没有这样的事。”

“没有让她拿？……是这样吗，我明白了。”古美门温顺地回到座位，抓起桌上的文件，“……啊，顺带能问一下我一直有点介意的事吗？这是什么？”

“那是……供述记录吧。”

醍醐淡淡地回答。

“我知道。我是说这里，脏了啊，这里。”

供述记录复印件的边缘有一点点污迹。

“是复印机的墨水吧。”

“因为我很介意，所以去调查了原件，结果是血。”

“血？”

法官皱起了眉。

“根据被告的说法，她正要在供述记录上签字时，碰到了纸的边缘，于是划伤了食指。当时有轻微出血。我也时常会遇上这种事呢。纸张的锋利真是超乎想象，令人惊讶呢……咦？咦咦咦？”古美门继续上演个人独角戏，再度回到了指纹照片前，“这个食指的伤痕是被供述记录边缘划到时造成的……由于记录是在审讯室写的，也就是在那之后沾到了血液。也就说，这个指纹只有在审讯时被强迫握住容器才可能沾上。毫无疑问，这是警方捏造的证据！而对此默认的检方亦是同罪！”

看着滔滔不绝的古美门，检方无言以对。

“这瓶毒药是本案最重要的证据，也是唯一的物证。因为它，被告被判了死刑！但是现在已经证明这个容器上并没有她的指纹，而且外人可以轻易把它放进她的家中。

“那么到底凭什么断言毒药就是她的物品呢？凭什么断定她就是杀人犯？凭什么称她为世纪恶女？没有！什么都没有！警察、媒体……日本上上下下每个人都认定她是凶手。朝着最初就设定好的结论堆积证据！竟会有这么可怕的事吗？”

大家眼看着古美门在法庭上绕着圈地走来走去，忽然情绪高涨地登上了证人席，虽然毫无礼节可言，但全场的人都被古美门的气势镇住了。

“若说安藤贵和有罪，那也只有被世人鄙弃这一条。在这个国家里，若被世人鄙弃，就是有罪。这个国家既不是法治国家也不是发达国家，是把魔女处以火刑并普天同庆的中世纪黑暗时代！

“请认真思考：一直以来我们造成了多少起冤罪的悲剧？要

重复多少次相同的错误才肯罢休……现在回头为时未晚。我说完了。”

棒！古美门结束他密不透风的铁腕演说后，黛悄悄地挥了下拳头。

“西伯利亚的死神被我斩首当作祭品了！”

“形势完全逆转了，只剩下询问被告。”

古美门和黛兴高采烈地来到拘留所向贵和报告。

“你只要老老实实地演好悲剧女主角就好，很快你就能恢复自由之身啦。”

“我会如约实实在在地支付报酬的。”

贵和露出魅惑的笑容，把脸凑近会见室的玻璃，古美门从包中又拿出了那篇封装报道。

“关于那件事……这本周刊杂志上登载的‘高速旋转三点攻’是怎样的……”

“要试试吗？”

“要！”

古美门兴奋的情绪飙了最高潮。

走出拘留所，古美门步伐轻快地、飘飘然地在河堤上一蹦一跳。因为河堤上来往的行人不多，黛索性不去管他，只管说出自己的担心。

“我想去几家电镀工厂看看，查看毒药的来源。有些电镀工厂似乎会用到这种东西。”

“这种事跟我们的工作无关。”

古美门的情绪还在天上飘着，完全听不进黛的话。

“我想要弄清真相。如果能找到真凶，那么，贵和女士的清白就更确凿了。”

说着，黛便和古美门分道而行，前往附近工业区的小工厂。

“是二〇一二年的事了，您有什么印象吗？”

“您曾经听到过什么传言吗？”

“就让我看一下供货单，可以吗？”

虽然跑了好几家电镀工厂，却一无收获。

“德永运输社长毒杀事件二审新展开　指纹鉴定暴露疑点”

“影响死刑判决的证据　指纹鉴定成为关键　或将无罪？”

翌日早上，各大报纸都以头条刊登了这样的标题文章。

“舆论的论调都变了，都说肯定会无罪。”

三木的办公室里，正在看新闻报道的井手抬起脸。

“我就说醍醐是个草包。”

“所以，要打倒古美门律师，只有靠三木律师您了。”

同样在看报纸的三木与泽地互相交换眼神并点头。

“那件事啊……”

黛继续辗转在电镀工厂，百折不挠地，终于找到了愿意与她交谈的厂长。

“您知道些什么吗？”

“哎呀……真让我为难。”

“这影响到官司的判罚。”

厂长的嘴很严，但在黛死死咬住不罢休的追问下，终于把她带到了工厂的一角。

“以前我们这里有个叫土屋的小伙子，传闻说，是他偷了药品出去卖。”

黛谢过厂长，出去寻找土屋秀典。土屋平时白天总是在繁华街打柏青哥[①]，要找到他并非难事。

“你能老老实实地告诉我吗？我并不是打算追究你的罪责，而是为了委托人安藤贵和的清白进行调查。”

土屋穿着反光外套，染了发，怎么看都是个小混混。在柏青哥店发现他时，虽然他一开始企图逃跑，但黛费尽九牛二虎之力总算说服了他。现在，黛带他到了咖啡店，两人面对面坐着。

“嗯……你不会对警察供出我的事？”

“好。作为保密义务，关于情报来源，我会保密的。”

得到保证后，土屋才勉勉强强地开口。

“我也只是通过网上的论坛卖过一次。”

“对方是？”

“就是那个女人，安藤贵和。”

土屋嗤笑着说完离开，黛很长时间都呆在原地。

古美门法律事务所里，兰丸正对着服部做好的晚餐大快朵颐。

“兰丸君，这一次你的工作也完成得很出色哦。”

---

① 日本流行的弹子球游戏。

古美门递给兰丸一个信封。

“谢啦！不过这次有点冒险，万一因为违法侵入私宅而被逮捕……”

“放心，我会立刻把你弄出来！并且以非法逮捕的罪名起诉警方，帮你拿到赔偿，完全没问题。”

“果然可靠。”

兰丸一边狼吞虎咽地吃着服部的料理，一边对古美门露出笑脸。

“律师，因为这次的事，委托人蜂拥而至，比以往任何时候都多。”

服部一边上菜一边说。

“今后的案子，不论是何种诉讼，一律五千万起价。低于这个数字的，请回绝掉。”

“看来您是达到顶峰了呢。”

“是到顶了呢。”

正当三人喜气洋洋之时，黛回来了。

“欢迎回来。吃饭了吗？”

黛神情恍惚，似乎连服部的话都没听进，瘫坐在沙发上。

“黛律师，发生了什么事？”

服部担心地问。

“不……我没受刺激。”

“原来是受刺激了啊。”

看着黛僵硬的脸，兰丸下了结论。

“查到毒药的出处了？”古美门一针见血，“然后，最终到了安藤贵和头上，是这样吧？”

“……你早就知道？”

黛回头看古美门。

“因为就是那个女人干的。”

“……这样下去，贵和女士将会逃脱惩处，而我们却在为杀人犯作无罪辩护，使她成为清白之身！”

“了不起，这可不是谁都能做到的。”

“可我已经知道真相了……”

“知道真相的还有谁？只有你和在这里的我们。只要我们不说，就没人会知道。没人知道的真相就等于不存在的真相。”

古美门冷漠地回答。

“你是叫我置之不理？”

“你是要宣扬出去，送安藤贵和上死刑台？我们的工作并不是追求真相，而是保护委托人。快给我记住吧，幼儿园小孩。”

古美门放下红酒杯站起身，从服部手中接过泡澡用品后离开。

服部对无法释怀的黛说：

“我觉得黛律师只要遵从自己的内心去做就可以了。”

翌日，黛不知不觉地来到了五人制足球场。今天的羽生也同样健朗地在球场上来回奔跑。看到他的身影，黛正欲离开，羽生却满脸笑意地对她挥手。

“……羽生君，审判果然会如报道的那样吧……这样下去似乎……会无罪吧？”

比赛结束后，黛问喝着运动饮料的羽生。

“我怎么能谈论这种事？”

羽生露出白亮的牙齿笑着回答。

“是哦，说的也是……请忘记我刚才说的……”

“发愁的表情一点都不适合黛律师哦。我很尊敬律师的耿直，你有着坚定的信念，绝不会动摇……不论什么时候，我希望黛律师就是黛律师。”

羽生双手抓住困惑的黛的肩膀，直直凝视着她。

“若不介意，有什么事就对我说说吧。我的口风很紧的。”

事务所的庭院里，古美门神情淡漠地正要点燃雪茄，服部走了过来。

“检方紧急申请追加证人。”

接过递来的文件，古美门皱起了眉头。

“那么，请检方证人上前。”

第三次公审开始，染了黑发的土屋嘿嘿傻笑着站在证人席前。黛目瞪口呆地望向古美门，古美门看向黛的眼神也满是狐疑。

“……不、不是我。”

虽然她慌忙否认，古美门的神情却很冷淡。羽生站起身，开始了对土屋的询问。

“这里有一份往来邮件复印件，是你写的吗？”

“是的。”

土屋老实回答。

“这里写着的‘货’是什么？”

他指着的地方是“……见面后交货，在涩谷的咖啡店……”

“是工厂使用的氰酸化合物。”

“是这个吗？”

羽生把用于作案的毒药容器拿给土屋看。

“是的。”

“邮件中说，你们是在涩谷的咖啡店直接交易的，是这样吗？”

“是的。”

“买家是你认识的人吗？”

“虽然当时不认识，但之后在新闻里看到，觉得就是这个人，所以我觉得很害怕。”

“是谁？”

“安藤贵和。”

土屋一脸老实地说着证词，黛紧咬着唇，死死地瞪着他。

“我问完了。”

羽生看了看古美门和黛，“啪”地打了个响指。古美门立刻举起了手。

“辩护人。”

“你能断言确实是被告吗？”

古美门走向证人席。

“千真万确就是她。”

土屋回答。

“你在那时只见过一次而已吧？有没有可能是因为在新闻里看到了十分相似的脸，于是认定就是这个人？”

“没有这个可能。”

“我不理解你何以如此断言。”

“因为是我喜欢的型，所以记得很清楚。”

土屋咧着嘴笑。或许是扮真诚过了头，头发三七分的土屋看起来反而更显猥琐。

“型！也就是说，你把女性的长相以类型区分记忆。同一种类型的长相你是不是觉得都一样？你能区别石野真子和石野阳子吗[①]？”古美门说着抓住土屋的肩转向旁听席，“你真的只卖过一次吗？从邮件的措辞来看，你给人的印象可是老手！你一直都在卖吧？”

“只卖给过一个人。”

土屋生气地顶了回去。

“关于这一点，我们并没有发现证人卖给其他人的线索。”

本田起身发言。

“他们就是利用这点要花招的，是吗？他们对你说只要在你这个案子里作证，其余罪行就当没发生过！”

“我反……”

醍醐用手阻止了正欲起身的羽生，缓缓地走向了证人席。

“听不下去了……古美门律师，你指出了毒药并不属于被告的可能性，而我们也只是证明了你的推论是错误的……但你毫无根据地贬低检方的发言，这对每天尽职尽责的全国的检察官都太过无礼了。”

醍醐郑重其辞的声音响彻法庭，之前的虚弱一扫而光，变身成了劝善罚恶的热血检察官——但古美门无视醍醐的威势，极力反击道：

---

① 二人是姐妹，都是日本女艺人。

“……就算太过无礼，我仍有询问的权利！”

“双方都肃静！”

虽然法官已经制止，但二人依旧彼此瞪视。

一退庭，黛就慌忙追上快步走出法庭的古美门。

“律师，请等等……律师。”

“给我滚！”

“请听我说。”

“从现在开始，你不再是安藤贵和的辩护人，同时也被我的事务所开除！你所有的物品将打包还给你！再也不要出现在我眼前！我行我素很爽吧？叛徒！”

古美门独自向贵和报告进展。

“什么不败律师啊！我可是付了一亿日元哦！开什么玩笑！”贵和满面怒容，“砰砰”地拍打着会见室的玻璃，“全世界的人都想要杀了我……反正我会被判死刑……”

贵和无力地坐下，古美门吼道：“我不会让他们那么做的！”

“即使全世界的人都憎恨你，但至少我是你的队友。即使你是个下贱冷酷的杀人犯，我也会让你被无罪释放。我保证。接下来轮到你出场了。听好，在我询问被告的环节中，我所提出的所有问题都请回答‘不是’。除此以外什么都不要说。对于检方的问题要保持沉默。这样就能赢。你将获得自由之身，而我将享受一亿日元和高速旋转三点攻！”

虽然有点辛苦，但一定会拿下胜利。古美门从来没有打输过官司。

询问被告的当天——

被告代理人的座位上只有古美门一人，他的脚搁在身旁的椅子上，怡然自得地坐着，等贵和上庭。美丽的贵和身穿黑色无袖连衣裙，连捆住双手的黑色绳索看起来都像是某种时尚装饰。旁听席上的听众因为贵和的妖艳，大气都不喘一口。

“请被告上前。”

贵和走到证人席前，古美门起身提问。

“……前工厂工人土屋秀典作证说，他把氰酸化合物卖给了你，是真的吗？”

“是的。”

“是啊，并不是这样吧——你说是的？”

贵和理应对古美门所有的提问一律以“不是”作答，但她却说了“是的”。

……什么情况？古美门愣在当场。

“请继续提问。”

法官催促后，古美门总算重整了心情。

“……你的意思是你购买的吗？”

“是的。”

贵和垂着眼，只是点了点头。

“是你自己出于你本人的意志……”

“从刚才开始，辩方就在重复相同的问题。”

醍醐起身诉诸法官。

“辩护人请提出下一个问题。”

下一个问题？到底该提什么问题……古美门正在思考，贵和却开口了。

“我购买毒药的目的是……”

“我还没有提问！”

古美门飞快地制止她。

“是为了实施犯罪。”

“你是什么意思？你到底在想什么？”

总之得先闯过眼前这关——古美门赶紧靠近贵和低声说道。

“我听不清提问。”

醍醐留心着古美门的动静，此时立刻举手站起身。

“请辩护人大声。”

“法官，我请求休庭。”

无奈之下，古美门对法官提出诉求。

“理由是？”

“身体不适。”

他指着贵和说。

“我的身体很好。”

贵和立刻否认。古美门指着贵和的手指转向自己。

“是我，我的身体极度不适。”

听到古美门这么说，醍醐讥讽地说了一句：“我即使肺穿孔，都没抛下法庭。”

“我不是要抛下法庭，我请求短暂的休庭……”

“驳回。请辩护人继续提问。”

越是被法官催，越是提不出问题。

“看来是没有问题了。”醍醐举起手，“如果我提问不妥，还请指正。安藤贵和女士……你与德永光一郎氏交往并收取了总金额一亿日元以上的财物。不知不觉间，你梦想有朝一日能和德永氏结婚，但德永氏却对此表示拒绝，并单方面提出分手。”

“这是什么……这是什么圈套……”

古美门大声嚷嚷，法官提醒他：“辩护人！”

“你对此感到愤怒、绝望，于是计划复仇。你通过土屋秀典拿到了毒药，在二〇一一年六月……”

“这算哪门子闹剧！”

“安静！我正在提问！”

醍醐对古美门怒吼。

“二〇一一年六月三十日，你从德永家的后门潜入，将毒药混入了锅中煮好的汤里……没错吧？”

醍醐提问后，法庭上下都盯着贵和。

“是的。”

“你是想要杀害对方，所以实施犯罪吗？”

“……这……难道不是吗？”

被醍醐和古美门从证人席两侧同时盯着，贵和只是笔直看着前方冷淡作答。

“……我问完了。”

到底发生了什么？古美门不明究竟，僵立当场。

宣告判决当日。古美门从醒来后就一言不发。他默默地吃了早饭，服部一如往常地将他的头发好好地梳成三七分，并为他穿上了上衣。

“请走好。”

服部低头送他出门，古美门毫无反应地出了门。

三木凝视着办公室窗外的景色。

“您不去旁听判决，没关系吗？”

听到泽地的声音，三木保持着原来的动作，简短地回答了一句“不用”。

“终于等到了那家伙败诉的日子。去准备香槟！”

三木缓缓地转过身，对坐在沙发上敲击电脑的井手发出命令。

“被告，请上前。”

被警察带上前的贵和与法官面对面。

“现在宣读判决。判决主义，驳回本次上诉。”

判决下达的瞬间，旁听席上数名人员疾奔到庭外。

“是死刑，快去！”

“现在陈述判决理由。土屋将氰酸化合物出售给被告的证词是……”

古美门在辩护人席位上岿然不动地听着判决，他似乎听到自己体内的什么东西渐渐崩坍的声音……

古美门在媒体记者的蜂拥下走出法庭。

“请简短讲述您初次败诉的心情。”

古美门双手交叉背在身后，沉默地快步走过。甚至连在媒体的推搡之中掉落了一只鞋，他都完全没察觉到。

“欢迎回来，您辛苦了。”

打开事务所大门，服部稳健的身影在夕阳映射下，前来迎接他。看见服部的瞬间，古美门的泪水不禁涌出……当场崩溃倒地。服部走近他，伸出了手。古美门像孩子似的把头埋在服部的肩上，放声大哭。

“热烈庆祝！耶！”

三木法律事务所里，戴着假鼻子和眼镜、打扮成小丑的井手正气势惊人地喷洒香槟气泡。

“耶……耶……”

三木狠狠揍了一顿前来击掌的井手。

“律师，不能这样。”

泽地拼命拉住喘着粗气的三木。

“……滚出去，山口！”

“我是井手！”

井手委屈地否认着跑出了办公室。

“为什么输！”

三木紧紧地咬住嘴唇。

醍醐的办公室里，醍醐等人正以冰奶茶碰杯。

“我们的主张获得全面认可，并得到与诉求完全相符的判决……辛苦了……咳咳。”

本田摩挲着又开始咳嗽的醍醐的背部。

“虽然我对被告将被处以极刑深感遗憾，但如此一来，这个国家将再度被净化。我们的工作就是这样一点点地清除细菌……所以，羽生君，你重新斟酌下有关辞去检察官转当民间律师这件事。还是和之前一样，跟我一起为国家效劳吧。”

“……我很感激您说这番话，但我有想要去做的事。”

“难道还有比改善国家更有意义的工作？”

“我要改变世界。”

羽生没有丝毫犹豫地说道，醍醐哈哈大笑。

“主任检察官，我也要辞职。”

本田的语调从未如此清晰，醍醐吃惊得直眨眼。

“虽然我深感抱歉，但我也想像羽生律师一样释放真正的自我。”本田取下眼镜丢开，散开头发，冲羽生抛了个媚眼。

“让我与你一起追逐梦想吧。”

醍醐看着这二人，嘀咕道：“真是个万人迷啊。”

“人们经常这么说。”

羽生浮现出俊朗的笑容回答。

闲逛了一整天后，黛这晚去了五人制足球场。羽生正在练习射门，两人面对面地站着。

“那个证人……你是怎么找到土屋秀典的？我没有对任何人提到过他，连你也没有！你到底是从哪里得到的消息……”

“从一开始就掌握了。检方早就掌握关于那个毒药来历的消息，只是按兵不动，关键时刻才发力。所以我不是早就说过了吗？你们应该考虑酌情减刑！我也不希望看见死刑判决！”羽生一脸痛苦地咆哮，“不好意思……死刑还是严厉了些，不……黛律师才更难受吧，毕竟你是辩护人……我应该安慰你才对。”

“是我自己送上门了，抱歉。”

黛转身正欲离去，羽生说：

“我要成立自己的律师事务所，现在正在招募同伴……如果你没法回到古美门事务所，我希望你能加入我们。”

“……我现在没法考虑这种事。”

黛背对着他回答。

“我就挑明了吧，我觉得这次古美门律师会败诉。”

听到羽生的话，黛又一次停下脚步。

“一味追求胜利的做法终究是会到头的……时代在转变。和我联手吧。”

听到羽生热忱的话语，黛缓缓转过身。

“我是古美门研介的搭档律师哦。我们还没有输。我们一定会帮安藤贵和打赢官司。”

黛离开五人制足球场，正快步走着，却接到了服部的电话，他惊呼失措的语调仿佛变成了陌生人。

“怎么了？”

“我稍不留意，他就不见了……”

古美门失踪了。服部准备好晚餐正要去请他来吃，却看见餐柜上摆着一张从笔记本上撕下的纸片：

我不做人了

古

三人分头到古美门可能会去的地方寻找，皆一无所获。

与服部和兰丸在桥上会合，三人无力地摇了摇头。黛看着桥下流动的河水，不禁高呼：“古美门律师！”

此时，三木正坐在办公室沙发上，靠着泽地的肩头。他的神色有些黯然。

“……能给我备车吗？”

三木放心不下古美门。他和泽地一起去了古美门的事务所，打开大门进入后，却发现事务所内空无一人。

在事务所内转来转去时，泽地发现了古美门留下的信——“我不做人了　古”。正是古美门的笔迹。就在这时，庭院里传出轻微动静，二人前往温室，拨开种植的一盆盆蔬菜水果往里挤，只见最深处的树丛中有一团白色物体。那是古美门的脊背。他双手抱膝，想要努力藏身于植物之中。

“……你在做什么？”

“……我想放弃做人，改当植物。”

几不可闻的声音传入耳中，一点都不像古美门。

“……能改吗？”

“……大概。”

“加油。”

“嗯。”

“我决定去旅行了。在这期间，我不接任何工作，同时隔绝一切社会上的消息，所以我才不理会你输了官司什么的。对我而言，那并不是事实。”三木对着古美门看起来比平时瘦小的背影说道，“快去上诉！把败诉一笔勾销！那时我就会回来！然后把你打入地狱！听到了吗？”

虽然言辞粗暴，却是三木所能给予的最大安慰。

“律师他……去哪里了呢？”

这时，黛一行人正巧回来，在客厅与三木和泽地撞了个正着。

“在院子里。”

泽地直接告诉了她。

“哎？啊，泽地小姐，三木律师。”

“他好像要当植物。”

三木丢下这一句便离开了。

“植物？”

服部最后走进庭院时，古美门已从温室出来。

“先生……”

“服部先生，要在家里好好找一找嘛。”

松下一口气后，兰丸说道。

“我竟然会犯这种错……不过，总算放心了。”

服部如释重负，但黛心中的怒火却呼哧呼哧地直往上蹿。古美门用小狗般的眼神紧盯着她。黛把包一甩，朝古美门走去。古美门伸出手臂正要拥抱……黛却狠狠地给了他一个耳光。

“哎——”

古美门瞪圆了眼，紧接着又是反方向的一记耳光。

“等、等一下。”

黛紧追上想要逃走的古美门，毫不留情地拳打脚踢……然后把古美门掷到沙发上。

“你到底要干什么！”

“你打算不管我了吗……”黛含泪叫道，“我们必须并肩战斗吧？我没有背叛你！身为律师，我并没有出卖对委托人不利的情报！我没有出卖那个证据！就算安藤贵和真是凶手，死刑也是不对的。我们必须救她！战斗从今天开始！没有时间让你去当植物！”

黛攥住古美门的前襟摇晃。

“装模作样。只有比你战斗力强的人才有资格说这种话哦。”

古美门总算恢复了正常，黛从包里取出文件递到他面前。

“……这是什么？”

“这大概就是安藤贵和推翻供词的理由，多少能加强我们的战斗力。”

古美门收下文件浏览，随后悠然地站起了身。

“人若犯我，我必犯人……”

黛的脸上浮现出满意的笑容，古美门窜到她身前。

“太天真了！人不犯我，我也犯人！素不相识，也要犯人！不论是谁，但叫我犯天下人！”

“那就是个讨厌鬼啦。”

黛嘟哝了一句，古美门摆出白痴般的姿势。

古美门又活过来了。

“哇！喔！”

“真不错。”

本田与羽生走进崭新的办公室，两人眼睛发亮。

“桌子没有固定分配，可随意使用，也没有任何屏障。”

先到一步的矶贝一脸自豪地说着，这是一间白色基调的宽敞办公室。

“每个人都自由而独立，却又息息相关，不正是新时代的法律事务所吗？我们就从这里起步。”

已摇身一变为明朗女子的本田看着事务所的招牌说道。

NEXUS——这个词有羁绊、牵连的意思。她的额前绕着嬉皮风的发带，花朵图案的衬衣下穿着喇叭裤，浑身上下都散发着标榜“爱与和平”的嬉皮风尚。

“这是迈向理想世界的第一步。”

从三木律师事务所跳槽过来的矶贝也满足地点头。

“乘此机会，我想向大家传达一下我的决心。我们的目标，不用说，正是要让世界没有争斗。我们要创造一个没有胜败、大家都能获得幸福的世界。只不过，我们要为此克服巨大的障碍。”

“障碍？”本田问羽生。

“古美门研介……当我们真正打倒他时，才是时代改变之时。”

表明决心后，羽生坐到自己的座位上，含笑看着电子屏，屏幕中映出他在古美门事务所里拍下的黛的照片。

黛和古美门一同前往东京拘留所的会见室。

“这人是谁？”

古美门把那张纸压在探视玻璃上给贵和看。

“我们调查了探视人员的记录。询问被告的前一天，你和这位见过面吧？”

即使黛出言询问，贵和也只是把头扭向一边。

“写的是古永庆了？庆字写错了，是假名。”

见面记录上，“庆”这个字里“心”上少了一画[①]。

“地址也是编的，不知她是何方神圣。你是因为与这位见了

---

① 庆：日语中写作“慶”。

面，才要推翻供词的吗？”

“她是谁？她对你说了什么？”

“你若不说，我们就没法在最终审中为你辩护。”

“不想被吊死的话就说出来，安藤贵和！”

黛和古美门连珠炮似的轮番劝说贵和，她却站起了身。

“没有什么最终审，审判结束了。你们被炒了。永别了。”

贵和面无表情地说完后离开。被留下的二人呆然而立……古美门忽然冲到玻璃前 。

“安藤女士，我们要不要再聊一聊？你不打官司的话，我的污点就洗不掉了！”

“还是先回去吧。”

黛用力拉扯恋恋不舍的古美门的手臂。

“还有那个一亿日元要怎么处理？高速旋转三点攻还有没有？安藤女士！”

古美门纹丝不动，继续贴在玻璃上呼喊着贵和的名字。

第二章

恶人先告状的天才创业家！发推特也是损害名誉？

黛正沉迷于少女漫画中。她如饥似渴地阅读着期待许久终于等到发售的漫画杂志《花桃》。

“你接来的如无底深渊一般的案子带来了堪称惨败的判决，而且复活战尚遥遥无期，如此危局之下，你拼命在看的书本该不会是漫画吧？”

即使在头发蓬乱身穿睡衣的状态下，古美门还是一张嘴就讨嫌。

“我可不想被一觉睡到下午的人这么说！而且看个漫画放松一下，是被允许的吧？”

“绩效评估的依据是工作成果而非工作时长，没有成果的木头人没有权利放松。服部，一觉醒来就跟一个蠢货进行了不愉快的对话，我要去冲个澡。”

古美门从服部手中接过洗澡用品走向浴室。

“……那个人为什么一直能变着花样地数落我呢。”

“为什么呢？”服部风度翩翩地哈哈一笑，“不过爱看少女漫画，说明黛律师还是有一颗少女心呢。”

“有一部一直在追的，说的是年轻有为的企业家沉溺于金钱，最终身败名裂的故事。”

“……没想到还有这么硬派的少女漫画。”

“看到满脑子只有赚钱的混蛋一步步落魄真是痛快。”

黛说着翻到下一页，忽然“哇”地一声尖叫。

“怎么了？”

“最、最终回……停载了！为什么？”

故事戛然截止于主人公挥洒纸钞大笑的场景。

黛等人为了见贵和去了东京拘留所。在会见室见到的贵和依旧是那副自暴自弃的态度。

“我说过你们被炒了吧？我接受判决。”

“这不是您自己的意思吧？是那个自称吉永庆子的人对你说过些什么吗？”

“是我自己的意思。”

“那就确定是死刑了哦。就算你真是凶手，被判极刑也是不合理的！这是在舆论煽动下的过度量刑……贵和女士！”

贵和完全不理睬站着发表慷慨陈词的黛，她只在意分叉的发梢。

“能给我带些好的护发素吗？这里的完全不行……还有化妆水和香水。”

“安藤贵和，去上诉！如果你想死，就等结束后再自行了断！”

始终沉默着的古美门开口了。

“反正就算上诉也是相同的判决啊。”

“最后获胜的会是我。”

“你从没能让女人满足过吧。”

贵和低声嘟哝了句。古美门较真地回应：

“满、满足的。她们太过满足，让我一直很困扰呢，因为我很厉害。”

黛受不了地背过身。

“看你的脸就知道了，就是那种只有在一开始雄赳赳气昂昂对对方提各种要求，最后自顾自完事的那种吧？”

贵和像是在嘲笑他的蠢样，说了句“午间剧要开始了”便回去了，剩下古美门一个人不停地喃喃自语：“不是、完全不是……”

“欢迎回来。黛律师，您看到了吗？”

二人回到事务所，服部打开电脑给她看视频网站的节目。

视频里播放的是“因内部交易及隐瞒二十五亿日元所得而入狱的前‘宇宙之门’社长鲇川光举办了出狱见面会。小学二年级获全日本算盘大赛冠军，初中一年级获全国数学大赛冠军，高中二年级获全国机器人竞赛冠军。高中三年级创立了宇宙之门股票有限公司，之后并购了以丰和电子为首的多家一流企业。三十一岁时因涉嫌内部交易及隐瞒二十五亿日元所得被捕，判刑两年五个月……”

听完解说，黛恍然地点了点头。

“那、那部少女漫画的原型是鲇川光啊！”

“难道您没察觉吗？”

被服部指出后，黛心神不宁地再次望向电脑画面。

“……因此，诸位都已知道了，今天的嘉宾正是一代天骄、鲇川光先生！有请！您辛苦了！”

在一片掌声中，鲇川光登场——往上梳起的蓬松刘海，招牌的黑 T 恤外套黑西装，周身都散发着成功男士的气场。

“您是不是有些瘦了？”

“我向大家推荐：监狱减肥法。”

鲇川从容地开着玩笑。

“那么，鲇川先生，您今后的安排的是？”

“从零开始，尝试新的事物。总之，先打官司。我要提出多起诉讼，”鲇川拿出笔记念道，“被诉方分别是《东都新闻》《太阳新闻》《周刊现实》《周刊潮流》……目前是三十五起，之后还会增加。这些全都是损害过我名誉的单位。”

古美门抬起了脸。

“有意思。即使被誉为一代天骄，在被捕的瞬间也会遭到口诛笔伐啊。”

听到鲇川口中冒出“官司”两字，古美门顿时来了兴致。

“各家法律事务所已经纷纷收到委托。”

“……天才一旦爆发真是可怕呢。”

黛话音刚落，古美门就站起身。

“哪里可怕？简直可贵。走了！出门了！”

“去哪里？”

“去见鲇川光。要是能当上他的代理人，什么鲷鱼啦、比目鱼啦、虾啦、鲸鱼啦，全都能用一根鱼竿钓起来！发大财啦！”

鲇川的住宅位于市中心高级公寓的高层。宽敞的起居室约有三十叠[①]大小，到处散放着还没有打开的纸箱。

“你要当我的代理人？”

鲇川把二人迎进门后问道。

“是的，虽然平时我不会像这样上门推销自己，但我一直觉得和鲇川先生惺惺相惜，所以愿意助你一臂之力。”

“要是在平时，我也不会理睬这样的推销，但我对古美门律师很有兴趣。”

“两位还真是投机啊……”黛皮笑肉不笑地讽刺道。

“听说律师你的收费很高，现在的我可是一贫如洗哦。”

“胜诉抽成就可以，而且我很想为鲇川先生您打气。这个国

---

① 日式计面积单位，一叠约合 1.65 平方米。

家的舆论氛围很有问题。用诸如新闻自由之类的蠢话当盾牌，信口雌黄不负责任，春风得意时就捧上天，一旦失势就立刻万箭齐发，觉得只要抨击名人，一般民众就会高兴！明明名人也是一般民众的一员嘛！”

“正是如此。”

鲇川笑眯眯地点头。

“并不只是媒体！如今不论是谁都自诩批评家。觉得一般民众说什么都可以被原谅。区区三十五起诉讼太宽容了！要趁此机会把那些在网上肆意乱写的普通人也吊打！”

“的确。”

听到古美门气势夺人的一番话，鲇川的眼睛发亮了。

“还有数之不尽的狗屁电视剧以及拙劣小说里一眼就能看出是以你为原型的人物换上假名登场并成为笑料的桥断，不把这些家伙一股脑地都告一下吗？”

“好呀！”

鲇川配合地表示同意，古美门继续愉快地演说。

“你我若联手，便是无敌。一起赚钱吧！”

“我拒绝！”

鲇川一声大喝。

“哎？”

鲇川的回答出乎意料，古美门险些栽倒。

“我不聘请律师，我要全部自己上场。”

鲇川说着，指指地上堆积如山的法律相关书籍，只见诸如《宪法辞典》《简明条约集》《民法入门》等数十本书上都密密麻麻地贴着便签。

“您是要亲自上阵吗？”

黛问道。

“这怎么说呢？临阵磨枪可没法和专业人士争锋。你应该聘用律师。”

古美门站起身直面鲇川。

“至今为止我见过许多律师，后来发现这些人都比我笨。为什么我要花钱请没我聪明的人做事？而你虽然号称从无败绩，可最近不是也输了吗？”

鲇川直刺古美门最不愿提及的痛处。

“而且，古美门律师，我很意外你会将我跟你混为一谈。我可从没想过要赚钱哦，我和你不一样。”

“……那么，你为什么肯见我们？”

“侦察敌情。我想和你在法庭上一较高下。”鲇川说着走向大门，表示接下去还有事，现在要送客了，“对了，普通人和虚构作品也要告，这个建言我笑纳了。”

鲇川毫无顾忌的坦然，令古美门和黛目瞪口呆。

一有电车经过就会咚咚摇晃的公寓二楼，漫画家玉川玉正在桌前构思草图，但并不顺利，没有干劲。玉把画过的纸捏成一团扔到一边时，手机响了。是责任编辑打来的。

“是的……啊不好意思、新作的灵感还完全没……哈？被告了？谁？我？”

NEXUS 事务所迎来了第一件工作，羽生等人用罐装啤酒相碰庆祝。

“就第一份工作来说，还真有意思呢，鲇川的官司。”

彻底转型嬉皮风的本田一大早就特别活泼。

“无非只是说了些比综艺节目主持人更夸张些的话，如果这样都要赔偿，那电视台都要破产了。好了，首席战力出发了。”

矶贝自信满满地准备去法庭。

“拜托了，矶贝律师。”

羽生与矶贝啪啪击掌，然后紧紧地握住了彼此的手。

“凡事开头最重要！我会给对方以重击的。”

矶贝一脸笃定地走向大门。

“对手是新人，请手下留情。”

本田也上前握手，陪送矶贝出了门。

“好啦好啦，没准我会一边教他什么是打官司一边击败他。”

矶贝得意洋洋地出门，却在傍晚垂头丧气地回来。

“辛苦了！怎么样？”

“……赔罪了。”

“哎？”

“那家伙强大得不像话啊！你们也要当心！”

矶贝气急败坏地嚷嚷后溜得不见踪影。羽生不明所以地耸了耸肩，正与本田面面相觑时，走进来一名中年男子与一名年轻女性。

“我是花园出版社的青木，这位是漫画家玉川玉。”

青木的西装显得有些老旧，素面朝天的玉川玉则戴着眼镜，头发用橡皮筋随意扎起。“恭候多时了。”羽生微笑着伸出双手。

黛打开摆在事务所茶几上的笔记本电脑，点开了名为“纯真男孩的汉子吼”的博客。

这家伙真是太恶心了！不生产任何东西、却通过资本运作来赚钱的家伙，干脆判死刑得了。像鲇川那种类型的人基本上都是变态，若放任不管，就一定会走上性犯罪的道路。

黛念起了这篇写于二〇一一年四月的文章，题为“关于犯罪者鲇川”，而作者“纯真男子汉”猪野义孝此时正咯吱咯吱地嚼着零食。

“他起诉我这样的博主是不是不正常啊？”

猪野抱怨道，零食从他口中漏了出来。

“……那个，纯真男孩先生，您的职业是？”

黛询问这位背着双肩包、身穿印有“常识人”字样T恤的猪野。虽然自称“男孩”，实际上却是位四十七岁的大叔。

“我说了，是博主。”

“您是通过发布博客来获得收入的吗？”

“最终是想这样啦，现在是靠父母的退休金生活。”

简直没法沟通！黛接着念起了送给猪野的律师函。

“在博客上刊登道歉信、删除相应内容并赔偿精神损失费一千万……”

看来一收到这封律师函，猪野就惨白着脸慌忙飞奔至古美门这里。

“我只不过在博客上对这个道德低下的现代社会提出质问而

已！我要在法庭上跟他斗到底！”

看着猪野干劲十足地站了起来，黛有些困惑地望向古美门。

从刚才就决定在沙发上装睡的古美门因为感觉到动静而起身，事不关己地对黛说了句“全权交给你了”就离开了客厅。

“都是律师你过分地煽动鲇川才变成现在这样的哦！”

向鲇川提议“不光是媒体，应该把在网上肆意乱写的普通人也吊打”的不是别人，正是古美门……

这时，门铃响了。黛去开门，是羽生就成立新事务所一事前来寒暄，和他同来的女性从饭厅门口的古美门身旁走过，双眼闪闪发亮地看着房间里摆放的盆栽，陶醉地闻着气息。这张脸，似乎见过……黛凝视着她的脸庞。

“请问，难道你是本田检察官？”

“醍醐那里的眼镜检察官？”

古美门似乎也很吃惊。

“感觉像是换了个人呢！”

听到黛委婉的揶揄后，本田明快地回答：

“我出生于鸟取深山里的嬉皮村，多亏了晴树，我才能找回真正的自己。”

晴树……听到她直唤羽生的名字，黛有些不知所措，本田却喊着“爱与和平”在古美门面前比出和平的手势。

“这位真是出人意料地难以应付呢。那么，还有一位是三木那里来的废物吗？你的事务所真是命途多舛啊。”

古美门看向羽生，仿佛发自心底地同情他。羽生毫不介意地从包中取出《破坏天才》单行本放在桌上。

“这是鲇川的官司中我们所负责的一起，他指控这是一部系落他的作品。”

“哈？羽生君和本田小姐是被告代理人吗？”

黛吃了一惊。古美门伸手拿起桌上的《破坏天才》，黛站起身为他讲解：

“这是一本酣畅淋漓地描述从少年时代就被称为天才的主人公获得成功后沉溺于金钱、最终步向失败的杰作……”

“你的委托人是樱桃男孩[①]吗？”

“是纯真男孩。”

回顶了古美门一句，黛想起野猪义孝还在客厅里。

“从我们那里的矶贝律师开始，鲇川光已经接连击败了众多有名律师。”

“也没有中途和解的意向。”

“所以呢？”古美门一边看漫画一边问羽生和本田。

“古美门律师，我们共同辩护吧？”

“……我大概幻听了，能再说一遍吗？”

“共同辩护。”

羽生打了个响指。

“好！就这么办！就这么办！”

觉得是好事而欢喜的黛被古美门大喝一声“进去[②]！”她无精打采地做出回客厅……的样子，却依然赖在饭厅偷听他们说话。

“如果律师你能给他重重一击，那么鲇川就会考虑和解。让

① 樱桃男孩（cherry boy）有处男之意。

② 原文ハウス（HOUSE），是驯狗的指令。

我们联手吧！”

羽生的眼中满是正义，他握住了古美门的手，本田也握住古美门另一只手。

“如果你帮我们，我们也帮你们那位纯真大爷。”

“是纯真男孩。律师，这不是挺好吗？”

黛的手搭在古美门的肩膀上，被年轻人包围的古美门嚷嚷道：

“我拒绝！我讨厌所有以‘共同’为名义的东西，拉起手就能提升能量的事只会发生在帕门①在天上飞的时候。”

古美门甩开羽生和本田的手，冷淡地一口回绝。羽生却单刀直入地说道：

“律师……虽然我也不想提这个，不过听说因为最近的败诉，您的事务所的经营陷入了危机……”

“别说蠢话，那次只是意外，绝对无法抹黑我的事务所的光荣战绩。是这样吧，服部？”

“那个……客户就像小蜘蛛们一样刷刷刷刷地逃散……”

服部云淡风轻地否定了古美门的狡辩。

“也难怪呢……因为不败是我们唯一的卖点，一旦输了，那就只剩下一个性格恶劣的臭流氓。”

黛趁机逞口舌之快。

“坦白地说，但求能接到工作，便谢天谢地了。”

听到服部的话，连古美门也苦笑着拿起了雪茄。

---

① 小超人帕门（Parman）是藤子・F・不二雄的一部作品，故事中的主人公变身超人后和小伙伴手拉手能提高飞行速度。

“律师，如今你还是接下这样的案件比较好。你一直都执着于胜利，对于没什么胜算的官司一向敬而远之。但是现在你没有理由再苛求这一点，因为你已经输过一次了。请抓住这个能让你进一步提升的机会！”

“……羽生君，你似乎有不自觉地刺激对方神经的习惯哦。”

羽生的单纯模样让古美门十分烦躁，把雪茄刀弄得嘎嘎作响。

“抱歉。”

“我还没有输，也没有对什么看起来会输的官司敬而远之！不管什么官司，我都是一路赢过来的！”

“是、是呢！鲇川什么的，根本不放在眼里。”

羽生一起哄，古美门顿时来了兴致。

“鲇川这种人，我一个脑瓜崩就能让他哇哇乱叫。”

“一个脑瓜崩？好厉害！”

本田探过身，羽生则双眼发光。

“就让他哇哇乱叫！”

“来吧！我们准能赢！”

正当羽生、本田，还有不知道什么时候也混进来一起喊口号的服部正要互相击掌时——

“……危险！险些中了羽生的魔法！快给我滚回去！”古美门恢复冷静后大叫。

“没办法，我也要来！”

黛举起了手……

“找你的樱桃大爷去！”

被古美门一吼，黛无精打采地回到猪野义孝处。

鲇川在庭上独自进行着辩护，接连驳倒了一个又一个对手。

“那么，接下来是……”

鲇川正在原告席上等待下一个被告时，黛和猪野步入了法庭。

“哟，是你啊！”

黛向从容的鲇川行了个注目礼，往旁边一瞥，却见猪野正在玩弄手机。

“你在做什么？”

她拿起猪野的手机，画面是“纯真男孩”的推特：

正在打官司。没想到鲇川是巴掌小脸。

“不要在法庭上发推特！”

呵斥着把手机还给他后，博客官司开审了。

“‘纯真男孩’先生的博客，归根结底所写的只不过是个人的见解，阅览者并不能感受到其内容的可信性，因为他们理解，网络信息鱼龙混杂，这和因媒体报道而导致的名誉损害有着本质区别。”

黛面对审判员们慷慨陈词。一转头，却见一个外形诡异的男人坐到了旁听席上——圆蓬式黑人假发加太阳镜、窄身西装、敞开的衬衫里看得到胸毛……是古美门。看起来他本打算伪装出席，但过犹不及，反而容易惹眼。

“另外，本博客的阅览者数量很少，我不认为会造成社会性的影响。”

掩饰着情绪波动说完后，黛回到了座位上。鲇川立刻站起身。

“黛律师对法律似乎有点研习不足。有关网络个人行为，只要看一下平成二十二年[①]最高法院的决定就能明白，能在网络上随意乱写的时代早已经结束了！”鲇川直走到被告席前对黛和猪野施加压力，“还有刚才你说过，阅览者非常少，但每天有二十五人左右的阅览者，他每天集合了二十五人诽谤我！请直接说吧！这不是损害名誉又是什么？这个那个都自诩评论家，觉得自己是普通人，所以说什么都会被原谅。如今正是该杀一杀这股歪风的时刻！”

鲇川伶牙利齿滔滔不绝的架势彻底压过了黛。猪野在一旁低头玩弄手机。黛悄悄地用自己的手机查看，只见猪野发了这么一条推特：

我的律师真没用。

啊——真是的！黛沮丧地挠头。

接下来是羽生等人的漫画官司。羽生笃定地开始了被告方的辩护。

“因为父亲的工作关系，我曾经居住在沙特阿拉伯。沙特阿拉伯的谚语里有这么一句话：‘暑热之时觅背阴’。”

“什么意思？”

鲇川问。

“我也不知道。”羽生摊开双手，“我只是觉得，鲇川先生的

---

① 平成，日本明仁天皇年号，由1989年1月8日起计算至今。平成二十二年即2010年。

怒火是否发错了地方？这是漫画，是创作，并没有标榜是纪实文学，读者也都很清楚这一点。谁都不会认为里面描述的是你的真实故事。争斗不会带来任何好处，各退一步如何？”

鲇川起身出示证物。

“这是某个网站上关于《破坏天才》的书评。我来介绍其中一段：‘这是一本能让人了解鲇川光本性的书’‘没想到鲇川竟然做过这么过分的事，作者调查得真是仔细’……”

“这只是个别见解！”

本田拍着桌子反驳，鲇川则气定若闲。

“我的小学恩师把这本漫画送给我，附上的信中写了这么一句话：‘请反省下自己是在哪一步走上了歧途’。”

从鲇川手中接过字迹秀丽的信件，羽生和本田都沉默了。鲇川向着旁听席上的古美门指了指自己的太阳穴，露出挑衅的微笑，仿佛在说：“这里不一样哦。”古美门摘下太阳眼镜站起身，顺手扯下圆蓬非洲假发塞入胸前，回瞪鲇川。

羽生拜访了漫画家玉的公寓。玉焦躁地从冰箱冷冻室里拿出一根软管碎碎冰，从中掰开后啾啾地吸起来。

“要道歉吗？”

羽生询问在场的编辑青木。

“是的，作品也都会被召回。不过，我想问问，赔偿金能不能尽可能地减少？”

“……玉川小姐，这样可以吗？”

羽生无法认同，他转头问正吸着碎碎冰走向桌子的玉川。

“……无所谓了！反正是已经停载的作品，我的漫画家生涯结束了，也画不出热门作品，正是时候结束。”

“玉川小姐，不能只让你一个人成为输家。要追求互相让步、大家愉快的好结局……”

“太不干脆了！就因为你说话拖泥带水，才会任人摆布！”

羽生吃惊地回头，只见古美门没脱鞋就进了房间。

“是本田小姐告诉我来这里的。玉川玉律师，《破坏天才》是一部精彩的作品，绝不能搞什么召回！作为书迷，我不同意。”

脱了鞋进屋的黛对灵说道。

“……我也不想书被召回……毕竟那是我押上一切的作品啊！我就是想画一个可以为了钱而不顾一切的混账被打击得一蹶不振的故事！”

“虽然我不赞同这个主题，不过还是让你见识一下自诩的天才如何被真正的天才打倒的故事吧，如果你把赔偿金都作为报酬支付给我！”

“……那个，你是谁？”

灵呆呆地抬头看着古美门。

“真正的天才。”

古美门挺起胸膛。

“这场官司就请交给我们吧！”

黛往前走了一步。

“你就负责那个白痴博主吧。”

“哎？”

黛气炸了，羽生则满脸笑容地握住了古美门的右手。

黛把猪野叫来了事务所。虽然本田也为了说服猪野而来到这里，却四处欣赏着盆栽，似乎植物更值得研究。

“我仔细查阅了你的案子，继续这么打官司毫无胜算，你的博客太过分了。”

“朝着减少赔偿的方向努力吧。”

听明白黛和本田的话，猪野叫嚷着“这怎么可能！”站了起来。

“我可是为了改善这个世界而在博客上提出质问哦！我坚决要战斗。”

“再战下去只会被打得落花流水。”

本田把手中的盆栽举到猪野的鼻尖。

古美门一走进地方法院的法庭，鲇川便摆出友好的态度站身说：“你终于登场了。”

“你连日来都在打官司，不累吗？”

“乐不可支呢！尤其是今天。”

“那就好。要是对手太弱，那么就算把他打倒了也没有成就感。”

二人笑着互相握手，都不示弱。

开庭了，开始询问原告本人，古美门拿着《破坏天才》走上前。

“从少年时期便被称为神童的主人公，虽然利用自己的才能赚取了巨额财富，却丧失了人性。主人公背信弃义、恶贯满盈，最终被逮捕并身败名裂。这个故事到底有什么问题？”

“我说了，这是以我为原型……”

"如你所说，原型就是你。"

听见古美门断然承认，羽生从身后担心地提示他。古美门却没有理会，继续说道：

"不管谁看这本书，都会觉得主人公是你。大家看的时候都是这么想的。事实上，每个章节都和你的真实经历大致相符，简直可以说是一部纪实作品。"

古美门走到法庭正中，鲇川也走上前，两人近距离面对面。

"所以这是损害我的名誉。"

"损害名誉？莫非你是想说你并不是这样的人？可你就是这样的人啊！"古美门翻开贴有便签的其中一页，"这令人作呕的表情也好、这冷酷的眼神也好、这猥琐的笑容也好，不是都和你一模一样吗？"

"所以才是损害名誉啊！"

"一个自幼便被百般吹捧的人，恃才傲物，藐视身边人；因为出身贫穷而沉溺金钱，迷恋女色，得意忘形的结果是一不小心被打入大牢！毫无疑问那就是你！你说这部作品贬低了你在社会上的评价，真是大错特错！这部作品开始连载是在一年半前，那时你在做什么？"

"在服刑。"

震慑于这出乎意料的展开，鲇川回答得很老实。

"正是如此！那时你的社会评价已经跌入了谷底。即使不看这本漫画，大家也知道你是个废物！这部作品只不过如实地描述了众所周知的事实！或许也正因为如此才没有大卖。"

"……你意思是全无虚构？"

"完全没有。鲇川先生，损害你名誉的并不是这部作品，而是你自己。说起来，征服互联网界、扫除各种规则、热爱言论与创作自由的正是你自己！一旦自己被批判，就要变身为规则制定者了吗？你为什么没有察觉到正是你本人的行为导致对你的评价低下？”

鲇川无言地哆嗦。

“言论自由是民主主义的根本！若有不满，便请到限制言论、没有自由可言的独裁国家去！想必会是个舒坦的好去处！”

“我说完了。”古美门轻弹着漫画封面回到座位。大功告成。

“名不虚传。真的一记脑瓜崩让他哇哇乱叫。”

回到古美门事务所的羽生完全臣服于古美门的辩护，他的双眼闪闪发亮。

“太过理所当然，没什么好感慨的。”

古美门忍不住喜形于色地与羽生击掌。

“……你们这边热火朝天的，看起来真开心……”

黛在沙发上抱着靠垫不满地说道。

“你搞定那个散播负能量的啃老族了吗？”

“被他炒了。”

她给古美门看茶几上的电脑，屏幕上是“纯真男孩”的博客。

两个律师姐姐叫我放弃打官司，我立刻炒了她们。日本的司法界一片腐败。我要代表全日本博主与鲇川战斗到底。

羽生坐到黛的身边，看起了最新那篇题为“律师无用”的文章。

“他似乎要自己打官司。他说：‘鲇川能行，我怎么可能不行。’”

黛叹了口气。

“外行对外行吗？法官真可怜。”

古美门说罢，羽生侧着头说：“他打算做什么呢？”

“我说晴树，这不太妙吧。”本田坐到黛对面的羽生旁边，“我们承认主人公是鲇川，还说全都是事实。那么第二十七话怎么说？”

“啊……这个嘛。”

正当黛回忆第二十七话的故事内容时，本田开始了说明：

“主人公鲋泽积极收购一家企业，四处收买股权。他瞄上了做外包的小工厂，并和社长套起了近乎。”

“他和社长约定：‘等我当了老板，我会优待最底层的小工厂。’从而得到了尽数股票。”

黛也背诵起台词。

“然而收购成功后……”

“他却过河拆桥，说：‘我曾这么约定过吗？’小工厂毫无意外地破产了。社长因太过失意而自杀……真是个人渣！”

本田和黛把羽生夹在中间，彼此伸着手指确认了剧情。

“虽然这一章节鲜明地表现出了主人公的冷酷无情，却并没有查到这样的事实。报纸、杂志、网络……任何地方都不曾记载这件事。”

羽生说完，黛不由问起，漫画家灵本人是怎么说的。

“她含糊其辞。”

“这是完全虚构的情节吧？下一场就要询问玉川小姐本人了，

鲇川必然会以此为突破口。”

本田板着脸指出。

“这不是很糟糕吗，律师？”

黛望向正在享受服部为其腿部按摩的古美门。

“和笨蛋共事真是伤脑筋。”

古美门感同身受地回答。

“这种小事，古美门律师怎么可能没有预见到？”

服部停下手，看向黛等人。

“经过如此细致调查而画出来的作品，怎么可能会有一话是虚构的？”

“你是说，那是真事？”

羽生问。

“正是，我已经调查好了。跟你们这种玩玩闹闹的社团活动不同，我有专业的调查员。”

古美门得意地回答。

“是传说中的忍者吗？真想见见。”

羽生笑嘻嘻地央求古美门。

“忍者绝不现身。”

正当古美门斩钉截铁回绝之时，兰丸飒爽地登场了。

“你们好。我饿了，有什么吃的吗？”

“笨蛋！你、你是谁！修水管的吗？”

见古美门惊慌失措，羽生和本田立刻察觉，站起了身。

“你们好，我是加贺兰丸。”

三个年轻人愉快地互相碰拳，兰丸更是天真无邪地取出自己的名片。

“你忍一下！”

古美门一把夺过兰丸的名片塞进嘴里。

兰丸在桌前嘎吱嘎吱地吃起了摆好的蜜瓜火腿，古美门也开始享受优雅的晚餐。

“是玉川玉自己的经历？”

羽生在餐桌边问兰丸。

“是的，虽然她一心隐瞒，但她家里原本是一家名叫‘平山零件加工’的小工厂，是丰和电子的外包工厂，八年前倒闭了。”

“就是在鲇川收购丰和电子之后吧。”

服部从旁插口。

“完全就是自己的故事啊。”

“别说是原创了，根本就是纪实文学嘛。”

“所以才如此逼真。”

本田和黛点了点头。

“她的父亲自杀也是事实？”

羽生问兰丸。

“啊，实际上没死。”

兰丸干脆地回答，黛“哎”地一声睁圆了眼。

“他到处借钱债台高筑，最终因涉嫌诈骗而被捕，虽然免于服刑，但申请了个人破产，如今悄无声息地生活在乡下。”

“这岂不是有点麻烦？”

本田板起脸，但古美门当场否定：

“不麻烦。我会主张，这是在可被接受范围内的润色。当然我们多少也会受创，但对鲇川来说却是致命伤。这将成为给予鲇川致命打击的重磅炸弹。若他一无所知而紧咬不放，反而会被炸得粉碎！羽生君，这就是所谓的战术。”

翌日，古美门和羽生一起拜访了灵的公寓，问起了她和鲇川的相遇。

大约在十年前，玉还是名女高中生。鲇川拜访了她老家的小工厂，并和灵的父亲对酌。

“正是社长这样的人支撑着这个国家的产业，因为日本的中小企业世界第一！”

“你这么年轻，却很懂呐。”

玉的父亲被鲇川吹捧得心情愉悦。

“我想要委托给社长三倍于现在的工作量，请务必将股票转让给我。”

玉在暗处怀疑地看着父亲和他谈话。

“股票一转让给他，我家就马上被抛弃，很快倒闭了。爸爸自暴自弃，宣告破产。然而那个家伙却什么都不记得了！”

“也就是说，你用个人的怨恨创作了这部漫画。”

古美门拿起《破坏天才》说道。

“坦白地说，就是这样。这是对鲇川的复仇！我画这部作品就是为了让世人知道那家伙是怎样一个混蛋！有什么不对吗？”

玉情绪激动，啪地掰断了从冰箱冷冻室里拿出的碎碎冰。

“你完全没有错。鲇川会以为这是虚构故事而展开攻势，到时候，你就把刚才说过的话原封不动地狠狠砸给他，他就垮了。”

古美门站到了灵的面前，玉递给他半管碎碎冰，满是香精甜味的碎碎冰让古美门皱起了脸。灵沉下了脸。

“……要我作证吗？”

“当然。”

“不愿意吗？”

羽生温柔地问她。

“爸爸在在乡下，想要安静地重新生活。挖掘他的过去有点……”

“你不想让世人知道你父亲破产并因为诈骗被捕？你想伤害对方却不想自己受伤，是这样吗？”

在古美门的质问下，玉沉默了。

“若想击败鲇川，就要把自己的全部都展露出来！要抱着和鲇川同归于尽的决心去创作！这不就是所谓的创作者吗？我需要你的证词。”

古美门用碎碎冰指着灵的脸断然说道。

“到底谁会得利？”

走出公寓后，羽生走在骑着自行车的古美门的身边，边走边问。

“如果引爆这颗炸弹，诉讼就成了互相揭露隐私的战斗。玉川小姐、她父亲，还有鲇川……大家都会受伤。”

“这就是所谓的打官司。”

古美门不理会他。

“我并不这么认为。打官司应该是为了寻找双方共赢之路而存在。”

“共赢？羽生，有失败者才会有胜利者。诉讼是赢还是输？那是赌博。”

古美门用力踩下踏板，独自走了。

“纯真男孩”的官司迎来了开庭日。然而，法庭内只有敲打电脑的声音。猪野虽然在推特上直播官司，但事实上没有发一句言。原告席上的鲇川双臂交叉，无聊地靠在椅子上。

“被告、被告、猪野。”

法官数次点名，猪野终于抬起了脸：“啊，是。”

“请开始问话。”

“……是、是。”猪野生硬地站起身，“那个……嗯、唔、啊……我反对！”

“现在该你提问。”

看到猪野被法官指责之后慌张的样子，鲇川不由失笑。

“还是请你们帮我打官司吧？”

“你在说什么？”

黛冷漠地看着再次来到事务所的猪野。

“让官司结束吧。”

本田从座位上起身正要回去，猪野急忙“等一下等一下”地挽留她和黛。

“因为最近的博客点击量停滞不前吗？”

服部端来了茶。

“我觉得你们上一两次法庭，就能恢复点击量！”

“支付赔偿金的是你父母吧？”

被本田说到了痛处，猪野沉默了。

“结束官司，刊登道歉声明并删除一切相关内容，听到了吗？”

猪野被本田戳着眼镜倒在了沙发上。至此，猪野一案宣告结束。

为了调整心情，黛和羽生在五人制足球场上踢足球。

“请来我这里。”

羽生把球停在脚边。

“这件事我已经拒绝过了。”

“你赞同古美门律师的做法？重要的并不是输赢，而是大家能获得幸福。你不这么认为吗？”

“虽然我也这么想……但太过理想了吧？我们所能做的只是让委托者赢。”

虽然有些困惑，但黛回答得很明确。

“我的事务所是追求理想的，而最适合来我这里的应该就是黛律师。请对我的做法拭目以待。”

羽生拿起球莞尔一笑。

当晚，羽生去了鲇川常去的台球吧。

“你想说什么？”

鲇川将球击入袋中，收起球杆问他。

“和解吧！”

羽生开门见山的提议遭到了鲇川的嗤笑。

“如果你们接受我所有要求，那就和解。”

“再这么争执下去，大家都会不幸，你也是。”

“我？”

“你不记得了吗？平山零件加工。”

羽生说出玉老家的工厂名，鲇川一脸莫名其妙。

“守护彼此的名誉吧，这场比赛是平局。”

羽生微笑着说道，鲇川怔怔地看着他。

下一个开庭日，灵作为证人出庭，鲇川开始了询问。

“玉川玉小姐，不，本名是平山泰子。我想起来了，你是平山零件加工老板的女儿吧。”

鲇川用力朝站在证人席的玉探出身子，玉却垂着头，不肯看鲇川近在眼前的脸。

“也就是说，第二十七话是你老家的事，《破坏天才》是你个人对我的复仇。是这样吗？”

法庭里回响着鲇川极具震撼力的声音，羽生嘟哝着“不要！”抱住了头，古美门的脸上露出哀怨的表情。

“的确，我曾与令尊约定振兴其工厂又食言，但那是因为平山零件加工的产品实在太过拙劣。”

“没有那种事！”

玉第一次发出声音。

“做生意，有时候不得不冷酷无情。这并不是违反契约，更不是违法。”

“你欺骗了他，你这个骗子！”

玉控诉道，身休两侧的拳头紧紧握起。

“涉嫌诈骗而被逮捕的是令尊，令尊不是正在乡下悠闲度日吗？并无虚构？你完全歪曲了事实，将我塑造成一个逼人走上绝路、穷凶极恶的人！你也算是继承了骗子的血脉。”

面对鲇川毫不留情的指控，玉无以辩驳。

“原本握在我方手中的炸弹不知不觉间被交到敌人的手上并扔向了我们，这到底是怎么一回事，双赢先生？”

回到事务所的古美门猛地逼向羽生。

“再这么继续争斗下去，谁都无法获得幸福。除了玉川小姐，我也要保护鲇川。我不理解他为何甘冒风险继续战斗。”

“你确实什么都不明白。你不明白鲇川这个男人，也不明白这场官司的本质。”

古美门一边接过服部递来的酒杯一边说道。

“为了拥有一支棒球队，所以穿上吉祥物服装跳舞；进军娱乐界是为了招集 AV 女优[①]寻欢作乐。他就是这样的男人！出丑、被人当白痴……对他来说，屁都不是。从一开始，那家伙就没把名誉当回事。”

“那他为什么要提出损坏名誉……”

“不是损坏名誉也行。”

“简而言之是为了钱？这场官司，他也说了不肯和解，一分钱赔偿金都不想减少吧？”

“也不是，”本田的想法也被古美门否定了，“他对赚钱毫无兴趣。”

“那到底是……”羽生歪过头。

古美门断言：“对那家伙来说，打官司单纯是个人的一时兴起。”

“……一时兴起？”

---

① 日本成人电影女演员。

三人不由得异口同声。

“不参加司法考试也能享受扮演律师的乐趣，只能通过一种方式。”

“为自己辩护。”

听到古美门的话，黛难掩惊讶之情。

“正是。所以不论对手开出多么好的条件，无论多么危险，他都不会和解。他只是一味地想在法庭上争斗。”

“可恶……”

“‘纯真男孩’那种苦熬的官司也要坚持到判决吗……”

“……真是那样的话，他从一开始就不在乎输赢。这样的对手，要如何应战？”

本田愤愤不平，黛叹息，羽生则一脸严肃地看向古美门。就在这时，响起了“哈哈哈”的笑声——是服部看《破坏天才》看得笑出了声。

“啊，不好意思。哎呀，我看了看，真是一部有趣的作品。特别是主人公，很有魅力。”

“你的看法还真怪呢！写的都是他的坏事哦。”

听了黛的话，服部温和表示了不同意：“是吗？”

“毕竟是玉川玉小姐为了复仇而画的漫画。”

“虽然确实像是满怀恶意画出来的，但不可思议的是，我对这个主人公却恨不起来。”

主人公很有魅力……鲇川？大家呆呆地思考着服部的话，如梦初醒般抬起了头。

“……律师。”

“……该反击了。”

古美门静静地燃起了雷霆般的斗志。

在接下来的公审中，古美门展开了怒涛般的反击。

“玉川玉创作的《破坏天才》，说起来，这部作品是否对鲇川先生造成了名誉损坏？”

“事到如今，你又在说什么？”

证人席的鲇川嗤笑。

“所谓损坏名誉，是指什么？当事人有没有受到伤害？作者是否心怀恶意？不，就法律而言，并非如此。损坏名誉的本质问题在于：接触到被告的多数人们的感想如何。我随机选取了二百四十名读者做了问卷调查。”

羽生站起身，展示一幅画有饼图表格的图识板。古美门一边用教棒指着，一边解释。

“就‘你如何看待这位主人公？’这个问题，基本上都是‘过分’‘可怕’‘不想和这种人谈恋爱’的负面感想。但是，对于‘你是否感受到主人公的魅力’这个问题，回答‘感到了’以及‘有点感到’的人数实际上占到了百分之七十以上。也就是说，主人公是有魅力的。”

鲇川沉默地听着古美门的话。

“的确，玉川小姐心怀恶意地画了这部漫画。但是一个充满憎恨之情的人，到底能不能将其所恨之人作为主人公来描绘？对于人来说，表现出来的与实际的心情未必一致，或许连她本人都不知道自己的内心想法。”

坐在旁听席聆听的黛深深地点了点头。

“玉川的深层心理中是否隐藏了对你的好感与敬意，并在不知不觉中渗透到了作品里？所以读者才会觉得主人公是个有魅力的人物？”

他指着表情既吃惊又困惑的玉继续说道：

“这部作品绝对没有损坏鲇川先生的名誉。不止如此，它还使得鲇川先生的社会形象更加正面。”

给出结论后，古美门一脸满足地回到座位上，鲇川开始了反击。

“听说小工厂的社长自杀后，主人公在派对上笑到打滚。哈！哈！哈！那个老头死了，白痴啊！哈！哈！哈！这是对我的明显污蔑！”

鲇川指着用一整页表现主人公性格恶劣的画面，古美门站起身：

“他只能笑！不然他的内心就会崩坏！请看接下去的两页里他孤身一人看着夜景的背影！如此哀伤，抓住了多少女孩子的心！”

说到最后，古美门双膝一并，轻快地蹦起，对着鲇川挥臂。

“第十三话中，主人公痛打犯了错的手下。我从不曾对手下施加暴力！”

“多么热血的男儿！拳脚诉真情这种早已流失的大和魂多么珍贵！男性读者想必也会热血沸腾吧！”

古美门说得豪情四溢，大猩猩似的对着自己胸部一阵猛捶。

“第四十一话，被逮捕又被恋人抛弃的主人公涕泪交加地嚎啕大哭，说‘不要扔下我’。我从没做过这么丢脸的事！”

鲇川也热情高涨，将漫画狠狠地砸在地上。

“多么可爱、多么迷人啊！喜欢柔弱男人的女孩因为这一幕而心似小鹿跳！”

古美门再度蹦跳着，最后摆出猫咪握拳的娇柔姿势。

“还说我成了受虐狂，被绑上项圈，被鞭子抽！而我还一脸满足地享受！怎么看都是损坏名誉！”

鲇川将另一卷书也砸到地上，发出嚎叫。

“受虐狂又不是损坏名誉的事，全国的受虐狂都会对那样的你垂涎三尺！还有哪个创作艺术能如此巨细靡遗地表现出鲇川先生的魅力吗？”

古美门撅起屁股摆动腰肢，演得甚为火热，激情的表演甚至弄乱了他的头发，三七开的发型已经一团凌乱。他手扶证人台，望着原告席上的鲇川，鲇川也撑在桌上直喘粗气。随后他迎上古美门的目光，噗地笑出声。

“再来，”古美门发出挑战，“官司不是儿戏，也没有乐趣，既然你挑衅，那我就不会同意和解。是输是赢，让我们彻底地战斗到最后吧！”

汗水顺着古美门的下巴滴落。

“正合我意。”

鲇川也走到证人台前，冷冷一笑。

“我不是书中这样的发型！”

“头路差不多吧！”

“头路？”

汗水淋漓的两个男人已俨然成了两个吵架的小学生。

几天后，羽生和黛凑到正在凉台用早餐的古美门身边。

“包括对‘纯真男孩’的那场，鲇川取消了所有诉讼。”

“大获全胜。”

羽生宣告古美门胜诉。

“就该这样，和我交战过后，那些杂鱼律师简直蠢到让他无心再战下去吧。”

“一时的兴致也就此告终了吧！所谓天才，真是任性呢。”

服部一边侍候一边笑道，黛却从心底感到疲惫。

“被他玩得团团转的人多辛苦啊。”

“古美门律师，这一次我受益匪浅……但是，能圆满收场，纯属偶然。我还是想要朝着避免争执、大家都能获得幸福的道路前进。”

一大早就清爽迷人的羽生对古美门说道。

“随你。我只想说，这次的辩护费用我算你便宜，一千万，差额的部分，你们事务所要一分不差地交出来。”

“呵……”羽生微微一笑，抿住了唇。

门铃响后，传来一声明朗的回答：“门没上锁。”古美门走进客厅，只见身穿橙色潜水服的鲇川正在观看潜水教学录影带。

“我想去考潜水员执照。今后就去海底了，无穷无尽的未知资源沉睡在海底，真令人期待啊！”

桌上诸如《思考海洋环境》《从深海底下看地球》之类的与海底资源相关的书籍堆积如山，沙发旁放着黄铜制的潜水头盔，看上去就很结实。

“……沉迷新的兴趣了吗？”

古美门心悦诚服。仔细一看，橙色潜水服比黑色西装更适合鲇川。

“你要找我谈什么？啊，如果是顾问合约之类的可不行哦。我现在赚的还不够聘用你。”

“你打官司的理由是因为你想打官司……仅此而已吗？”

鲇川露出意外的表情。

“听说《破坏天才》因为这次诉讼而大卖，并决定加印了，所刊载的杂志也转成了青年杂志，有望重开连载。”

“哦，这样啊。”

“你从一开始就是为了这个目的吧？”

“哈？”

古美门对佯装不知的鲇川继续说，

“你并没有忘记玉川玉，从一开始，状告《破坏天才》就是为此而告。为了引起人们的关注，所以事先告了几十桩官司，以引起舆论哗然。”

“你可真能想，如果是这样的话，”鲇川笑了笑，却没有否认，“那也太蠢了。”

“那我就彻底被你利用于完成你个人的赎罪了。”

“请转告玉川小姐，如果要重开连载，请把我的腿画长点。”

“咬住调节装置按住面罩，以后仰姿势入水。”随着录影带里的解说，鲇川捏住鼻子朝沙发后侧一倒。

“我祈祷你不要再对当律师产生兴趣。”

古美门露出苦笑，躺倒在地板座垫上的鲇川也笑了。

黛来到玉的公寓。玉正为了重开连载构思草图。为了不打扰她，黛从其身后偷瞄。

“一想到能看到后续，真的好期待！请让他过得更惨点、再惨点！啊，让他被推土机碾一下如何？”

“心情好复杂。因为鲇川大闹了一通反而重开连载……总感觉哪里不对。”

吸着已经空掉的碎碎冰软管，灵叹了口气。

“不会哦，是因为你的作品有魅力，人们才会改观。不论因为官司而吸引到多少眼球，如果内容不行，谁都不会去看的。”

“……啊，还有，我好像被莫名其妙地被说成了深层心理中对鲇川有好感什么的，没有！我对他只有恨！”

黛笑着点了点头。

十年前……还是高中生的玉偷看鲇川和父亲喝酒后，正要横穿工厂爬上通向自己房间的楼梯时，被父亲叫住了。

“好好打招呼！这家伙声称要当漫画家！鲇川先生，你狠狠地说说她。”

“画漫画很开心吗？”鲇川问她，玉点了点头，“我工作的时候也很开心，不考虑赚钱之类的，只是醉心于工作。人只要有沉迷的事物，就能感到幸福哦。”

鲇川的眉毛挑出一个“八”字，笑眯眯地说着。玉红着脸冲上楼梯。

那一天的光景深深地刻在了玉的心中。玉的表情舒缓，继续构图。

“还没有结束！”

玉的笔下勾勒出的，正是衣衫褴褛的漫画主人公鲋泽神清气爽的笑容。

古美门和黛在拘留所碰头，一同去了会见室。

“有什么好笑的，幼儿园小孩？”

看见黛笑眯眯的，贵和粗鲁地问道。

“通过这次的官司，我重新认识到，不能盲目相信语言和表情这些表面上的东西，重要的是思量那人的内心深处。”

“哼。”

“然后，我一直在思考贵和女士的事，思考你为什么总是用嘲弄的态度对待我们。因为你也在痛苦，在觉得自己罪有应得与不想被判死刑的恐怖之间痛苦。”说着，黛将背对自己看漫画的古美门的脸转向贵和，“请冲我们来！我们会接受贵和女士心中的污浊。”

“……我不想说的，就不会说……居然会说谎了……那样也能赢？”

贵和的话语中夹杂着叹息，古美门的嘴角扬起微笑。

“不如说，只有这样才能赢！只要你在上诉书上签字。”

NEXUS 事务所里，羽生正在看电子相框中的照片，里面有好几张黛的笑脸。这时，本田对他说道：

“有头绪了吗，击倒古美门事务所的计划？”

“已经开始了。”

羽生温柔地微笑着，斗志在他眼底燃烧。

“夸我！因为我说服了贵和女士。”

已经是晚餐时间，可黛依旧情绪高亢。

“我早知道她会在规定期限内上诉。你居然会以为这是你的功劳，你的脑子里真是一片花田好风光啊。”

虽然被损了一通，黛依然保持笑容地看着古美门。

“干、干什么，吓人。”

“人的表现和举止未必一致。律师你的深层心理中对我的好感也是通过破口大骂表现的吧。”

“你是怎么得出这么自以为是的结论的？”

“所以才会有层出不穷的招数吧！”

不愧是服部，立刻捅破。

“就是这样。”

黛心满意足。

“连服部你也？别这样。我对你的好感还不如对水蚤的鼻屎多！因为你是白痴，所以才说你是白痴！你这个废物罗圈腿灯笼裤！”

“知道了，不必如此表达你的爱意。”

今天，连古美门的恶言，黛听起来都如此悦耳。

“你的心理太强大了，我是在实实在在地骂你啊！你快去用电子断层扫描机扫描一下你的脑浆里是不是浮着虫！”

“无穷无尽的招数呢。”

黛像是看透一切似的说着，和服部互相点头。

“搞不好我走桃花运了呢。”

“没走啦！”

虽然古美门否定得斩钉截铁，黛还是心情愉快地把晚餐吃得精光。

第三章

容貌抑或心灵？前所未闻的整容官司

古美门研介起得很早。他和朝阳一同起床，在杯中将生鸡蛋搅拌后一饮而尽。身着灰色运动套装、头戴黑绒线帽的他正准备出发慢跑。

“我也一起。”

一身跑步装束的黛在拐角处与他会合。自从品尝到人生首次败北的滋味，古美门就打算涅槃重生。黛的思绪与他相同。委托人被判死刑的两位律师苦恼万千。

两人十分清楚，只有再度走上擂台获得胜利，才能拿回曾经失去的东西。他们的眼眸中都燃烧着斗志的火焰。

终点近在眼前。黛和不知何时与跟在身后的孩子们一起冲上公园台阶，气喘吁吁地比出胜利的手势。

“咦？”

转过身却不见了古美门。途中瘫倒的古美门早已经跳上出租车，偷懒地回了事务所。

“为什么你没有跑满五公里，你这斜分头小鬼！”

会见室里，贵和鄙视地看着古美门。

“因为那没有意义，另外，请你别把人叫得像是新型妖怪一样。”

“每天跑五公里。我应该说过，这是我让你们继续辩护的条件吧？”

贵和宛如女王发号施令。

“我是为了你才接下案子，没道理还要让我接受这种荒唐的条件。”

“我想让性感的男人为我辩护。生活自甘堕落、浑身囤满中性脂肪的痴肥男人，让我兴奋不起来。”

“我很性感的。我每天锻炼，体脂率百分之零点零二。我脱光后散发的费洛蒙能让路过的母猫失控。”

贵和完全不听古美门认真的反驳，开始摸索化妆袋。

“贵和女士，向这个人索求性感实在强人所难，就请您睁一只眼闭一只眼吧。”

贵和刷地扫了一眼为古美门说情的黛，道：

“你也是啊，太丑了。”

“丑、丑？我从没被人说过丑……”

“丑死啦。”

“她说你丑。”

好心帮古美门说话，他却顺着贵和的话嘲笑她。

“丑女没资格为我辩护。去学学化妆吧，幼儿园小孩！”

贵和取出粉饼盒补了补口红，朱唇半启，尤为撩人。

“……拘留所里可以化妆吗？”

“我拜托了所长，他说可以。不觉得这里很热吗？”

这么抱怨了一句，立刻就有看守手拿文件夹出现，跪在贵和脚边为其扇风。

“她已经把拘留所里的男人们全都驯服了吧……”

“……已经可以越狱了吧？”

看着优雅清凉的贵和，古美门和黛窃窃私语。

再也不想被她说丑！回到事务所的黛开始练习涂脂抹粉。

“你是要去参加面包超人表演吗？”

横躺在沙发上的古美门像看见白痴一样地问道，他正吃着杯形蛋糕。

“律师，你这样可没办法变性感哦！”

“无聊。”

这时，服部手拿账本叹息着出现在客厅。

“……服部，经营状况还是不乐观吗？”

“毕竟每个月的生活费用都在上涨。再这样下去，就必须卖掉那架从没开过的直升飞机了。”

“那就卖掉吧，立刻就卖。”

黛立刻说。没有驾照还拥有飞机，这本身就大有问题。

“不行！我克服恐高症后就会开它的。黛女士，追根究底，正是你这个瘟神把我拽入了无底深渊，你去想办法！”

满嘴都是蛋糕的古美门毒辣地说道。

“那我去法律援助中心接点活儿。”

“别做那种为生计奔波的事。”

“那要怎么做？”

“最近的律师事务所得经营都很困难呢。说不定羽生律师那里也辛苦。”

服部不动声色地转开话题。

“说起来，还没去过羽生君的事务所呢。律师，我们去看看那里怎么样吧？”

“去人家的事务所没什么意思。”

“让事务所的运营走上正轨是很艰辛的，古美门律师若能给点意见，他说不定会很高兴。”

在服部高明的激将之下，黛和古美门终于出门了。

NEXUS事务所位于一座豪华大厦的一层。一打开门，跃入眼帘的便是清洁宽畅的办公室和咨询者人头攒动的壮观场景。本田在白色沙发区域，矶贝在红色座椅区域，而羽生则在房间中央的大玻璃桌前微笑应对来客。

“稍微、分我们一点……吧……”

黛嘟哝着，古美门在她身后眯起眼沉默不语。羽生发现二人后站起了身。

“不好意思，让你们等了……你发烧了吗？脸很红哦。”

看见脸通红的黛，羽生有些担心地询问。是因为腮红涂得太浓了吗？

“……我没事。话说回来，真是生意兴隆啊！简直不像是律师事务所。”

“我想做成谁都可以轻松走进来的沙龙式事务所，因为法律属于大家。”

“你说得对。”

“有兴趣来我这儿了吗？”

观察了一下周围，羽生在黛耳边窃窃私语。

“……这是什么？”

黛立刻岔开话题，指向墙壁。墙上挂着所属律师的介绍画板，并配上了照片。本田一栏上介绍的是“律师 本田简 唯一的女性律师、曾作为一名检察官活跃于……”

“简？本田小姐是叫简吗？”

“嗯，我父母叫我简·本田。”

结束商谈的本田走来，说出老牌著名女演员的名字[①]。

“不愧是出生于鸟取的嬉皮村……”

真自由啊！黛由衷佩服。

“羽生君，这是什么？”从刚才开始就一直瞪着羽生简介的古美门开口，“你的介绍中有一段描述让我很介意。”

“从检察官时代便发挥出才能，精彩地战胜了当时有不败之名的无良律师 K，一跃成为司法界的宠儿。”

黛手指着“无良律师 K”本人，念出画板上的说明文字。

“这个无良律师 K 指谁？”

听到古美门的问话，羽生装起了糊涂：“不知道呀，是谁啊……”

“碰巧我也是 K[②]，难不成是我？”

古美门猛地逼近羽生，羽生支支吾吾：“不，这个……”

“羽生，我从没输给你！”

“当然。”

“本来就没输！还有最高审！我一定会在那里赢！最后胜利的总是我！”

古美门竖起食指高声叫道。

“放松点！正如律师您所言，我立刻把这段删了，好吗？古美门律师如今也是最厉害的律师，这一点从不会变，您上一场官司也很精彩哦！所以请打起精神。We gotcha！”[③]

---

① 简·本田的日语发音近似 Jane Fonda（简·方达），美国好莱坞著名影星，曾获奥斯卡影后，热心于反战和平运动。

② 古美门写成罗马字是 K 开头。

③ 有“好吧”“来吧”“就是你”之意。

差点就要配合羽生击掌的古美门慌忙缩回双手。

“……‘萎搞掐’是什么啊！凭什么是你居高临下地鼓励我啊？还动不动就拽英文！”

虽然他提出了抗议，但面对高大的羽生时，他那仰望的姿态没任何说服力。

“……我是海归子女，一不留神就……”

“羽生君，我早就隐隐察觉，现在终于确认，你简直就是能激发我心头怒火的新人类！这个事务所也让人反胃，我再也不想玩了！”

古美门发表绝不击掌宣言后，本田与矶贝走近他，平和地提醒：“古美门律师，微笑！要保持‘爱与和平’哦！”

“来咨询的各位都被您吓到了。”

“菜鸟、废物，还有伪嬉皮组成的、只有低收入人群上门的最底层事务所就别装模作样地扯淡了！这个屎一样的事务所！来这里的所有人也都是屎！穷鬼们抱团取暖！什么沙龙啊！打官司是战争！我要告你们虚假宣传，彻底搞垮你们！做好准备吧，渣滓们！”

古美门咚咚地踏着地板离开。“真对不起。”黛为古美门的污言秽语深深地低头致歉后追了上去。

“让他生气了……”

呼。羽生叹息着目送古美门等人的背影，又走进来一名女性。她有一双动人妙目，乍看之下比模特更娇美。

“那个，我是打过电话的熊井。”

“欢迎。”

羽生露出满脸笑容，迎接咨询者熊井。

乘上出租车，古美门依旧不依不挠地嘟哝——

“这就是所谓恩将仇报吧！”

“我还是决定去吧……”

黛毫不理会地嘀咕道。今晚她有一场高中同学会。

“同学会？你是打算对事务所的困境抛之不理、去参加那种除了美化过去彼此安慰就再有没发展前途的聚会？”

古美门能对任何事发表讽刺的见解。

“说不定能接到工作。”

“沦落到亲自去当地小酒吧兜售唱片那就彻底完蛋了。而且你差不多就是个不识趣的八婆，被人讨厌到没朋友吧！丑八怪！”

“有朋友！我一直是朋友圈的核心。”

黛不屈不挠地顶了回去。

几小时后，黛在一圈同学中间确认什锦烧熟了没有。周围的同学们谈笑风生，只有黛从一开始就在检查烧烤的情形。

“烤好了！请！麻烦再来三瓶啤酒！哈？日本酒要另外付钱！那么从‘哇哇套餐’升级到‘哇哇豪华套餐’，每人需多付一千一百八十二日元，可以吗？你们在听吗？”

同学们聊得太愉快，太火热……谁都没有听见黛的问话。

“……心好累……”

离开大家席地而坐的榻榻米，刚坐到桌旁，一个微胖的男人在她对面的座位上坐下。

“……呃……您是律师吗？”

“我是高二时跟你一个班的熊井健悟。”

“同、同学？”

“我那时候看起来就显老，所以被大家叫作‘大叔’。”

“啊，大叔！是大叔！”

黛终于记起了熊井。

“那么直白的绰号很好记吧……不过，我觉得我的年龄总算追平外表了。”

“好像还差一点没追上……你在做什么工作？”

“在帝日物产做营业。”被问及职业，怎么看都不像是同学的熊井一边说一边递上名片。

“是精英人士啊。”

“我以前喜欢过黛同学。”

“讨、讨厌啦，怎么突然就……你开玩笑的吧？喜欢我这样的？”

熊井突如其来的告白，让黛感到不好意思。

“嗯，虽然你既不识趣又八婆，被大家讨厌。”

“是那样吗……”

第一次听人这么说。

“但是，长得好看。”

“是、是吗……？”

被夸奖后，黛的心情略有好转。

“嗯……”熊井取出一本陈旧的笔记，“九分、七分、九分、十分、五分、八分、七分、九分、十分……合计八十三分，排在伊藤麻友、铃木春奈之后的第三名。”

“那、那是什么笔记？”

“我在高中时代给全体女生的打分表。”

他自豪地递过笔记，黛一瞧，只见全部女生都被按照“眼”“鼻”“口”“轮廓”“匀称”“胸围”“腰围”“臀围”“腿”“潜力”“总评”的项目打分。

黛怒从心头起，“砰”地将笔记本摔在桌上，站起身，又被熊井肉呼呼的手抓住：“等等。”

黛甩开熊井的手，呵斥道：

“我说，对女性外貌打分这种事，在某些场合会被当成性骚扰吧！”

“我知道，但是听我说嘛，黛同学。我有事要对你坦白！”

“我、我，现在不是谈情说爱的时候……对不起！”

黛以为理解了对方的意思，自顾自地道歉。

“不是这件事！我已经结婚了，两年前。”

熊井取出智能手机，给黛看妻子身穿婚纱的照片。

“哇，好美的人！”

黛大为吃惊，不由脱口而出。

“我以前也这么以为……黛同学，我想请你把古美门律师介绍给我！”

熊井的妻子穗乃香是客户部的前台，熊井在一次商洽中对她一见钟情。“十分十分十分十分十分……”看见她的瞬间，高中时代的女生打分表就在熊井脑中自动打开，那样的美貌令人不由惊叹。

“那正是长年以来我所追求的一百分女性、完美小姐。于是我不顾一切地出击了。”

从第二天起，熊井就守候在她公司外，对下班的穗乃香递过花束：“请和我交往。”对方一脸困惑地走开，他就绕上前再度递上……一次又一次，在不断的反复中，穗乃香终于接过了花束。随后在悉心维护的交往中迈向了婚姻殿堂。婚后的生活很幸福，当然，穗乃香曾是令他骄傲的妻子。

某一天，下属在公司里捡起他掉下的卡片包，看到了放在里面的照片……

“哎！这是熊井先生的太太吗？大美人啊！”

什么事？怎么了？其他的公司员工们也聚了过来，大家一起赞美她的美貌。熊井虽然不好意思，却难掩喜悦之情。但在那之后，却发生了一件出乎意料的事。公司的小会计碰巧和穗乃香毕业于同一所高中，于是给他看了毕业相册……

事务所里，熊井把那本毕业相册递给听自己讲述的古美门等人。旧姓“岸本穗乃香”：淡眉毛、细眼睛、朝天鼻、厚嘴唇。与现今身穿婚纱的穗乃香毫无共同之处。

“是同名同姓的另一个人吗……”

“或者是，高中毕业后大幅整容……二选一吧！”

古美门立刻打断服部善意的猜测。

“是后者！……我熊井健悟一辈子的败笔！我明明自信能看穿人造美女！”

“医学进步真是惊人啊！”

服部深深地佩服。

“但也太糟了。你上当了啊！”

古美门不留情面地说完，熊井像是找到战友似的絮叨个没完。

“现在正在离婚调解中，但法庭说我这事荒唐，不理我，只能打官司了！”

“等一下。”黛打岔。

“为什么要离婚？”

“理所当然的，她是整容的啊！”

“这就是理由？其他方面呢？比如你太太出轨……”

“没有。”

“没尽到妻子义务？”

“尽了。”

熊井垂着头回答。

“打官司要有法定的离婚事由，我觉得整过形这种事是不会被认可为离婚依据由的。”

黛企图打消他的念头，但熊井没有退缩。

“她的脸是假的！还有比这更过分的背叛吗？”

熊井抬起脸反驳黛。

“你太纠结于长相了吧？熊井君本来也没有说别人的资……”

“这一点我很清楚！所以我才喜欢美女啊！长得越丑，越看重长相！”

“你的太太很可怜！”

“可怜的是我好吗！”

“好啦好啦。”古美门在两人的激烈争论中插嘴。

“熊井先生，我十——分理解你的心情。如果我出马，不费吹灰之力就能帮你离婚，并拿到满意的赔偿。但是，我不打离婚官司。因为太无趣了，提不起劲。”

“这一点还请通融！”

面对熊井的恳请，古美门搓揉着食指和拇指，摆出数钱的动作。

“要多少？”

“三千万的话，可以考虑。”

“……这、这有些……”

见熊井踌躇，黛又开始劝阻他。

“就是啊，浪费钱嘛！不要打什么官司了！”

“只能把公寓卖掉了……”

“为什么啊！”

黛绷起脸流露出不快，此时熊井的手机响了。熊井接起手机后，把手机递给黛：“帮我听一下，是我太太的代理人。”

“电话已转听。我是黛律师……羽生君？”

就在这一瞬间，古美门从黛手中抢走电话。

“你是代理人？那就让我教会你这个世界的严酷！”

“你要接？”

刚才还在说自己不打离婚官司……黛盯着古美门。

“熊井先生，刚才的价钱你能支付吗？”

“如果分期的话……”

“洗干净脖子等着我！”

听到熊井的回答，古美门对着手机宣战，然后递给黛。

“来，把整容诈骗女蹂躏到体无完肤吧！”

“谢谢您！”

古美门和熊井互相握着手，气氛一派热烈。黛从他们身边走开，轻声对着手机说：

“羽生君……古美门律师一定会搅得乱七八糟。”

“穗乃香女士不想离婚，也不想打官司。”

“我和羽生君一起让这个案子圆满收场吧。”

羽生同意了，两人决定悄悄地推动事情的解决。

第一天的约谈日。黛和熊井一起去了 NEXUS 事务所。

“古美门律师呢？”

“他有别的事，今天由我来。”

话音刚落，便听见一声“久等了”，羽生带着穗乃香走了进来。穗乃香是非常美丽的女性，她行了个礼，坐到了位置上。

“我被骗了吧？”

熊井对着黛窃窃私语。

“怪不得觉得今天的空气别样清新，原来是因为没有白痴在旁边排放二氧化碳啊。服部，她今天无故缺勤吗？”

喝着服部泡好的香草茶，古美门在沙发上舒展身子。

“不，她和熊井去羽生律师的事务所了。不过她说希望我不要告诉古美门律师。”

“你告诉了呢！”

“在她叫我不要说的时候，我理解为：她的少女心是希望我告诉你的。”

“虽然并不是这样，不过谢了。”

那个白痴真是——古美门准备出门。

羽生对着熊井填写的“夫妻关系调解调停申请书”露出了不悦的表情。

“不仅要求离婚，还提出了八百万日元的赔偿，这是不是太不合常理了？”

“熊井先生觉得被穗乃香女士欺骗了。赔偿费的总额是两年又两个月的婚姻生活中他为穗乃香女士所花费的金钱及精神损失费……熊井先生，这一点不能让步吗？”

听到黛的问话，熊井摇了摇头，“不能。”接着，黛又询问穗乃香。

“穗乃香女士的心情是？”

穗乃香低头沉默着。黛又问了一次，她才坦诚了自己真正的心意：

“一开始，我觉得每天捧着花等我的他很吓人……因为觉得很麻烦，才索性就吃一顿饭……”

“然而，却喜欢上了他。”

听到羽生的话，穗乃香轻轻点了点头。

“和熊井先生的婚姻生活如何？”

“是我人生中最幸福的日子。”

“如今的心情也是这样？”

“没有变……喜欢……很喜欢。”

顺着穗乃香的话，羽生开口了：

“在这两年又两个月中，两人共同创造的回忆，仅仅因为整过容这种事而烟消云散了吗？”

被羽生这么一问，熊井的表情有些恍惚。

“沙特阿拉伯谚语中有这么一句话：‘沙暴后的夜空才美’。

再一次去试着重新注视真正宝贵的事物吧！争斗不会带来任何好处。”

“……我也这样觉得。”

黛对熊井说。

“那么我们就避免上法庭吧。”

正当羽生打算完美收官之际，事务所入口处的大门“嘣”地一声被打开了。

“抱歉来晚了。”

古美门华丽地登场。

哼。黛绷起了脸。古美门不理会她的心情，手执雪茄自顾自地坐下，还不忘把脚搁到桌上。

“沟通方面出了点问题。谈得怎么样？”

“正朝着和解方向平稳迈进。”

古美门充耳不闻羽生的回答，径直对着熊井问话：

“没能如您所愿地离婚并获得赔偿吗？”

“呃，是的。”

“你要当心，对方律师是能把任何事都化成一团和气的天才。但是离婚诉讼不可能一团和气！你是想彻底结束痛苦踏上新的人生，还是悲惨地忍气吞声？”

“我、我不要忍气吞声。”

“我们要求穗乃香女士立刻离婚并支付赔偿费！若不同意就没办法了，法庭见！就这样。”

古美门起身在羽生的员工介绍画板前站定，然后抓起下方的黑色马克笔咯吱咯吱地涂改了那句话，又在羽生的脸上画了墨镜与胡子，头发也乱涂一气，还在额头上写了个

“しこく”[①]字……在小学生水平的涂鸦之后，他满足地离开了。

“对不起，真的对不起。”

黛向羽生连声道歉，和熊井一起追上古美门。

“你没必要去砸场子吧！”

一回到事务所，黛连包都没放下就对古美门抗议。

“委托人希望离婚。你勾搭敌人谋求和解简直岂有此理！”

“如果可以不用离婚，那么双方都会幸福吧。”

“不要随便决定别人的幸福！”

“律师你只是为了自己的利益！这样的官司是不会赢的，不，是不能赢！”

“我绝对绝对绝对要赢，笨蛋！”

“请冷静。”服部为争论不休的二人端上红茶。

NEXUS 事务所里，羽生在和本田及矶贝正在开作战会议。

“这样一来就要打官司了，对方可是最厉害的敌人。”

“好，那就由我出场吧。如果能赢，就成为最好的自我宣传了。”

矶贝干劲十足。

“我来协助你。趁这个机会，我们使出全力，一举击败古美门事务所！”

---

① 漫画《筋肉人》中的角色名。该漫画以现代日本为舞台，超越人类的超人在擂台上与各种敌人战斗。

“让他知道‘时代不同了’。”

矶贝和本田斗志昂扬，穗乃香却一脸不安。

“没关系，既然你找到了我的事务所，我就不会让任何一个人落入不幸。”

连羽生的笑容，似乎也无法抹去穗乃香的不安。

熊井站在家庭诉讼法庭的证人席上，古美门开始了对他的询问。他站在熊井身边，展示穗乃香如今的照片。

“实在是个美人。对于熊井先生而言，想必曾是令他骄傲的妻子吧……然而，她的真实模样却是！”古美门用教棒指着画板，“填充双眼皮！开眼角！硅胶垫鼻！削脸颊！磨腮帮！削下巴！隆胸！注射玻尿酸！抽脂！等等等等！从头到脚都是人造的！她本来的样子如何？请看这里！”

他“叮”地拿出高中毕业相册里的放大照片。

“恕我直言，她的本来样子丑得不堪入目。“

“反、反对，对方措辞不当……”

矶贝欲起身反对古美门直截了当的措辞，古美门阻止了他，继续说道：

“你说我措辞不当，那么我换个说法：这一位的容姿实在难看。”

“反对！”

这次是本田站起身。

“我再换个说法：她长得很遗憾。”

“反对！”

本田和矶贝异口同声。

“她的 face 既 funny 又 ugly。①”

“反对！”

连黛也举起了手。

“你是我这一方的吧！”古美门提醒黛之后继续说，“不要再挑剔我的用词来自欺欺人了！实际上，大家都会对丑八怪另眼看待。”

“我对你太失望了。”矶贝对古美门的表述提出抗议。

“在求职面试中，如果能力相当，那么外表好看的就会被优先录用。即使能力略有差池，不，即使差得很多，但如果是美女，也很有可能被录用。”

“这样的公司落后于时代，应该被谴责。”

见矶贝上了钩，古美门拿起平板电脑给他看。

“矶贝律师，这是什么？”

“我们事务所的主页。”

“上面是有照片的主页。羽生律师的照片占了最大的版面。其次是本田律师。矶贝律师，怎么都找不到你的照片！最资深的你，为什么公司主页上没有你的照片呢？”

“那是……”

“因为丑大叔的照片会为公司形象减分！你的事务所认为外表很重要，那么你们也是落后于时代、应该被谴责的事务所了……”

古美门逼问一脸络腮胡的矶贝。

“我的照片很快就会登上去！只不过花了些时间修图而

① 此处英日夹杂，意为“她的脸既可笑又丑陋。”

已……啊！”

古美门斜眼看着不小心说溜嘴的矶贝，笑嘻嘻地说道：

“所以整容足以成为离婚的理由！”

第二天，黛在五人制足球场上与羽生对踢。

“你为什么要待在古美门律师那里？”

“我说过了吧？必须用贵和女士的案子一雪前耻。”

“就算转了事务所，还是可以继续做贵和女士的代理人啊。”

就算是这样……黛词穷了。

“你喜欢他吗？”

“哈？你是不是搞错了？”黛提高嗓子，“别说傻话了。假如问我在那个人和猩猩之间选哪个，我会毫不犹豫地选猩猩。”

“那么为什么不离开？”

“因为我觉得那个人的能力是最强的……我下定决心，要紧紧跟随他，学习、偷师，终有一日会打败他。”

“那么，如果我打败了他呢？”

被问到难以回答的问题，黛沉默了。

“如果我用自己的力量打败了古美门律师，你会紧紧跟随我吗？我是认真的，我想要你。”羽生一脸认真地朝她走近。

“你在说什么啊！”害羞的黛奋力用脚踢球，羽生的脸被直接命中，流出了鼻血。

接下去的法庭诉讼中，由黛进行控方问话。西装笔挺的熊井先站上证人席发言。

“我从小就极度看重外貌。我觉得这是因为我对自身外表的自卑心理的反作用……我不怎么玩耍，而是拼命学习，进入堪称一流的大学，毕业后又在堪称一流的公司里就职。这一切都是为了和美女结婚。”

“熊井先生，你有没有被告知，穗乃香女士曾经接受过整容手术？”

“没。”

“如果你知道，还会和她结婚吗？”

“不会。”

“想和容貌端丽的人结婚，为此，熊井先生全心全意地将青春奉献给学习，长年的努力却化为泡影……我希望诸位能理解，这对熊井先生而言是非常巨大的冲击。我问完了。”

轮到辩方询问时，正要起身的矶贝，目光对上对面座位上的古美门后，立刻变得举止失常。最终，羽生代替惊慌失措的矶贝站了起来。

“熊井先生，我明白你重视外表美，但为何人工的美就不行呢？你爱慕穗乃香女士的美貌而与之结婚，应该会很幸福。所谓的整容，又有什么问题呢？”

“……整容就是不行。”

“有许多人因为美容整形后而变得心胸开朗，并积极面对人生。我觉得这是好事。”

“我对于伤害受之于父母的身体这种行为有抵触，人应该努力地喜欢上本来的自己。”

熊井怫然作答。羽生从内侧口袋中取出一张纸展示在他眼前。

“你曾经去过原宿的美容诊所吧？”

羽生展示熊井的就诊记录。熊井因这突如其来的进攻而吃惊，走到证人席附近的古美门也沉下了脸。

“这所诊所就是所谓的治疗脱发的专门医院，有着公认的顶尖植发技术。熊井先生，你去医院的目的是？”

黛立刻起身喊“反对”，但法官却不理睬，而是催促熊井回答问题。

“……植发。”

熊井闷闷地回答后，羽生立刻连珠炮般地开口：

“你不是对于伤害受之于父母的身体这种行为有抵触吗？本应该努力去喜欢上本来的自己……”

“植发与整容是不一样的！植发是对原本就有的东西进行复原！是恢复原状！”

古美门起身，企图扭转不利形势：

“关于这一点，请由我再度进行询问。他不接受整容是因为一个决定性的理由。是这样吧，熊井先生？”

“生下来的孩子……一定会丑。”

古美门顺着熊井的话开始了反击：

“熊井先生期盼能有自己的孩子，也很努力造人。但是，在他年幼及少年时期，外表不佳在各方面都成为了他的不利条件，所以他不希望自己的孩子也遭受相同的苦楚。他希望能让孩子生来就美，所以才选择了穗乃香女士。但是穗乃香原本的容貌和熊井先生丑得不相上下。遗传基因是无法整容的！”

“父母不好看，孩子不一定就不好看。”

古美门当即反问站起的本田：

“你为什么如此断言？”

“父母是俊男美女，孩子不管像谁都很好，但这样的夫妇却意外地生下来外表丑陋的孩子。我知道好几起这样的例子。”

“这样的例子我也知道。但是，你能举出哪怕一例，父母都丑却生下外表十分漂亮的孩子,吗？”

本田无法回答，沉默地坐下。

“即使父母都是俊男美女，能生出漂亮孩子的几率都不怎么高。何况是两个丑八怪？能生出好看孩子的几率几乎是零吧！实际上我们试着模拟了一下。黛女士。”

黛不怎么乐意地拿出靠在身后墙壁上的画板，上面贴着几张整合照片。

“这是他们生下的孩子的五官预测模式。模式A：眼睛、鼻子、嘴巴都像父亲；B：眼睛、鼻子像父亲，嘴巴像母亲；C：五官分别是父亲、母亲、父亲。其他如母、父、父组合，母、母、父组合，母、母、母组合……如您所见，虽然我们尝试了所有组合，但都丑得货真价实！这两人生下的孩子注定丑！”

虽说把成人的五官拼入婴儿的面部的做法有些勉强，但确实都很丑……

“但也有丑小鸭的故事吧！即使出生的时候丑陋，但随着成长，却变得美丽，这样的奇迹也是有的！”

矶贝站起身反驳，然而古门美气势如虹——

“丑小鸭的父母本来就是天鹅！归根到底这根本就是遗传基因不可逆的例子！你这是蠢人自证自己有多蠢！”

“是这样吗？”

轻率发言的矶贝悻悻退场。

“事实上，熊井先生的双亲也都很丑。”

古美门若无其事地继续说着，双手啪地搭在熊井的肩上。

“他的祖父祖母也很丑，曾祖父母也丑，曾曾祖父母也丑……老家祠堂里摆着的照片都很丑。做法事时出席的亲戚也全都是歪瓜裂枣……简直就是被诅咒的丑八怪一族！所以，他才会想方设法引入美女的血缘，以斩断丑陋的血脉，想要逃脱这丑陋的循环！”

古美门的声音响彻法庭。

“你把女性当成什么了！结婚仅仅是为了生孩子吗！”

羽生起身反驳，却被古美门一句“不可以吗！”顶了回来。

“单纯因为喜欢、想要在一起而结婚。为了钱而结婚。为了晚年有人照顾而结婚。为了确保有性伴侣而结婚。为了能有漂亮的孩子而结婚。这都是个人自由。被告却践踏了原告这一权利。”

“这算什么官司？”看着古美门一脸得意，黛挠起了头皮。

回到事务所时，晚餐已经准备好了。

“你的辩词太放肆了！”

黛拿起叉子猛地叉起柔软的里脊肉。

“哪里放肆了？”

“对人的美丑说三道四就是放肆！你应该更注重内在。”

“选择内在就比选择外表了不起吗？”

“这个嘛……因为人类的价值在于心灵美。”

黛回答后，古美门转过身。

“你喜欢什么样的男性？”

“我吗？我喜欢不贪财而且话少的人。”

“我根据脸和脚踝和胸来决定。服部呢？”

“气质……吧。”

“我喜欢蠢妞。”

在凉台鼓捣电脑的兰丸说。

“你是什么时候来的？”黛吃惊地回过头。

“有点事要来做。不过聪明的姑娘也很难舍弃呐！还有开朗活泼的女孩子也是好的；淑女型的姐姐也不错。”

“你是来者都不拒吧。”

“对！”

兰丸一如既往地轻佻。

“心灵纯净、温柔、会运动、聪明、高学历、高收入、身材高大、蠢兮兮、话少、胸大、气质。以何为标准去喜欢别人是每个人的自由，没有优劣之分。熊井健悟的标准就是脸好不好看。即使性格再差，只要脸好看就行，这是很了不起的准则！而说这是放肆的你们才是人格扭曲！”

古美门指出了关键所在。

黛深感这官司继续打下去会很棘手。

此时在NEXUS事务所里，羽生等人向穗乃香汇报了官司的进展。

“那么，情势很不利吗？”

“难说，古美门那家伙把官司搅得一团糟。”

本田说完，羽生仿佛鼓励穗乃香似的接着说道：

“在对穗乃香女士本人的问话上，与他们决一胜负吧。”

于是，穗乃香站上了证人席。羽生开始询问。

“你为何会接受整容手术？”

“……因为从小学开始，我的绰号就是‘恐龙’。小孩子心直口快……”

“我觉得很可爱啊。”

羽生取出她身穿水手服的抓拍照说道。

“会这么想的人非常罕见……人重要的不是外表，而是内在……虽然从小就一直被这么教导，但我觉得这是骗人的。大家都是根据外表作判断。所以我就去整容了。”

“你的人生改变了吗？”

“是的，完全没有着落的工作很快就定下来了，也变得很受男性欢迎。”

“为什么你会选熊井作为结婚对象？”

“他看到悲伤的电影立刻会哭……如果工作顺利就会非常高兴……我开始觉得：‘啊，这是个心灵纯净的人。’所以很喜欢他……”

熊井老老实实地望着说话时带着柔弱微笑的穗乃香。

“我相信重要的不是外表，而是心灵美。于是觉得只注重外表的自己特别丢人……”

“然后呢？”

“今后我也要雕琢自己的心灵……成为一个更好的妻子、更了不起的人。我抱着这样的念想一路努力，想着能有一天，即使坦白自己整过容，他也会对我说‘没关系’……”

“对于眼下这副局面，你怎么想？”

“我觉得是自己不够努力。如果能给我重来一次的机会，我想成为更好的妻子。”

听着穗乃香娓娓道出自己对熊井的心意，原告席上的黛不住点头。

羽生回座后，古美门起身开始辩方询问。

“穗乃香女士，你知道熊井先生和你结婚是为了想要漂亮孩子的吧？”

“……是的。”

“那么，对于你没能告知整容一事，你不觉得这是诈骗吗？”

“也不算诈骗吧……”

“所谓结婚，就是一纸契约。隐瞒重要事项而缔结契约就是诈骗！”

“反对！”

本田叫道，但古美门毫不理会，继续发言。

“法律应与理想同在？……我希望你的梦话只在睡觉时说。法律必须与现实同在！不接地气的法律毫无意义！”古美门走近羽生瞪着他，“羽生律师是这么说的：人类的价值在于心灵。但另一面，他又说整容是应该被认可的。这就产生了矛盾。因为如果人类的价值在于心灵，那么整容之类的就毫无必要！连化妆、减肥、打扮都不应该被认可！因为重要的是心灵……这和现实不一样吧？大家就不要装好人了。嘴上说什么整容也没什么不好，心底却在皱眉腹诽。我说错了吗？为什么只有他要被指责？”

被古美门指着的熊井频频点头，仿佛在说：“就是就是。”

“他绝非歧视主义者。他只是比各位坦率了那么一点点。以社会上一般的观点来看，穗乃香女士无疑欺骗了熊井先生。”

“……我知道自己不对，”穗乃香呜咽着说，“但我说不出口……一想到如果说了他就会离开我……”

就在这时，穗乃香“呜——”地捂住肚子往下蹲去。

“穗乃香女士？穗乃香女士！”

黛反射似的站了起来。羽生和本田冲上前照顾她。

“法官大人，我请求休庭！”

本田拥着穗乃香的肩走了出去，这一日公审便告休庭。

当晚，黛前往 NEXUS 事务所时，羽生已经整理完毕，正准备回去。黛递过一杯咖啡慰劳他。

“……穗乃香女士没事，只不过有些不舒服而已。”

“其实是？”

羽生避开黛的目光。“羽生君？”黛紧盯着他的脸。

“穗乃香女士叫我不要说。”

黛忽地看向桌面，只见妇产科的宣传手册摆在上面。羽生假装不经意地用别的资料盖过。

“……怀孕了吧？”

“……我有守密义务。”

“这可是与熊井先生有关的大事！”

“她本人说不想被人知道，我也没法说什么。”

羽生迅速转身背对着她。

黛回到事务所，在众人面前汇报了新情况。

“……为什么那家伙要瞒着我？”

“假设以此为武器打赢了官司，也留不住你的心……或许是因为这样吧。”

听说穗乃香怀孕一事，熊井陷入了沉思。服部在他的杯中倒上了香草茶。

“……真是个笨家伙。”

熊井叹息。

“黛小姐，你还真是一如既往地带来多余的消息啊！为什么要告知这种事？”

见古美门一脸不爽，黛反驳道：

“已经有一个新生命在孕育着，不可能不告知！”

“熊井先生，你就当不知情好了，因为对方也没打算通知你，反正也是你不想要的难看小孩。快点干脆地了断吧！”

“是、是啊……哈哈哈。”

熊井点着头，像是要说服自己。

“服部，我去外面喝一杯。”

“您一个人？请慢走。”

古美门手持雪茄离开。

“熊井君，古美门律师再怎么说都没有关系，这是只有你才能决定的事。不管容貌如何，自家小孩总是可爱的……是吧？”

虽然黛这么说，但熊井只是静静地不发一语。

静谧、优雅的酒吧里。坐在吧台前的古美门身旁坐着一个边按手机边喝酒的男人。男人无言地递给古美门一个信封。

“最贵的鸡尾酒一杯。”

古美门对着酒保下单。他身旁装作素不相识的男人正是兰丸。

NEXUS 事务所里，羽生三人、黛、熊井和穗乃香聚在一张桌子边。

“感谢各位准备了谈判的场所。这次我想提议撤销官司，朝着和解的方向……”

黛依次看了一圈众人的脸。

“不好意思来迟了！”古美门又一次大喇喇地走了进来，“不好意思我们这边沟通不利……是吧，黛小姐。”

这真是……好不容易正要开始有关和解的讨论！黛板起了脸。

“那么，同意和解是指穗乃香女士全盘接受我们这边的提案了？”

“那个……”黛和羽生同时开口。

“不是的……古美门律师，其实……”

熊井正要解释，却被古美门阻止，他对穗乃香打起了招呼。

“那真是一家好店，品种也丰富——我说的是你常去的那家酒吧。”

众目睽睽之下，古美门在桌上铺开数张照片。照片上的穗乃香散发着宛如女明星般的气质，坐在酒吧吧台边喝酒。

“你最近是不是每晚都会去？在角落独酌的沉思美人简直美如画。你一直都点伏特加马天尼[①]，酒量似乎很好。”

“你在说什么？”

“去酒吧喝酒有什么不对吗？”

矶贝与本田都侧头看他。

① 以伏特加为基酒调制的鸡尾酒。

"不，不能饮酒的只有未成年人和……孕妇之类的吧。"

麻烦了……羽生和穗乃香沉下了脸。

"羽生君，你不愧是在我这里实习过的，使得好一手卑劣招数。但是既然要骗，就应该骗到底。"

"难道……"

"正是那个难道！被这种菜鸟骗得团团转，你真是刷新了废物的下限啊，黛律师！熊井先生，穗乃香女士并没有怀孕。"

古美门拍桌子站起身，羽生却冷静地双臂交叉。

"怀孕的事，我一个字都没说过。"

"但你不是故意诱导别人这么想吗？这种谎言太过分了……对女性而言，那可是神圣的事啊！"

"是我，"穗乃香悲切地开口，"是我提议的……我在网上论坛匿名发了求教的帖……一个主妇亲切地回答了我……说试试谎称怀孕，看看对方反应如何……"

"虽说接受路人毫无责任的建议确实不正常，但是协助实施这种简单粗暴的计划的律师也是蛮拼的。"

"不这么做，就只有不幸的结局！"羽生站起身，坚定地朝着古美门的方向踱步，"不要再继续争斗了。我从一开始就没想过能骗过去，毕竟是很容易穿帮的谎言。我是打算开诚布公后再道歉的。只是，我也好、穗乃香女士也好，都想要知道熊井先生的心意——听到穗乃香女士怀孕时会想些什么。"

他又朝着熊井探过身。

"如果……你想的是会生出一个丑小孩，很讨厌，那么我什么都不会再说，你们还是离婚比较好……但如果，你曾感受到哪怕一丝丝的喜悦和对腹中宝宝的爱意与慈祥，那么或许还能重新来过……怎么样，熊井先生？请让我们听听你真正的心情。”

羽生转向熊井，与他面对面。

“告诉他，说没怀上丑小孩让你松了一口气。”

“请你安静！”

羽生难得粗起了喉咙。

“她就是这么一直骗你骗过来的……你又差一点被她骗得团团转呢。”

“给我闭嘴！这么彼此伤害下去有什么意义？”

“暧昧不清又有什么意义？就算说一堆漂亮话互相谅解，事实却不会有任何改变，我们所能做的，只有彻底去面对！在人生中画下一个句号！”

古美门和羽生彼此眼瞪眼。

“熊井先生，请说一说你的心情……”

黛催促道。

“没怀上孩子让我松了口气，我想离婚。”

听到熊井的真心话，事务所里鸦雀无声。

“穗乃香女士也？”

“我同意。”

穗乃香声音颤抖地回答。

“这样好吗？”羽生追问。

“我也不想去做什么整容啊！和父母亲戚在无意间疏远，也没法出席初中以及高中的同学会。丑女会用丑女的方式去喜欢自己天生的长相，但是，是周围的人让自己没法喜欢上自己啊，我也是无奈……没办法啊……这世界就是这样。赔偿费，我会全额支付。因为我整过容，因为我以前长得丑，所以都是我不对。”

穗乃香流着泪倾诉。

“那我就去办手续了。”

古美门公事化地说道。

“拜托了。”穗乃香用轻不可闻的声音说着站起身。

“穗乃香女士，”古美门叫住了她，“世上有的是值得你奉献人生的男性，但绝不是他这种男性。”

熊井因这番话露出了吃惊的表情。

“……对不起，我骗了你。”

穗乃香哭泣着离开，本田慌忙追了上去。

“熊井先生，这是全面的胜利，恭喜。”

熊井一脸复杂地回握住古美门伸来的手。

“接下来，就请全心全意地寻找天然美女。”

只有古美门露出了笑脸，其他人的表情看起来都很微妙。而中间的羽生，更是压抑着自己的懊恼。

这晚，黛去了五人制足球场，羽生正在默默地练习射门。

“……嘿！”

羽生喘着粗气，像在压抑从内心溢出的怒气，他一次又一次狠命地踢着球。黛走进球场内，终于与羽生视线相交。

“……虽然我也知道不对……但是，如果不使用那种手段，是赢不了那个人的。如果没有被古美门律师居中破坏，应该能引导那两人去往最好的结局。”羽生没有掩饰焦躁，将心中所想一股脑地说出，“我决定了。如果古美门律师的原则是利用一切手段以求胜利，那么我也要用尽所有手段来寻找能让大家都幸福的道路。”

“遗憾的是，”黛直直地望着羽生开口，没有掺杂多余的感情，“我觉得你远远比不上那个人。这次，你不也是从一开始就被他玩弄于股掌之上吗？”

“哎？”羽生皱起了眉。

“虽然穗乃香女士说是网上论坛里的主妇给她指点迷津……真是这样吗？而且……什么是幸福？或许并不是我们所能决定的……哪怕是那两个当事人也不能……？”

为了不愿分手的穗乃香女士，黛也好、羽生也好，都只是考虑让她去和熊井和好。但是……古美门与他们全然不同的视角，是不是也展示出了古美门的良心呢……

“对了，转事务所的事，不要再提了。”

黛干脆地说完这一句，离开了五人制足球场。

此时，古美门法律事务所里，古美门正和兰丸还有服部正举着红酒碰杯。

“精彩的胜利。”

“谢谢。兰丸君这次也辛苦了。”

“和平时比起来，小菜一碟。不过确实花了些心思去编写摹仿主妇口吻的文章！”

兰丸把平板电脑给古美门看。

“‘所谓夫妇，就像是鰤鱼萝卜。看起来以鰤鱼为主，但实际上，萝卜才是主角。发帖者兰兰。’兰丸君，这是服部叔的建言吧？”

“被看穿了吗？”

“见笑了。”站在兰丸身边的服部不好意思地说道，宛然一名笑得坦然的主妇。

熊井努力地寻找下一任伴侣。这一天，他在家中招待四名精选美女开咖喱派对。

“这是熊井健悟的特制咖喱，这边是咖喱黄油鸡，这边是绿咖喱。”

“好香！”“看起来很好吃！”美女们反响热烈。

“啊，不能忘了印度香辛料。”

熊井回到厨房，打开存放调味品的抽屉。抽屉中的一本笔记忽地跃入眼帘。打开一看，是穗乃香写下的每日食谱。

晚上，熊井翻看起这本食谱笔记。

“用钙来提升注意力！希望健悟的发布会顺利！”

“今天是纪念日，为健悟做了他最喜欢的松茸饭。我想再看一次健悟第一次吃到时露出的笑脸。”笔记中点缀着诸如此类凝聚穗乃香心意的细致文字、每天的食谱以及卡路里计算公式。

翻着笔记，熊井泪流满面。

几天后，熊井去了穗乃香独居的公寓。在外走廊等了一会，穗乃香出来了。熊井对着吃惊的穗乃香开门见山说道：

“那个……我是想，八百万的索赔就算了。”

“……是吗……那真是帮了我的忙了。”

“还有就是……我想了很多，如果可以的话，请再次和我……”

“让你久等了，穗乃香。”

这时，从大门里走出一名年轻男子。这名高大匀称的美男子看了一眼熊井，问穗乃香："这是谁？"

穗乃香简短地回答："前夫。"

"啊，植发的那个？不过我并不在意整容这种事。"

美男子说着，用钥匙锁上门。

"健悟，多亏你让我醒悟了。我以前认定长得丑的人才会心灵纯净，也是以貌取人了。其实明明有的人外表和心灵都丑陋，有的人外表和心灵都美丽。"穗乃香走近呆若木鸡的熊井，"教会我这些的是你。谢谢你！我们要去选床了，再见！"

藏在身后握着的玫瑰花束登时拿不出来……熊井呆呆地站着。

黛和古美门去看贵和。

"我发现你犯了大错。"

"犯错？"

"你说我的外表看起来不性感。但你大错特错，重要的是内在。今天我再次在法庭上击出漂亮的致胜拳，我的手段实在性感。不只今天，之前也是，再之前也是，一直都是。女粉丝们一直为旁听席位而展开争夺战。也就是说，我才是比谁都性感。"

贵和沉默地听着古美门的滔滔不绝。

"因此，我已经满足条件。所以请你回答我们的问题。"

"可幼儿园小孩还是丑啊！"

贵和看着黛嗤笑出声。

将眼线画长，把腮红涂在脸颊高位，再在脸颊涂上深色腮红以打造阴影……下一个见面日前，黛努力地化着妆，但很明显，化得过于夸张了。

“这是妖怪人贝拉①吧！给我去整容！”

正当古美门板着脸教训黛时，服部从旁经过。

“如果打底不细致，肤色就不会通透。”

“莫非服部先生还有过当化妆师的经验？”

那是，有着多彩职场经历的服部，一定连化妆也……

“那、那个，其实……”

服部开口回答后，古美门满脸放光：“让他来！让他来！”

“那么，就让我一展身手。”

咔嚓，门开了，贵和走进探视室——又立即转身回到了开门处。

“……我也觉得这样不太对劲。”

“他好像是在京都做的化妆师。”

黛在服部的手下变成了舞妓，顶着一张涂满白粉的脸，和古美门双双叹息。

---

① 妖怪人贝拉是《妖怪人贝姆》的角色，2011年10月曾改编成真人版在电视上播出。

LEGAL HIGH

第四章

邻里交往甜如蜜？卷入嫉妒漩涡的邻里官司

下午某时，戈塞克[1]的《加伏特舞曲》回响在事务所客厅中。小提琴的音色实在是令人心旷神怡，工作进展得也很顺利……才怪，那琴音格外刺耳。黛挠着头走到凉台，直接对着古美门投诉："拜托了，给我停下！"

"我拒绝。你没有权利阻碍我的兴趣。"

古美门淡然地驳回。

"我说的并不是让你不拉小提琴，而是恳求你，当我在这里工作的时候，能否有所收敛？"

"我的地盘我做主，随便干什么都可以。"

"这也是我的工作场所！"

"悦耳的背景音乐理应能提高工作效率。"

"我明确告诉你，那是噪音。"

"噪音？"

于是古美门终于停下了拉小提琴的手。

"是的，这是扰民。"

"我承认我的小提琴水平还处在上升期，但谈不上扰民吧？你的意见有偏颇。"

"你是在说我不正常吗？"

黛怫然地问道。

"当然，而且可以认定，你并没有判断音乐优劣的能力。"

"不只我，附近的人们也都觉得受到干扰。"

"那就问卜证人吧！服部，附近是否有人曾来投诉我拉小提琴扰人？"

---

① 荷兰作曲家、指挥家。

正经过二人的服部被这么一问，摇头道："不，并没有。"

"一次都没？"

骗人，怎么可能？然而服部却强调，"一次都没有。"

"可能是我弹奏的音乐滋润了午后时光。为了附近邻居的休息也不能停啊！因此你的请求不予采纳。不要把自己工作进展迟缓怪罪于他人的兴趣，闭上嘴好好努力！白痴音痴！"

当古美门再次演奏起小提琴时，服部出门不知去了何处。黛在自己的随身物品中寻找能够阻止古美门的武器：话梅干、水枪、口哨……尽是些莫名其妙的东西。黛抱住了头。

羽生在车站前的广场上倾听着来自南美的外国音乐家的演奏。随着流淌而出的雷鬼[①]音乐摇动着身体……真令人心情安逸。正在这时，一群日本年轻人走近，叫停了他们的演奏。

"我说，谁批准你们在这里演奏的？这里是我们的地盘。"

"我们到处求过人，才能在这里演奏。你们这么搞，我们很困扰。"

是一直在这里演奏的乐队成员。羽生走近他们，开口道："你们的吉他弹得太棒了，我经常听哦！我觉得，如果你们合奏，一定很赞。"

虽然起初他们面面相觑有些困惑……但在羽生的带动下，和外国音乐家们一起愉快地开始了演奏。

"我也来！"羽生加入进去拍起了手鼓。

---

① 牙买加的流行音乐类型，raggae，国内通常译为雷鬼。

平和晴朗的午后，在独栋建筑排成行的新兴住宅区里，响起了钢琴声。午后的某时，西平家的儿子纪明练习起每日要弹的钢琴。虽然只有小学三年级，但钢琴的水准很不错。

“这里是‘极弱地’，再柔和些。”

正在桌边插花的夏津说道。纪明轻轻点了点头。与此同时，却听见外面拍被子的声音梆梆响——梆梆！梆梆！声声作响的敲打声仿似要为谁报仇。夏津渐渐焦躁起来，把花插到插花座上。纪明似乎也无法集中精神弹琴，他停下手指，趴在键盘上。看到这副情形，夏津忍不住地走到外面。

刺耳的钢琴声终于停了。东山冬海从阳台走进屋中，却见儿子弘梦正滚来滚去地玩着手掌机游戏。这时，房间里的红色旋转灯转了起来，警报铃声响彻家中。她冲下一楼，到起居室看了看监视器里显示的监控镜头，隔壁家的主妇夏津正哐哐地拍门。

“每天都这样，你也够了哦！冬海，快出来！我儿子什么都没法做了啊！冬海！你听得到吧！”

夏津的手中握着插花用的剪刀。冬海因为太过恐惧而脸色发白。可以保护自己的东西……冬海往四下里寻找。然后她刷地抓起高尔夫球杆走出玄关，在家门外的路上和夏津干起架来。冬海个子高，高尔夫球杆也占据了优势，夏津一屁股坐到了地上。“住、住手！”夏津发出了惨叫，亢奋的冬海则对着她挥起了高尔夫球杆。

“呀！”夏津支起上半身，将插花用剪刀刺进了冬海的侧腹部。尖锐的痛楚贯彻全身……冬海当场倒下。

“……你、你没事吧！……有人吗！有人吗？请来一下！”

冬海渐渐失去的意识里能听到夏津的叫喊声。

地方法院的刑事法庭上，夏津出神地站在证人席前。

“判决：被告，无罪。”

被法官宣判判决的夏津满脸喜气地望着羽生的脸。

“无可否认，本案是出于正当防卫而施暴，没有能够否定正当防卫的证据……”

夏津听着还在继续的判词，羽生微笑着对她点了点头。

冬海无法接受这样的判决结果。

“我都差点死了……无法接受正当防卫这种结论！”

来到古美门法律事务所的冬海捂着侧腹，铁青着脸。沙发边靠着一根拐杖，丈夫弘也在一边担心地偷眼看她。

“也就是说，你们被闲适国的王子狠狠地耍了。”

古美门一边揶揄着似乎从来都不会气急败坏的和平主义者羽生，一边听着冬海的倾诉。为他们上茶的服部问道：“所以要提出民事诉讼？”

“是的……能把隔壁一家赶走吗？”

“要靠法律强制搬家比较困难……”

而且这是要推翻判决，所以更是难上加难。黛正要说明这一点，古美门冷不防从旁冒出一句：“当然可以，有钱能使鬼推磨。”

“如果能得到赔偿金，我悉数献给您。”

冬海眼神阴郁地说着，比起金钱，对夏津的恨意更强烈。

“那么，就收缴两千万赔偿金，痛击闲适国王子吧！”

古美门仰靠在沙发上得意窃笑。

“向普通市民索取两千万，太乱来了。”

冬海等人回去后，黛在餐桌旁吃着丸子串说。

“把房子卖了，总能有这点钱吧。”

“而且你是不是太过在意羽生君了？”

“我有吗？那种人我才看不上眼！”

与他嘴上所说的相反，古美门显得很是恼火，他甚至在客厅的飞镖靶子上贴了羽生的大头照。

“我知道了，再见。”边打电话边做记录的服部看向黛等人，“对方确实是迄今为止没有遇到过的类型。”

“是不是不好对付？”黛问。

“别逗笑了！我都能看到双赢先生抱着头喊上帝的窘样了。”

古美门露出从容的微笑。

“法庭的日程已经定下。法官是这一位。”

服部将刚才记下的便条递给古美门，黛也张望向便条。

“上帝啊！”

两人同时抱住了头。

第一次的公审日。黛从原告方的门进入后，在被告方座位上坐着的羽生微笑着对她点头致意。而相较之下，古美门昂着头，伸出舌头做了个鬼脸。再没有比这更小孩子气的表现了。

“请努力尽量给人留下好印象，要不然又要进牢房。”

坐下来后，黛给古美门提出忠告。“我知道了。”说是这么说，但古美门又怎么可能反省？

这时，法官也到了。正是那位别府敏子。

“久违了，别府法官。您今天也很美丽呢，很荣幸再次与您共事……”

别府挺直身子凛然站起，古美门涎着脸凑上前。

“开庭。”

别府完全无视古美门，低头宣布。

别府敏子法官是古美门的天敌，一年前的欺凌官司中，古美门吃了她不少苦头。当时，古美门作为因被欺凌而从天台坠楼住院的男学生一方的辩护律师对学校提起了诉讼。学校一方虽然从头到尾都宣称并不存在欺凌一事，但身为班主任的年轻女教师却作证确实存在。然而别府并没有立刻认可女教师的证词。为此古美门死缠烂打，最后称别府为虐待狂女王而受到禁闭处分，并被关入拘留所。被黛说服后，古美门上门致歉，别府却放言要他跪下，逼得他下跪道歉。她简直就是古美门的克星。

“锋利的剪刀与体育用品，到底哪一个才是凶器？”

古美门站到别府的正前方开始了自己的辩护。

“然而刑事判决却是正当防卫，将被害者东山女士视为恶人，难以理解！她差点丢了性命！能得救才是奇迹！我以十分正当的权利要求治疗费与精神赔偿费两千万日元。另外，企图杀死自己的杀人未遂犯还能继续住在隔壁吗？”

“原告代理人。”

别府虽然发声提醒，但古美门却没有止住往下说的舌头。

“在这样的情况下，安稳平和的生活是……”

“原告代理人，这里不是百老汇舞台。”

别府终于提高了嗓音，冷冷地看着古美门。

“我明白。”

确实，在冬海与夏津之前穿梭、双臂大幅度挥舞的古美门，怎么看都有些过于夸张了。

“请回到代理人席，铭记要冷静陈述意见。”

“……在要求赔偿两千万日元的同时，我方也迫切希望她能从现居住地搬离。”

“我说完了。”古美门老实地回到座位。

“我早就提醒你了，不是吗？”黛低声提醒他。

羽生起身。

“我对东山女士表示衷心的慰问。但是，我无法接受你们的要求。先挥舞高尔夫球杆砸人的是东山女士，西平女士这么做，无非是为了保护自己的生命。此前审理此案的刑事法庭也已经认可了这一点。”

“确实。”

别府点头。

“我因为父亲的关系曾经在沙特阿拉伯居住，那里有这样一句谚语：‘莫踩蝎，踩蝎被蝎蜇’。”

莫踩蝎……古美门鄙视地嘲笑正在做笔记的别府：“我觉得这话并不值得做笔记。”但别府并不理他，而是望向羽生。

“意思就是：‘受害方也有责任’的意思吧？受教了。”

“遗憾的是，大部分责任都在东山女士身上，我认为应该搬离的或许是东山女士。”

羽生干脆地结束了辩词，别府又问他：

“被告代理人，虽然这是你作为律师的第一年，但你沉着的法庭态度非常好。”

“谢谢。”

看着被表扬的羽生露出微笑，黛绝望了。

“……已经输了吧？”

“这混蛋法官还是那么神经病。”

“你说什么？”

别府立刻瞪他。

“他说这位名法官还是那么机智！”

黛以笑脸搪塞，古美门改变话题：“来决定下一场庭审的日期吧。”

“还没有结束。由于仅凭诉状，本案原告的主张令人难以理解，今日，将在时间允许的情况下仔细审理。原告代理人，请再次说明。”

“求之不得。”

古美门跃跃欲试地再次站起。

“对于多数平民而言，属于自己的房子就是梦想。东山冬海女士也是如此。在郊外的住宅区购入新建的独门独栋，她的心中充盈着在新居生活的梦想。在同一吉日，西平夏津女士也搬到了隔壁。”

那是四年前的事。冬海总是穿着轻便的服装，容易亲近。夏津即使在家也穿戴整齐，看来是喜欢贵妇的气派。虽然乍见之下两人给人的印象完全不同……

“冬海女士和夏津女士的年龄与家庭结构相似，儿子同龄，丈夫也都是白领。她们很快就意气相投，成为了好友。两家频繁地来往，互借调料，共穿美衣，都送儿子去学了钢琴，休息日则一起烧烤，其乐融融。这是多么理想的邻里关系啊！但是，这样的关系并没有持久。为何会演变成如此绝望的关系呢？正所谓邻家的草坪总是绿的！”

“原告代理人。”

“是。”

“我应该说过，不要走到前面来。”

被别府提醒后，古美门才留意到自己已经走到了证人席前，忙说了句“不好意思”，快步回到了原告席。

“下次再走出来，就去走廊上罚站。”

冰冷的语调令人颤抖。古美门笑道：“您真会开玩笑。”

“回到刚才的话题。起因只是一次极小的摩擦。”

夏津问冬海会不会送儿子上私立小学，当时她们的儿子在读幼儿园大班，原本冬海并没有心思让儿子去上私立小学，但夏津却坚持表示会去参加考试，至少当作纪念。

“但是，结果只有夏津的孩子合格，冬海的孩子落榜了。”

冬海坦率地表示祝福，还说：“不用顾虑我家，去上私立吧。”

“嘴上虽然这么说，但实际上每天早上，看到夏津的孩子身穿私立学校校服去上学，又对比自己孩子去公立学校上学的样子，冬海开始消沉。夏津虽然说是把应考当作纪念，但背地里一定拼命地让儿子学习！”

“我反对，并没有这样的事实！”

羽生举手，别府道：

“反对有效。请不要凭臆测发言。还有，古美门研介律师！”

“啊，不好意思，我这就退回去。”

一不留神就激情忘我的古美门坐到了法官席上的别府身边。他慌忙要回去，却被别府阻止。

“你不用回去了，请照我刚才对你的警告去受罚。”

“哈哈，您这玩笑不好笑呀。”

古美门企图以大笑搪塞，别府递过一张纸。

拿着写有“我扰乱了法庭秩序”的纸，古美门赌气地退庭了。

黛代替古美门继续问话。

“我一开始也认为本案的请求可能存在不当之处，但随着对事情的深入了解，我渐渐觉得冬海女士有很多地方值得同情。自从她们的儿子一起友好地学钢琴后，差距就出现了。纪明君入围了大型比赛，弘梦君却遭遇挫败。”

于是夏津家每天都能听到钢琴声，弘梦却沉迷在游戏里。

“另外，夏津女士的丈夫顺利升职，冬海女士的丈夫却运气不佳，公司业绩下滑，两家的生活水平也出现了差距。”

夏津一家经常举家外出用餐，冬海却不得不缩减伙食费，购买超市买打折的副食。

“……似乎还发生过这样的事。”

天气晴好的日子里，冬海砰砰地拍着被子，夏津却在楼下对她说：“你这样用掸子乱拍，别说变干净了，恐怕适得其反哦。”

“冬海女士感觉自己因无知而被人嘲笑，感到被侮辱……两个母亲间的不和也影响到了孩子。”

纪明与弘梦在家门口扭打在一起，弘梦打伤了纪明。然而冬海没有让弘梦去道歉，自己也没有道歉。

“冬海女士的精神已经被逼迫到不得不去泄愤出气的地步。

双方都没有错。但对于之前各方面都差不多的两人而言，微小的差距却在心里产生了巨大的鸿沟。”

“黛律师，你也要以百老汇舞台为目标吗？”

被别府一说，黛才回过神来，发现自己不知何时已走到证人席前热烈演讲。

“我自己都没发现！对不起！法官，我绝不是受了古美门的影响。我鄙视那个人！我完全是站在法官您这一边的！关于这一点，还请……”

“够了，请继续。”

听到别府这么说，黛抚着胸松了口气，继续辩护。

古美门才不会一脸蠢样地去站走廊，他去见了贵和。

“很过分的法官吧？你能信吗？真是抖 S① 啊！”

“反正你是抖 M②，不是正好嘛？”

“我、我、我才不是抖 M。我是正常取向。”

“完全就是抖 M 嘛。”贵和取下裹着的披肩，隔着会见室的玻璃，就像是在抽打古美门般说道，“如果那个法官负责我的案子，就有趣了。”

“你们肯定水火不容。而且民事和刑事是两码事，怎么可能让那种简直是偏见集合体的丫头审判死刑案件。”

贵和似乎完全没听进古美门的话，她在桌上敲了两下。两名看守应声而入，在贵和伸出的手指间夹上香烟并点火。

---

① 极致的施虐狂，抖 S 是网络语言对此的统称。
② 极致的受虐狂，抖 M 是网络语言对此的统称。

“你把他们调教到了什么地步？”

“是我拜托他们，他们也同意了哦。”

“所以你才会被判死刑。”古美门说着，取出雪茄，“人类最棘手的情感就是嫉妒。好朋友会因为嫉妒而互相残杀，而把你送上断头台的，是全国人民的嫉妒。”

工作人员立刻进来拿走了古美门手上的雪茄。这是何等的差别待遇！

“我还会来的，艾曼纽夫人[①]。”

古美门回了事务所。

“打扰了。”

事务所里，兰丸正愉快地就着服部劈开竹子做成的流水素面食具吃素面。

“调查顺利吗？”

“顺利啊！不过邻里交往很麻烦呢。”

“不用同情，是他们自作自受。那只是被房产商欺骗而买下所谓‘梦想的小家’以致于被贷款束缚住人生的房奴们的可悲争执。”

古美门似乎不怎么喜欢流水素面，他一边用圆勺子堵住服部滑下的素面一边口若悬河。

“律师您还真接下了呢！”

兰丸边说边从旁捞起被古美门截流的素面。

“这种邻里纠纷是最轻松的工作之一。事实如何，全无关系。

---

① 艾曼纽夫人，同名法国情色电影的女主角。

结果怎么样，全看律师的本事。本来应该赶紧赚快钱……”

“但却不幸碰上合不来的法官。”

服部说道。

“不是合不合得来的问题。让那个变态女垮台是为整个司法界造福。兰丸君，你今晚就去给别府敏子的饭里下毒。”

“这实在有点……”

“那就烧了别府家。”

上一次是被拘禁和下跪，今天是被罚站走廊。怎么都想报复别府的古美门连说话也变回了小学生水平。

“纵火吗？”

民事法庭上，审判还在继续。别府询问黛。

“是的，夏津女士家着火了，幸好只是小火灾。不过她怀疑是有人纵火。虽然并没有找到纵火犯，但夏津女士却怀疑是冬海女士干的。明明毫无根据！”

“以夏津女士的立场，怀疑她并不是没有道理。”

对于羽生的发言，别府也同意地说了句“并不是没有道理吧”。黛压抑着懊恼，把话题转到夏津家那只名叫“小冠”的狼狗上。

“一般会认为养狗是为了防盗吧，但这个行为却又一次引发了事件。”

某天，冬海走到家门外，正要用长柄刷打扫卫生，牵引带松脱的小冠却朝她走近，并扑向了因为受惊而一屁股坐在地上的冬海。虽然她企图用长柄刷应战，但小冠却咬着刷柄袭击了她……

听到冬海喊救命的声音，夏津出门将小冠带走了。虽然没有酿成大祸，但这件事却在两人之间又增添了一道不可修复的隔阂。

“原因是牵引带没有绑紧。冬海却怀疑那是为了让狗袭击自己而故意松开牵引带，于是她安装了监控摄像头，采取了更严密的警备措施。”

“反对。那无非是过失。”

羽生举手提出抗议，但黛却以“冬海女士的手臂上缝了四针”揪住这点不放。

“小冠呢？”

“在训练所。”羽生回答道。

“一个月后，那件事发生了。冬海女士看到夏津手上拿着的大剪刀，因为太过害怕而陷入恐慌，所以才会设法守护自己和家人。”

黛为了守护冬海，在法庭上持续战斗着。

“因为黛律师独自努力着，所以今晚就准备她喜欢的传统特色菜吧。”

“没必要为她费心。反正她现在肯定正劈开罗圈腿高呼类似‘一定可以再次成为好邻居’之类的话！”

古美门站起身，分开双腿，模仿黛的声音高叫道。

“好像！”

兰丸哈哈笑出声，一脸愉快。

“一定可以再次成为好邻居！”

古美门人来疯地又重复了好几遍。

“一定可以再次成为好邻居！”举起拳头高呼的黛留意到自己又站到了前面，慌忙回到座位上。“……我愿意这么相信……但是，已经恶化至此，或许这是不可能的了。出于安全考虑，如果有一家必须搬走，我希望比冬海女士家收入高、剩余房贷也较少的夏津女士家能搬走。我是这么想的。我说完了，法官。”

“被告代理人，如果对刚才的解释有异议或修正，请提出。”

羽生站起身。

“虽然有些偏向冬海女士，不过大致情况正如刚才所述。我很同情冬海女士。但是，这一切都源于冬海女士对夏津女士产生了强烈的嫉妒。这种情况下，我觉得请东山家搬走，是最适合的。”

别府等到羽生收尾后开口道：

“为了判断双方是非，本庭有几点想要直接确认。下次将进行现场查证。”

“现场查证？”

黛露出惊讶的表情。

指定的那一日，黛前往地方法院。被她强行背来的古美门喋喋不休地抱怨：“这么一大早开什么玩笑！”不过总算把他带到了这里。

“不用去什么现场吧！再说，为什么要大家一起去？麻烦的女人啊。”

“这是法官的权力。不过，如果当成是去郊游，就很轻松了吧？”

终于到了法院，黛放下古美门。

“人好像到齐了，没问题的话，就出发吧。”

别府面无表情地说完，古美门问了句：“香蕉算是零食吗？”当然是被无视的。

车在高速公路上开了不到一小时，到达郊外的住宅区。下了厢式旅行车，众人朝西平家和东山家走去。到达东山家后，他们走进家中检查。

“长柄刷一直都放这里吗？”玄关旁的柜子里放着长柄刷和拖把，另外，不知为何高尔夫球杆也放在那里。

“我们来实际模拟吧。黛律师演夏津女士，古美门律师演冬海女士。请认真演。”

别府把高尔夫球杆交给古美门，又把玩具剪刀递给黛。

“她绝对是乐在其中吧？”

“这女人要恣意妄为到什么地步？”

黛和古美门为了再现场景姑且开始了。走到外面饰演夏津的黛不罢休地数次拍打东山家的门，饰演冬海的古美门甩着高尔夫球杆冲了出来。

“你这个只会领薪水的罗圈腿！”

“你这个说话没口德的斜分头！”

“放马过来，晨间剧女主！”

看着两人闹剧般的动作，羽生侧着头问：“有借鉴作用吗？”别府却认真地盯着他们看。

接着，驯狗师带来了西平家的狼狗小冠。

“是我要求的，这个也要再现一下。”

别府将防具递向古美门，古美门却示意让黛去做。

羽生立刻上前请缨：“我来。黛律师，你让开。”

羽生戴上防具后向着小冠靠近，古美门手持长柄刷在他身后撺掇。小冠激动地吠叫，它的视线却对着古美门。古美门害怕得拔腿就跑，小冠甩开驯狗师朝着古美门追去。古美门倒在地上，小冠扑了过去。

“救命！谁来救我！服部！啊啊啊啊！”

“律师！”

黛和羽生正要去救他，别府却阻止道：“等一下！”

“仔细看，他并没有被袭击。”

小冠摇着尾巴。虽然古美门以长柄刷防守，小冠却滋溜滋溜地舔起了古美门的脸。

“是喜欢他吗……？”

“……是嘛。”

“……我清楚地了解了。”

放任哇哇哭叫“我讨厌郊游”的古美门不管，别府等人互相点了点头。

再一次对原告本人问话时，冬海上了证人席。受伤未痊愈，还拄着拐杖的冬海坐在椅子上。提问的是羽生。

“东山冬海女士，接下来我会问到你被西平家的看门狗小冠袭击时的事。你真的被袭击了吗？”

“什么意思？”

“我们现场查证时，小冠扑向了手持长柄刷的人。虽然看起来像是在袭击，但实际却是在玩耍。它似乎认为拿长柄刷的人会陪它玩。”

“反对，那绝对是袭击！”

古美门虽然提出抗议，却被别府干脆地驳回。

“当然，夏津女士并没有这么训练过它。是谁这么训练它的呢？”

“不知道，我被袭击，还受了伤。我认为是隔壁家故意训练它来袭击我。”

冬海侧眼瞄着羽生回答。

“如果小冠真的要袭击你，不可能手腕缝四针就能了事。冬海女士，你就认了吧，是你假装自己被袭击了，是吧？伤也是自己……”

“反对！”

“驳回……”

这一次站起的是黛，但还是被驳回了。

“冬海女士，牵引绳也是你松开的吧？你伪装成受害者，是为了赶走夏津女士一家。”

“反对！”

黛的申诉被别府一一斥回。

“为什么！”

“原告，请回答。”

“这是强迫作证，冬海女士你不用回答。”

黛反驳后，别府开口了：

“如果受害一事是假装的，那么高尔夫球杆的事也有可能是在诱导下发生的。”

“什么意思？”

“她可能是以对方手拿剪刀作为正当防卫的借口而发起攻击。”

冬海沉默地听着别府与黛之间的对话，大声道：“开什么玩笑……那件事不是那样的！”

“你用了‘那件事’，意思是你承认了关于狗的事？”

别府询问冬海的声音冷静得令人生厌。

“那、那件事也不是……”

“法官大人，您在进行诱导性询问！”

黛拼命申诉。

“原告代理人，请注意你的发言。原告，你和你的丈夫应该都不打高尔夫。你为何会准备高尔夫球杆？”

“是丈夫和儿子送我的礼物，说或许能让我解解闷……”

“并不是预计到能当作凶器而准备的吗……”

“请注意分寸，法官大人！”

黛对别府莫名其妙的言论感到愤怒，她努力想要让庭审回归正轨。

“是因为那个女人把我家搅得乱七八糟啊！”

然而，冬海却完全失去了冷静，亢奋地叫着。

“冬海女士，请保持沉默。”

“不管什么事都觉得自己高人一等，把别人当傻瓜！”

“不要说话。”

黛向着证人席前的冬海靠近。

“黛真知子律师，你没有权利阻止原告发言。我命令你退庭。”

黛震惊地望向别府，别府又重复了一遍。

“我命令你退庭。”

黛满脸怒色地快步离开法庭。面对别府的蛮不讲理，羽生和古美门都无言地绷起了脸。

“那人算什么嘛！太胡闹了！”

黛猛地坐到事务所的沙发上。

“我之前就说过吧？她就是个欲求不满、喜欢蹂躏贱民的变态女王大人。”

古美门坐在自己的书桌前，从雪茄盒里挑了支雪茄。

“不会出问题吗？”

听到黛这么说，古美门回答：“肯定会出问题啊。她是法院里臭名昭著的问题儿童。”

“不过，法官是服务国家的公务员。既然刑事法院已经认定夏津女士是正当防卫，要想给出颠覆性的判决也很困难……虽说刑事和民事不同，但她还是被施加了不少压力吧？”

服部站在沙发旁插口。

“所以才会特别烦躁吧！”

“……就算是这样，我也希望她能设身处地地为当事人们考虑。如果就这么输了，冬海女士就太可怜了。”

黛受不了地站起身。

“为什么可怜？”

“什么事都比夏津女士差……嫉妒也是没办法的啊。”

“你说谁嫉妒谁？”

听到古美门的话，黛一脸意外。

“总之，等着看吧，秘密作战正在稳步进行。”

古美门手持雪茄，抿嘴一笑。

白天的游艺中心里，有两个身穿校服的小学生身影。

“你追那边，追那边！啊，好，好！”

个子高的小学生正在为对战型游戏组队而激动，而刘海刚掠过银框眼镜、怎么看都不像是小学生的小学生，正是兰丸。

“好样的！搭档！我们是最强组合了吧？”

兰丸的身旁坐着夏津的儿子纪明，他们互相击掌。

“前辈你也超厉害的！再战一回吧！”

“如果你告诉我那件事的话。”

“真拿你没办法。”

纪明玩着游戏，一一道出了种种。

回到NEXUS事务所，羽生向本田和矶贝汇报了庭审的经过。

“把古美门事务所逼到了绝境，这不是很厉害吗！你小子，行啊！”

矶贝抱住羽生的背，但本田却察觉到羽生阴沉的表情。

“你看起来有些不安？”

“因为对手是他，所以不可能这么顺利。这一次，我必须赢那个人，否则不幸的人会继续增加。”

“晴树，你是不是迷失了原本的自己？”

本田啪地捏扁手中的可乐罐，向他靠近。

“哎？”

“不知不觉间就和古美门律师对抗了。但不要忘记，你是打败过古美门研介的男人。”

“并不是我打败的。”

羽生站起身，在角落的沙发上戴起耳机，隔绝了周围的声音。

黛在法院的走廊上等待别府。别府瞥了一眼黛，问了声“早安”，就要快步进入办公室，黛连忙开门见山地道：

“……那个，就算您讨厌我们也没关系，但请公平地看待当事人们……”

别府打开门，一言不发地进了办公室。

民事法庭上，对被告本人的问话开始了。首先由古美门对夏津提问。

“你是无法忍受拍被子的声音才去表达不满，是吗？”

“是的。”

“你为什么要带剪刀去？”

“碰巧我在插花，所以就那么带去了。”

“碰巧？”

古美门兴奋地要走上前去，黛慌忙拉住了他的上衣。

“是的。”

“你知道冬海女士对你又嫉又恨又怕吧？要是我，就不会带剪刀过去，因为激怒冬海女士很危险，所以，要么什么都不带，要么带更能防身的东西。我再问一次，你为什么要带剪刀去？”

“……可能是不知不觉，我没想到冬海的状态那么危险。”

“出门的时候你对令郎这么说过吧：‘如果妈妈发生了什么事，要立即去叫附近的邻居’。”

夏津一声不吭。

“事实上，令郎正是那么做了。夏津女士，你是不是期待冬海女士袭击你？”

“反对。”

羽生举手站起，古美门看向别府。

“驳回。”

听到别府这么说，古美门继续问话。

“促使冬海女士行凶的是你。你为了将其从隔壁赶走，让她成为罪犯。”

“我差点命都没了！怎么可能做那么危险的事！”

夏津的眼睛直视前方回答道。

“长柄刷，”古美门说，“你以为冬海女士会和往常一样用长柄刷。就算被打，丧命或者重伤的可能性也很小。但没想到她却拿着高尔夫球杆。你着了慌，本想成为受害者，却变成了加害者。是这样吗？”

“……我为什么要做那种事？我对冬海没有任何想法，是冬海一直在单方面嫉妒我。”

黛对着否认的夏津出示了一张照片，是正在打游戏的纪明。

“纪明君逃了补习班的课，一直都泡在游艺中心，是吧？他在学校里也不顺利，似乎一直记恨着你，说本想去上公立学校。”

听到古美门的话，夏津抿紧了唇。

“你的丈夫几乎不回家。若你不知晓是哪位女员工，我可以告诉你。”

这一次取出的照片，是夏津的丈夫在夜晚的街道上与年轻女子手挽手亲密无间的样子。

“与之相对比的，是冬海女士的丈夫尽可能地抽出时间旁听这场官司，还为她打气。”

冬海的丈夫弘也今天也坐在旁听席上。

“她的儿子弘梦和爸爸一起存下零花钱，把高尔夫球杆作为礼物送给了以前就喜欢运动的妈妈。咦？咦？是谁在嫉妒邻居呢？一开始明明什么都一样，为什么会有了这么大的差距？丈夫赚得少了，儿子的钢琴培育还有入学考试也都失败了，为什么隔壁却还是比我幸福！如果那家人搬走就好了！”

不知何时走到证人席前的古美门在夏津的耳边大声吼叫。

“你有什么证据这么说！”

夏津哆嗦着反问。

“孩子观察父母的能力比父母想象中的更敏锐……虽然他为了母亲一直保持沉默。”

纪明透过自己房间的窗户看到夏津半夜里在自己家纵火。这是兰丸打探到的真相。

“你是为了伪造冬海女士的罪行吗？又或者你在某个时刻有这样的想法……把这房子烧掉就好了。”

在冲击性的事实面前，法庭上下鸦雀无声。

“如果有必要，我也可以在下次庭审时追加对西平纪明的证人讯问，但这对小学生来说太残酷了吧？西平夏津女士，你强烈地嫉妒冬海女士，并策划了各种使她成为罪犯的阴谋。而最终，你用插花的剪刀刺入冬海女士的腹部，令她受了重伤！这是明确的预谋犯罪！而这一切都是源于你经营家庭的失败！”

“我也很努力啊！”夏津不由尖声叫道，“我比她努力得多得多啊！但为什么……为什么隔壁一家却看起来更开心！”

“这就是人的本性，”古美门环视法庭上下，“每个人心中都有一头名为嫉妒的野兽。一旦这头野兽不受控制，最终就再也无计可施。虽然崩坏的邻里关系已无法复原，但我们至少能明辨是非，分清黑白。傻笑不能改变世界！”

古美门走到羽生面前，砰地拍了下桌子，挑衅地瞪着他。

“对于刑事法院未能充分审理此案，我虽深感遗憾，却无能为力。我惟有期待贤明的别府法官大人能不受法院内人情关系的束缚，给出公平而独到的判决。我们的小别府当然会这么做的，是吧？”

古美门对着别府抛去飞吻，以一句“我说完了”收尾，回到座位上。

“他又演百老汇了，非常对不起！”

黛慌忙起身对着别府低头致歉。

羽生错愕地看着古美门。古美门正得意地笑着，仿佛已然取胜。

“提前庆祝胜利！”

晚餐时，服部用木槌敲着准备好的酒桶。

“又不是什么值得提前庆祝的工作，简直无趣。”

“但这样一来，夏津女士就可怜了……”

黛说着，将倒有美酒的枡杯递给古美门。

“没必要同情败者。”

“我知道。我们的工作就是让委托人赢。但事实上，我觉得冬海女士也有不对的地方……”

“会引起邻里纠纷的低收入者，双方自然都有错。”

“就没有让双方都满意的解决方法吗？”

黛坐到位子上，感慨地说着。

“怎么可能有？官司只有输赢。而我赢了那个废物点心，如此而已。”

“我知道律师讨厌羽生的理由了，”黛指着古美门说，“他长得帅，性格爽朗，心灵纯净。他有你没有的一切，所以你嫉妒他。”

“荒谬。无论是脸还是性格还是身高，我都赢他。”

脸和性格姑且不论，身高方面根本是完败，古美门总是被俯视的……

“你莫非感到了威胁？对于那位的深不可测的潜在能力？”

手拿长柄勺子的服部说道。

“威胁？”黛侧过头。

“这才真的荒谬！”

古美门哼笑着，喝下枡杯中的美酒。

此时，羽生正在事务所里看着电子相框，有好几张在古美门事务所里拍下的黛的照片里，凉台上有半边脸出现在镜头里的古美门、坐在沙发后面对焦模糊的古美门……每张照片上都有古美门。

“傻笑不能改变世界！”

古美门在法庭上甩下的话语再次响起。羽生凝视墙上的画板，清洁工似乎已经清理了古美门的涂鸦……他起身走近，只见“精彩地战胜了无良律师 K”那段文字下被画了红线。

他看着自己微笑着的照片，重新下定了决心：

“不，笑可以改变。”

数天后的早晨，古美门正身穿睡袍跨坐在骑马机器上，电话铃响起。

“羽生律师提出了和解。”

挂了电话后，服部对古美门说。

“绝不妥协！除非他们全面投降。”

“他们似乎愿意接受。”

“认输认得倒是够痛快啊，闲适国王子。”

听到古美门因胜利而洋洋得意的腔调，黛皱起了眉。

“既然是轻松的工作，稍微让步一点不是挺好吗？”

古美门对黛的话充耳不闻，“呀呀”叫着活蹦乱跳。

和解当日，古美门、黛和冬海，羽生和夏津围着别府，坐在法院内被称为“和解室”的房间里。

“被告接受原告的所有要求，是吗？”

对于别府的提问，羽生笑着点了点头：“是的。”

“那个……恕我失礼，两千万也能支付吗？”

黛心下不安，犹豫地询问夏津。

“应该能……”

“要付清啊。当然，也要搬去。”

面对古美门毫不留情的猛攻，夏津点了点头：“好的。”

“太棒了，那么我就告辞了。”

古美门正要潇洒退场，却听冬海开口道：“那个……搬家就不用了。”古美门和黛都吃惊地看着冬海。

“你不用搬家了……我打算搬走。”

“你没必要搬家啊。”

古美门说。

“如果只有我一家留下，会很尴尬。”

“是因为房贷的束缚吧？”

“如果搬去便宜的地方，就能……”

“冬海女士，我们赢了，对方已经举白旗了。”

“这不是很好吗？”黛说，“冬海女士说没关系，律师的全面胜利并不受影响。”

“那是当然，我赢了！”

古美门独自比划V字胜利手势闹腾的时候，别府询问夏津打算怎么做。

“我们觉得住不下去了，所以也会搬走。”

“那么两家都搬，这或许也不错。”

羽生从容地微笑着。

“那么就此达成和解……”别府正在说话，却听敲门声响起。“请进。”只见本田带着纪明和弘梦进房，夏津和冬海都很震惊。

“不好意思，他们两个非要参加和解谈判。来，说吧。”

“那个，和解之后，我就能和弘梦一起玩了吗？”

或许是刚放学归来，说话的纪明还穿着私立小学的制服。

“他们之所以打架，是因为妈妈说不能再跟对方玩了。烧烤的时候很开心吧？”

本田问他们，纪明和弘梦同时点起了头。

“追加和解条件，允许两个孩子今后继续作为朋友来往。还有，最后再烧烤一次。这是法院的命令。”

听到别府的话，纪明和弘梦笑着大叫：“太好了！”别府看着二人，嘴角也微微上扬。

“她说我们又可以一起烧烤了！”

纪明与弘梦喜悦地向各自的母亲说道。羽生也含笑注视着这幅场景。

黛和羽生为了送夏津等人来到了法庭外面。

“谢谢。”

向各自的律师致谢后，夏津与冬海带着各自的儿子回家了。本田追上仍显得尴尬的两人，喊着“爱与和平”，勾住她们的肩。目送着她们这样离开，黛问身边的羽生：

“你使了什么魔术？”

“这不是魔术哦。夏津女士决定跟丈夫离婚，所以我提议她要求对方支付二千万左右的赡养费。”

“为什么冬海女士也要搬家？”

“我最近新结交一位音乐家，碰巧他的父母是大型房地产公司的董事，碰巧他们正在找那一带的房源，又碰巧他们似乎以高于市价的价格去和那两家商谈了。”

“这是不折不扣的魔术啊，简直是违法。”

“古美门律师果然是压倒性的强大，而我为了一个小小的和解，却使出了全力。”

“但你看起来一脸喜悦嘛。”

“因为我意识到，我的目的不是打赢官司，而是让当事人幸福。”

羽生的表情很开朗。

“你似乎想通了呢。”

“……我是不会放弃的。”

羽生突然盯住黛，双手紧紧地抓住她的两肩。他收起笑容，一脸真挚地望着她。

“古美门事务所发挥不了黛律师的长处，你绝对应该来我们这里。你是不可或缺的！”

“羽生君……”

他俊朗的脸近在眼前，黛的心跳加快。

“黛律师……”

羽生把脸凑近。

“羽、羽、羽生君？那个，是开玩笑吧？这种地方？不、不可以啊。”

这里是法院大门。为什么偏偏是在这种地方？保安和来往的人们都吃惊地看着羽生和黛。

“别动。”

羽生的食指点住黛的唇。终、终于……黛闭上眼……羽生的手探到她的后脑勺，触碰到了她的头发……然后，羽生松开了手。

睁开眼，只见羽生说着“铜花金龟子”，放生了捉到的虫。

“都秋天了，是因为全球变暖吗？”

“是吧……”

都怪秋天吗？黛眼神恍惚地嘟哝着。

别府走在法院的走廊下，古美门忽然从廊柱后露出脑袋。

“什么事？”

“帮到你了吧？”

“你在说什么？”

别府一如平常地冷淡回应。

“我知道你对我和黛蛮不讲理的原因。你在嫉妒。”

“嫉妒？”

“你嫉妒我们做事能全凭自己高兴。既然你在这个不自由的地方要靠让人不痛快来发泄积郁的压力，那么来我的事务所如何？你可以堂堂正正地教训自己看不顺眼的人哦！”

古美门靠近别府。然后在一只手“咚”地撑到别府身后的墙壁上。

“我从没觉得这个世界不自由，也从不曾对你们有过一丝羡慕。”

“是吗？那你就好好加油吧。不过，如果实在觉得难受，也不要勉强，届时就让我们以敌我双方大战一场吧！一想到可以连你都教训一下，我就好期待！”

他的另一只手也撑到墙上，愈发地逼近别府，看起来就像是在诱惑别府。

“就像今天那样吗？”

“是啊，今天我是全面胜利！”

“是啊，你赢了。只不过由此也可以看出你的生活方式相当不自由。”

话音刚落，别府的膝盖狠狠地顶到古美门的胯间。

“不！哦！”

古美门像虾一般弓着身子倒在走廊下。别府瞥了他一眼，迈步离开。

“Yes、oui、bon、bon①……”

走廊上回响着古美门的呻吟声，别府全无同情之色，头也不回。

---

① 法语，Oui 表示“是的”，bon 表示“好”。

几天后，西平家和东山家在家门口烧烤。纪明和弘梦欢呼着跑来跑去。夏津和冬海虽然并肩而坐，但那份尴尬并不容易抹消。

“搬家的日子定了吗？”

冬海抬眼望向夏津。

“……还没，我还没决定搬去哪里。”

“我家已经定好了，就在离这里很近的分期公寓。”

“是嘛。”

“……隔壁好像还空着。”

冬海小心翼翼地拿出公寓的传单，夏津扫了一眼。两人一起笑出了声。

“他的目的不是打赢官司，而是让人幸福吗？”

“是的，他跟古美门律师正好相反，真是愈发迷人了。”

“哦？”服部的视线颇有意味地望向黛。

“或许就像服部叔说的那样，会成为古美门的威胁。”

两人正互相点头，古美门从二楼走了下来。

“别说废话，快去工作。”

古美门的手中握着小提琴。

“又要拉琴吗？”

“你有意见？”

“……不。”

对这人提反对意见，只会被他十倍奉还。黛死心地正要开始工作，却发现服部手持包裹，不知要去哪里。

“服部叔，你去哪？话说，似乎古美门律师每次拉小提琴，你都会跑得不见影呢。你手上拿了什么？”

黛起身走向服部，服部把包裹里的东西给她看。

“羊羹？”

只见他准备了好几份老字号的羊羹礼盒，上面贴着的礼签上写着“抱歉每次都给您添麻烦了”的字样。

“这是送给邻居的。”

“……你每次都会过去送东西吗？”

“为了避免与邻居发生纠纷，必须做出相应的努力。啊，请对律师保密。”

服部的手指贴在唇前，凉台上响起古美门蹩脚的小提琴声。

出大门时手机响了，服部停下脚步，然后压低声音接起电话。

“是的，您果然没有走眼，羽生晴树似乎开始觉醒了。他将来或许能凌驾于古美门研介之上。”

古美门相当生硬地拉完了《加伏特舞曲》。

“嗯……差不多可以开独奏会啦！”

完全不理会在客厅里挠头抓耳的黛，古美门高声宣布。

第五章

专利属于谁？边缘员工的卡通形象官司

十六年前。

街角地藏菩萨的祠堂前，悄然建着“紫阳花文具”的小厂房。楼里，年轻的社长宫内伸二郎正呜咽着对员工们低下头。

“各位，对不起。现在的时代已经容不下我们这种小文具厂了。”

听着宫内含泪的声音，专务董事水野站起身。

“为什么！我们的橡皮擦得比哪家都干净，三角尺的直角也比哪家都直啊！”

“社长，和大家再努力一次吧！公司就是家啊！”

文员笠井凝视着墙上贴着的“公司就是家”的社训鼓励道。

“就是啊，社长！”

其余十几个员工也都陆续站起身，但宫内却无可奈何。

“很高兴大家能有这份心意，我也不想毁掉从父亲那里继承的紫阳花文具。但橡皮只是橡皮，再怎么挣扎，都会被大公司……”

“♪只要有一支铅笔，就能在白纸上尽情描绘梦想。”

在悲伤的气氛中，水野唱起了社歌。

“♪只要有一块橡皮，再痛苦的记忆都能擦得精光。啊——紫阳花——我的、我们的紫阳花文具。”

大家很快形成了合唱。有的社员泣不成声，唱不下去，宫内也抽泣着勾着水野的肩唱了起来。大家都是深爱公司、至情至性的好员工，所以才会如此痛苦……水野环视了一圈员工，赫然发现一名男子在办公桌前出神。是田向学，他正坐在自己的座位上努力地画着什么。

“田向，你在做什么？”

"啊……不好意思。"

果然是蠢材，他的眼镜总是蒙着雾气。

"大家都那么严肃，你这家伙居然！"

水野满腔怒火，猛力晃着田向的肩。宫内制止了水野，伸手拿起田向办公桌上的出货单。

"这是什么？"

表格外的空白处画着一只狗。虽是狗，却前肢直立，还戴着领带。

"……是什么呢……狗的……爸爸？"

宫内无法读懂田向那长刘海下雾蒙蒙的眼镜片背后的表情，只见田向战战兢兢地抬起脸，侧过了头。

选哪个好呢……来店里买橡皮的小学生犹豫着。她留着娃娃头，穿着半长袜，有一双坚定的眼眸。

"爸爸，我想要这个！"

终于选定，她把手中的橡皮递给父亲看。

"'犬老爹'？还有其他更可爱的哦！"

"这个好！"

女孩岔开双腿站着宣告。这正是"犬老爹"在孩子们中间一点点火爆起来的开始……

十六年后——

建在市中心黄金地段的AJISAI公司大楼招牌旁，"犬老爹"的青铜像宛如忠犬八公铜像一般屹立着，大楼入口处也装饰着和"犬老爹"有关的毛绒玩具、T恤等相关商品，"犬老爹"如今已是日本国民级卡通形象。

“主题公园那边进行得怎么样了？”

西装笔挺的宫内社长与水野专务结束了会议，带着年轻的公司员工横穿过入口。

“正在推进与趣志家[1]的合作。”

“要设法谈成。”

“早上好。”

从旁经过的田向，有气无力地低下头问候。

“哦哦，田向，创意部怎么样？”

宫内面带笑意，砰砰地拍着田向的肩。

“我已经被调离那里了。”

“啊，是回营业了吧？”

“那里也……现在被调到了总务部。”

“是嘛，马上就是运动会了，今年也要参加接力赛哦！”

宫内再次拍了拍田向的肩，走开了。

田向回到职工宿舍，妻子美绘一边用微波炉加热冷冻的奶汁烤菜，一边整理在超市购买的副食。今年就要从专科学校毕业的女儿百合子也在帮忙。

“妈妈觉得秀和君很好，因为很温柔。”

“但是，他有点靠不住。”

“男人就是要温柔内敛的好，你爸爸这样的就很好！”

“不不，爸爸这样的可不行。”

---

① 趣志家：Kidzania，主题儿童乐园鼻祖。

妻子与女儿的谈话刺痛了坐在沙发上弯腰喝发泡酒的田向的后背。

数日后的午休，田向在公园的长椅上吃便利店的便当。虽然他们设有豪华的员工食堂，他却觉得吃不惯。这时，放学途中的小学生们一起涌入公园。

“看这个，不错吧。”

其中一个得意地拿出“犬老爹”的钥匙圈给大家看。按下上面的小按钮后，发出“妈妈，饭还没好吗？”的声音，其他孩子们一起“哇”地叫出声。

“能坐在您边上吗？”

田向抬头看向搭话的人，只见一个高个子青年拎着便利店的塑料袋站着。

“啊，你是打工的……”

“我是加贺。我听说了哦，最早构想出‘犬老爹’的是田向先生您吧？”

“……唔。”

“了不起啊！现在应该是亿万富翁了吧？”

自称加贺的青年感触颇深地说道。

“我看起来像吗？我现在还是普通员工呢。”

田向有些自嘲地笑着。

“装什么呢？专利费什么的应该拿到手软了吧。”

“怎么可能？专利是公司的。”

“您个人完全没有得到好处吗？”加贺吃惊地瞪圆了眼，“您不觉得这不太对吗？毕竟，社长答应过您吧？在好几年前的联欢会上。”

“联欢会？”

“公司新大楼明年就要竣工了！这全都靠‘犬老爹’啊！田向君，多亏得你！等公司业绩稳定下来，我一定会付给你与之相符的报酬！”

公司旧址内，宫内大杯喝着酒，砰砰地直拍田向的肩。

这么一说，似乎确实有过这样的事……

“……你从哪里知道这个的……”

那个时候加贺应该不在忘年会上！那么他又是如何……

加贺抿嘴一笑，在田向耳边悄悄道：“我认识一个不错的律师。”

“这就是与凯蒂猫、口袋妖怪齐名，如今席卷世界的日本超人气卡通角色‘犬老爹’，而这一切都是从十六年前、公司还是一家小文具厂时制作的这块橡皮开始的。”

几周后，黛手持“犬老爹”的毛绒玩具，在地方法院里进行口头陈述，原告席上坐着被打工仔加贺——也就是兰丸——成功挑唆而提起上诉的田向。

哐——黛从口袋中拿出“犬老爹”橡皮。

“原告田向先生就是犬老爹之父，但公司至今没有支付其八年前曾对他明确表示会付给他的、与创作者身份相符的报酬，因此，我方索赔包含犬老爹使用许可费在内的相关款项共计二十五亿元。”

被告席上的宫内与水野脸色刷地惨白。

古美门又与贵和见了面。慵懒的贵和正在用锉刀修指甲。

“幼儿园小孩呢？”

“在法院。这个阶段还不用我出场，就让灯笼裤去干了。这次是配得上我名望的巨额诉讼。我正考虑买入最新款的私人喷气式飞机，用于往返法院。”

“我说，你在八千米高空中做过吗？”

身体凑向探视玻璃，贵和挑逗地看着古美门。

“没、没有。”

古美门的喉咙不由咕嘟咽了下口水。

“大概是因为气压低吧，可爽了。”

盯看贵和轻舔舌头，古美门几乎要盯成了斗鸡眼。

“……好、好！一定买买买。”

“……不过，你还是应该重用她。”

“你说罗圈腿吗？为什么？”

“男人一到紧要关头就会没了志气，就算嘴上说得好，但其实最喜欢安于现状，而能出人意料地干成大事的，就是那样的女人了。你应该也知道。”

“她只会给我惹来出人意料的麻烦。”

虽然古美门嘴上这么反驳……

古美门回到事务所，只见客厅里坐着一个陌生男人。他六十左右，一头白发，一双大眼眨也不眨地盯着古美门看。是新客户吧？

"您回来了。这位先生似乎有事要与您商谈。"

服部泡好了香草茶，古美门决定就坐在沙发上听男人说话。

"我做过多年的工薪族，最注重公司内部的和谐。别看我现在这模样，我也曾协调于工会和领导层之间，对职场环境进行过各种改善。"

男人沉闷地开口。

"真了不起。"

古美门客气地回答。

"所以，我不能原谅在恶劣的劳动条件下压榨员工的公司。"

男人站起身俯视古美门。

"也就是说，你想状告黑心企业？"

"至于算不算黑心……唔，我想仔细确认……"

"我回来了。"

黛走进来。

"欢迎回来。官司进展如何？"

服部问黛。

"你好好做事了吗，废物？"

古美门突然开腔。

"我好好做了啊！但我还是觉得二十五亿也太多了吧！"

"不到这个数额，付给我的报酬就不够买喷气式飞机。"

"你总买那种东西是想怎样？明明有恐高症。"

虽然被黛顶回来，但古美门不认输：

"反正在美其名曰中产阶级实际却是穷酸家庭里长大的肤浅玩意儿是理解不了这种高尚兴趣的。"

"真对您不住！"

黛“哼”地背过身对着自己的办公桌。

“欢迎回来，真知子。”

男人忽然对着黛的背影打招呼。

“我回来了，爸爸。”

黛自然地回答。

“……咦？”

古美门和服部面面相觑。男人态度超然地取出似乎是随身携带的小笔记本，而黛也开始做文书工作……

“……刚才、我、我叫了爸爸？讨厌，我真是……我爸爸怎么可能在这里？”黛苦笑地转过头，然后吃惊地大叫，“爸爸！”

“哟。”

那男人……黛的父亲素夫一动不动，继续记着笔记。

“哟什么啊？您在搞什么！”

黛冲到素夫身旁。

“失礼，我是她老板古美门。”

“我是事务员服部。”

“小女承蒙关照。”

正当他们互相重新问候时，黛在一旁插嘴：“所以，您在搞什么呀？”

“我实在担心。”

“您说担心？”

服部询问素夫。

“她每天回家太晚了，几乎没有休息日。”

听起来，素夫似乎经常开车到离家最近的车站接送黛上下班。有一次，黛赶末班车回来，摇摇晃晃地走出检票口时，一头撞到了电线杆上。

“她累得要死，还不时嘟哝着‘开什么玩笑啊，你个斜分头’之类莫名其妙的话。一回到家就把自己关在屋子里，咚咚咚地击打画有斜分头男人像的沙包……我对女儿的精神状态表示担心，这并不为过吧？”

素夫描述了自己亲眼所见到的黛的状态。古美门瞪向一脸尴尬的黛。

“也就说，您是来确认这家事务所是不是黑心企业？”

古美门恍然大悟地仰躺着，看向素夫。

“爸爸，都说了是您瞎操心。”

“我想问一下，”素夫不理会黛，目光落在笔记上，“‘废物’是指什么？”

古美门侧着头睁大了眼。

素夫看着笔记继续说。

“其他还有诸如‘穷酸家庭’‘肤浅玩意儿’……”

“这种对话我早就习以为常了。”

黛试图劝慰素夫。

“习以为常？你居然能对这种待遇习以为常？真知子……我知道你并不是能被那么辱骂而不还口的孩子啊！”

听着父女间的对话，古美门忍不住插嘴：

“伯父，我就直说了吧。您女儿回家晚，是因为人笨拖拉了工作。我说她废物、肤浅东西，是因为您女儿就是废物，就是肤浅东西。如果您不喜欢我这里的工作环境，就请您带您女儿回去，把她锁在家里进行不会有指望的新娘修行直到变成老姑婆好了！”

说着，他将黛推向素夫。

“……真知子，这个人总是这样吗？”

素夫惊呆了。古美门立刻回答：

“也不是总是这样，不过女儿都那么大了，还要每天接送的晨间剧穷酸家庭里的白痴家长对此是无法理解的吧！”

“你对我爸爸胡说什么呀？”

即使是黛也忍不住了，往前走了一步。

“我在说有蠢父必有蠢女啊，白痴父女！”

“谁是白痴父女！”

黛挥出右直拳，却擦过古美门的脸颊被服部止住。

“这里绝对是黑心企业！你被黑心企业坑了！”

素夫的大吵大嚷，古美门倒在沙发上直翻白眼。

羽生和本田被叫到了AJISAI公司的会议室。气派的会议室里摆着一张约能坐下五十名员工的大圆桌，正中央端放着“犬老爹”铜像。

“我们的顾问律师说，这场官司赢不了。听说你们最擅长让纠纷圆满收场？”

“我也觉得这场官司赢不了。”

“干脆支付相应的报酬，和解吧。”

羽生和本田回答。

“不不不，田向从来都是我们的伙伴，他骨子里是个朴素的好人。”

“社长，请改变您的旧观念。AJISAI公司已经是全球闻名的大企业了。”

羽生等人刚回到事务所，鬣狗律师就上门了。

“欢迎。”

羽生堆起满脸笑容，张开双臂欢迎古美门。

“为什么我的对手总是你这位闲适国居民？”

“我想帮大家和平解决问题。”

“大战一触即发还要自不量力冲上前去的白痴就应该死于流弹。”

嘴上绝不吃亏的古美门的身后站着黛和田向，他们说着“打扰啦”进了屋，后面还跟着一个从没见过的男人。

“你别来捣乱啊。”古美门呵斥着男人，他毫不知晓那人是何时跟来的。

“不好意思，我决定考察一下你们的工作环境。”

看到这个叉腿而站的男人，羽生望向黛，问：“这是哪位？”

“不好意思，是家父。他自己要跟来的。”

“外人不能参加这次谈判！”

矶贝断然说道。

“我来招呼。伯父，请。”

羽生说着，把素夫带到了屋里。

素夫和羽生站在房间的一角。虽然事务所里用吧台隔成了好几个区域，实际却是没有墙壁隔绝的开放空间。

“这办公室多么令人神清气爽呀！”

“营造轻松的工作环境很重要。”

“正是这样，让人觉得这样的地方可以为自己打赢官司。”

“我们的胜率不高，因为我们最看重的不是获胜。”

羽生温和地笑道。

“怎么说？”

“争执本身没有赢家，谁都是输家。所以我们的重点是阻止争执继续。”

“……那么你觉得小女如何？”

欣赏着羽生爽朗的笑容，素夫紧紧地握住了他的手。

宫内对田向低下头：“很抱歉。”

“我方当事人愿意支付一亿日元的和解金，并提供对方董事职位。”

本田说明过后，宫内满脸笑容地表示：“今后也一起为孩子们带去梦想吧。”

田向的心似乎被宫内的一番言辞打动了。

“可以吗，田向先生？”

黛询问。古美门却在田向回答前开口了：

“差太多了！”他学羽生摊开双手高喊上帝的样子，“公司就是家，给孩子们带去梦想……田向先生就是被这些毫无意义的胡说八道欺骗了十六年。我都要吐了！二十五亿日元。其他免谈。”

“古美门律师，你对金钱太执着了。对田向先生来说，以董事身份分享公司的发展更……”

中途加入谈判的羽生说道。

“收起你那诡异的笑容，闲适国的弱鸡王子。”古美门的讥讽令羽生不由得板起了脸，“正因为无法信任公司，所以才会要钱。是谁拯救了濒临倒闭的紫阳花文具？是谁让它成长为仅靠商标使用权一年就能进账二十亿、十六年累计三百亿、周边商品利润总计五千亿的超级企业？是田向先生本人吧！”

古美门连珠炮般发射着，田向虽然有些畏缩，却仍表示了同意：“是的。”

“是这样吗？”

素夫也加入了。黛瞪着他喊了一声：“爸爸！”素夫却不加理会，继续说道：“这位田向先生，所谓公司，就是团队合作，并不只靠一己之力，这就是日本式经营的优点。看起来，这不正是一家很棒的公司吗？能对此有深刻理解力的经营者并不多哦！”

素夫站在宫内和羽生之间，手搭在两人肩上。他扫了两人一眼，又说：

“争执不会带来赢家，大家都是输家。”

“讲完了吗，晨间剧女主她爸？”古美门忍无可忍地开口，“你理想中的公司在森繁的社长系列①中达到了巅峰并随着泡沫破灭从这个国家消失了！古化石时代的空棘鱼请不要再多嘴！各位，法庭见！”

古美门伸出一根食指把素夫一路逼退到墙边，然后离开了房间，在门口处拿起万能笔在介绍羽生的画板上乱画一通，这一次他在羽生的脸上加了耳朵，又把鼻子涂黑，改画成“犬老爹”，再狠狠地把“精彩地战胜了当时以不败为傲的无良律师K”那段话完全涂黑。

---

① 森繁的社长系列：由森繁久弥担任主角的社长系列，1956—1970年间上映的系列喜剧电影系列，以日本经济高速发展期为背景。

“贝克汉姆开的是哪一款？”

当晚，古美门心情愉快地翻看喷气式飞机的目录，黛却提议：“等对方再加些钱我们就答应和解吧。”

“别说梦话。”

“世界上喜爱‘犬老爹’的孩子们都会伤心的。我小时候也是忠实粉丝。”

黛企图说服古美门。

“能被那种毫无艺术性的无聊商品骗到，你也算是让人省心了。是吧，服部？”

“最近我也迷上了它，就是这个。”正在准备饭菜的服部从衬衫口袋里取出钥匙圈，“这是只有在做法事时才能见到的亲戚海獭大叔，按下这里后……”

服部按下按钮，只听到钥匙圈里响起“长大了呢，吃扇贝吗？”的声音。服部咯咯笑着，古美门露出冷淡的表情。

“总之，应该快点和解。”

黛话音刚落，兰丸就从院子里冲进来：

“那可不行吧！那样的话，我好不容易撺掇他去打官司的努力不就白费了？”

对于瞄准晚餐时间而来的兰丸，黛的反应是：“努力是指什么？好不容易让他去打官司是什么意思？”

“就是潜入AJISAI公司，让田向……咦，真知子不知道吗？难道我说了多余的话……”

“你一向如此。”

终于暴露了吗……古美门一副束手就擒的表情。

“也就是说，你利用兰丸去教唆田向先生打官司？只因为你想要喷气式飞机？”

怒从心头起的黛斥责坐在晚餐座位上的古美门。

“因为他安于被公司欺骗的惨淡生活，所以我就稍微指点了一下，这是在帮助他！”

“在和谐的职场兴风作浪怎么就成了帮助人？那可是一家气氛宽松温暖的好公司啊！只不过因为是社长是好人，才显得有些散漫！”

“他还乐观地以为员工也都是好人，所以都不会有怨言！简而言之，就是愚蠢！田向先生只是在争取自己的正当权利！”

“你们刚才说什么？”

两个人正在斗嘴，素夫从里面的房间出来了。

“你还在啊！”古美门仰天长叹，看起来这位讨厌的客人是被服部邀请来吃晚餐的……

“怎么回事，真知子？”

“爸、爸爸就不用知道了。”

听见这对父女的交谈，兰丸在一旁插嘴问：“谁、谁呀？”服部虽然想要劝他先用晚餐，但素夫似乎不吐不快。

“这到底是一家什么样的法律事务啊！”

“谁、谁呀？”

古美门阻止兰丸，黛则上前责备古美门。

“啰嗦！你们都出去！”

古美门终于下了逐客令。

“古美门那个男人有问题。”

驶往黛家的车里漂着沉重的气氛。

“他的问题多了。”

黛叹息道。

“相较之下，那个叫羽生的年轻人就好极了。你不是被他的事务所邀请了吗……我希望真知子在羽生那家事务所的工作环境里做事。”

听到素夫的话，黛吃了一惊。

“我在古美门事务所里还有案子未了。”

“虽然这只是我的直觉……我觉得羽生君是不是喜欢你啊？你觉得如何？”

“……饶了我吧。”

她本就不擅长讨论这种话题，更何况是和自己的父亲一起……黛板着着脸看向窗外。

法庭上，询问证人的环节开始了。

“明确地说，田向先生是个不中用的员工，总是浑浑噩噩，工作上尽犯错，除了‘犬老爹’，没有开发出任何其他热卖产品。是吧？”

首先由本田询问证人席上的水野。

“也有人说他是瞎猫碰到死老鼠。”

“在营业部的时候还曾给公司造成巨大损失。”

“就算被开除也不奇怪。”

“那为什么没被开除呢？”

“因为公司就是家。失误是大家的失误，成功也是大家的成功。这就是我公司的精神。”

"正因为员工齐心协力地培养了犬老爹，才会有今天的奇迹。而独揽好处只能算是对专利权的滥用吧？我说完了。"

本田对着原告席一口气说完后回到了座位上，起身进行交叉询问的是古美门。

"根据贵公司发霉的社训和令人作呕的精神，因为田向犯了许多错，所以就算成功了，也没有权利获取报酬，所以能让他去负责小学生投球比赛的红白球就不错了，是吗？"

"也不是这个意思……"

水野才开口，古美门又乘胜追击地问：

"田向先生给公司造成的巨额损失是多少？"

"各方面算起来……应该有一千万左右吧。"

"那你们能支付扣除这一千万后的二十四亿九千万吗？"

"但'犬老爹'是大家一起培养的……"

"最早把它画出来的是谁？"

"是田向君。"

"把一变二、把二变三，都不会太困难，但哪怕是一百个凡人也没法从零创造出一！必须有那么一个天才灵光一闪才可以！而田向先生正是那极少数的天才！"

听到古美门的话，田向脸上浮起欣然的笑容。

"据说，田向先生是在不知不觉中画出了'犬老爹'。这正是神的启示，上天所赐，惟有天才才能达到的境界！几百名的员工所作的贡献等同于零！"犬老爹"是田向先生创造的！"

"这么说好吗？"

旁听的素夫自言自语地说着，古美门对着素夫咂了咂嘴，丢下一句"我说完了"回到了座位。

下一个证人是笠井。十六年前朴素的事务员笠井如今已是能自如穿着高级西服的贵妇，法庭的显示屏播出八年前的联欢会，正是兰丸用平板电脑给田向看的同一段视频。显示屏上，醉醺醺的宫内拍着田向的肩："等稳定下来，我一定会付给你与之相符的报酬！"

"八年前的联欢会上，社长似乎喝了酒。在贵公司，联欢会算是业务的一部分吗？"

矶贝问笠井。

"不，一直都不算是官方场合。"

"那么，社长所说的话只能算是逢场作戏的客套话？"

"是的。"

笠井明确地点了点头，矶贝露出"重点来了"的表情，继续说道。

"众所周知，设计著作权的时效是十年，既然社长的这番发言并非官方，那么时效就不曾中断！由此，我们无法印痛田向先森的清球[①]。"

到最后他的舌头已经转不过弯，拍打着自己的脸颊回到座位上。

"笠井君，来年的目标是提高百分之一百二十的销售额，拜托了。"

起身作交叉询问的古美门快进刚才的联欢会视频，并定格在宫内对笠井说话的时刻。

"笠井女士，你完成这个目标了吗？"

---

① 这里是矶贝说话咬字不清。

“是的。”笠井点了点头。

“除此之外，社长每年都会在联欢会上对员工提出各种要求，而各位员工也都为此而拼命努力吧？”

“当然，我们都想回应社长的期待。”

“酒桌上的话不去理会不就好了？”

古美门试探。

“那可不行，社长说话，一言九鼎。”

笠井断然回答。

“那么这样的话，贵公司的联欢会实际上是业务的一部分，社长的话等同官方。”

“这是诡辩，诡辩！”

旁听席上的素夫又叫了起来。

“请这位误把旁听席当作相扑比赛观众席的老人肃静！”

素夫被古美门大声呵斥后板着脸坐到座位上。黛心情复杂地望着父亲。

“听好了，真知子，你悄悄地和羽生君配合，去提出和解。”

当晚，素夫在车里说道。

“那可不行。”

“为什么？你也觉得古美门的想法不对吧？”

“我的工作是达成委托人的期望。”

“那也是古美门教出来的？你为什么要待在那个家伙的事务所里？”

“……他没有那么坏。”

古美门不是能被人轻易读懂的好人。但在打官司时，古美门却是最认真追寻真相的那一个。黛看过无数次那样的场面。

“……你……难道你对古美门……”

素夫看向副驾驶座上的黛。

“哈？”

“是、是吗？你们……已经是那种关系了？”

“看前面！前面！”

黛提醒口出惊人之言的素夫专心驾驶。

“金钱的奴隶”

“滚出去”

“不要破坏孩子的梦想”

“犬老爹不是你们的”

某天，田向的妻子美绘回家时，公寓的门上被贴满写有恶言的大字报。刚刚在外面站着聊天的附近主妇们也都对她避之唯恐不及……呆呆地站着，美绘伸出手，从上往下、一张一张地将纸揭下。

“受苦的是还要在员工宿舍里与人交往的夫人吧？”

说话的是羽生。美绘带着他进了客厅。

“我和女儿对现在的生活并没有什么不满。”美绘招待着羽生，吐露出自己的心情，“女儿也拿到了公司的内定名额。她从小就非常喜欢AJISAI公司……我的先生为什么会变成那样呢……”

“会不会是您先生所愤怒和悲伤的并不是公司，而是其他方面呢？”羽生沉思着回答道，却没有说完。

“您有没有看不起他？会不会在不经意间伤到您先生的自尊？”

美绘惊呼着用手捂住口。

“只要被深爱的家人尊敬，男人就能得到满足。”

羽生对美绘这么说着，微微一笑。

当晚，经美绘提议，田向一家三口出门去了餐厅。就坐后，美绘和百合子突然拍起了手，说：“爸爸，生日快乐！”

“……还没到日子呢。”

田向困惑地说。

“这是去年的，还有前年的。”

百合子说完，美绘点了点头。

“一想到有好几年没有给爸爸庆生了，总觉得过意不去呢。多亏了爸爸，我们才能过上平稳安定的生活。”

“爸爸，我们现在已经十分幸福了，我们最喜欢善良而平凡的爸爸。”

“百合子……”

田向感激地抬起脸——

“所以别打官司了吧！是那个一脸微笑的骗子诳你们这么劝他的吧？”

古美门突然出现在餐厅，他坐到田向身旁，一口吹灭了准备好的蛋糕上的蜡烛。田向三人还在发愣，古美门已经自顾自地吃起了桌上的食物。

“对方已经猴急了，这样下去他们一定会输。”古美门盯着眼前的美绘和百合子，“你们一定能拿到二十五亿日元——啊，确切地说，是扣除我胜诉报酬后的金额。”

“……对我们这种平民来说，这金额有点太过骇人听闻……”

美绘猛地朝前探出身。

“快甩掉这副老百姓的穷酸相！你老公是少有的天才！你们已经没必要紧抱着寒碜的员工宿舍和吝啬的公司不放了！”

“真的……能赢？”

美绘屏住了呼吸。

“AJISAI 公司快要完蛋了。”

古美门偷笑着把蛋糕切得乱七八糟。

“官司会怎么收场呢？”

潜入 AJISAI 公司的兰丸进入洗手间，站在正在“办事”的栗田旁。身穿橙色外套的栗田散发着所谓设计师的气质，因被素不相识的男人搭话而吓了一跳。

“啊，说起来，想出‘鳄老大’系列的是栗田先生吧？”

“嗯？唔，是啊。”

“也就是说，如果田向先生赢了，对栗田先生也是有利的。”

“嗯？”

“因为‘鳄老大’系列也卖得很好吧。那样的话，就算没法像‘犬老爹’那样拿到二十五亿，至少两亿、三亿总能……对吧？”

成功煽动栗田的兰丸接下来又去吸烟区找藤原。

“‘狒狒大爷’是藤原先生的企划吧？好像很热门呢！”

一头长发、络腮胡、看起来颇有艺术家气息的藤原似乎也被兰丸的话勾起了兴致。

接着，兰丸又追在正要独自乘电梯的久野身后进了电梯，然后咚地把手撑在电梯墙上，将大约年长十岁的久野逼在电梯墙边。

“想出‘老太太’形象、最早提出给‘犬老爹’设计家人的，是久野女士吧？”

兰丸像是要诱惑久野似的，把脸凑近，久野砰砰的心跳声几乎要传入兰丸的耳中。

下一场公审，证人席上站着栗田。

“也就是说，AJISAI公司在明确职责方面暧昧不清，虽然貌似如田园诗美妙，却轻视个体的权利，是吧？”

栗田以一句“是的”肯定了古美门的问题。接着站上证人席的是藤原。

“如果努力得不到回报，那么谁都不会去努力了。为了能出现第二个、第三个田向，应该对创作者本人给予优厚的待遇。是这样吗？”

“是的。”

最后登场的是久野。

“你觉得创造出‘犬老爹’，功劳属于谁？”

“完全属于田向先生本人。”

听到久野的话，原告席上的田向露出了笑容，旁听席上的美绘与百合子互相握住了手。

“羽生君，快说反对啊，果断地说反对啊！”

虽然素夫一直在旁听席上叫他，但羽生却保持着从容的笑容。

“去告诉他吧，法庭上没有家长参观会！”

回到原告席的古美门鄙夷地对黛说。

“不会有人对一郎[①]拿几十亿年薪不满吧？但如果在公司里支付这个数字，就会遭到严重抵制，都是因为棒打出头鸟的公司文化，虽然明明每个员工都是艺术家……”

几天后，以时尚眼镜、时尚外套为造型的田向在古美门事务所里接受了商业杂志的专访。眼镜与服装都由服部负责，他口中的台词则是古美门教背的。

“我不得不去战斗，因为我就是卡通形象专利界的一郎。”

大功告成。

古美门对着说完台词的田向比出“好！”的手势。

“可恶……不能再让古美门为所欲为了。”

当晚，回家路上，素夫紧紧地握着方向盘。这天，素夫不知怎么也去了事务所，正好从头到尾地听完了田向的采访。

“就算爸爸你再斗志昂扬也没用，别再去法庭了。”

黛明确地表达自己的不悦。

“爸爸是对你……”

“不要再去了！知道了！”

“……我知道了。”

素夫勉强点头后，递给眼睛盯着前方的黛一张券。

---

① 一郎：指铃木一郎，日本著名棒球手，现效力于美国职业棒球大联盟纽约洋基队。

“这是什么？餐饮券？”

“女王塔酒店的餐厅，最适合约会了。羽生他似乎随时都行。”

“别自说自话地把我跟羽生君凑对啊。”

黛怄气地说。

“楼上客房的夜景也很美，我觉得你也到了可以那么做的年纪了。如果是羽生君，我同意。”

“别说了。”

真是的，他在说什么啊？官司正进入关键阶段，根本不是说这种事的时候。

“如果他没有主动对你提，你就这么说：‘我好像醉了，想找个地方休息’。”

“叫你别说了！”

却听到抽鼻子的声音？难、难道……

“你在哭？”

“别说蠢话。”

嘴上这么说着，素夫的鼻子却一直在抽啊抽。

几天后，羽生等人把古美门一行叫到了 NUXUS 事务所。

“三亿，这是极限了。希望你们能接受。”

矶贝说道。羽生、本田和宫内都深深地低下了头。

“田向先生，看来我们白跑了一趟。回去吧。”

脚搭在办公桌上听完后，古美门意兴阑珊地转过身。

“您也知道‘犬老爹’人气直落了吧？”

羽生直截了当地说道。

“不仅如此，不断有员工效仿田向先生提起诉讼，尤其是创意部门，已经一团乱了。”

矶贝滔滔不绝地说着，宫内又低下了头。

“田向，收了这笔钱绕过我们吧……这样下去，公司要保不住了……拜托了，就这样吧。”

“田向先生，您不仅把公司搅得天翻地覆，还让孩子们失望……您真的那么想要二十五亿吗？”

黛不禁为羽生的话动容，她望向田向。

“这真的是幸福吗？”

“当然幸福。这个世界有钱就幸福。”

古美门毫不犹豫地回答。羽生粗暴地吼道：“我是问田向先生！”然而，田向却低着头不说话。

“黛小姐，你来代为描述田向先生的心情。”

“哎……”黛虽然有些困惑，却咬紧牙说道，“田向先生只是在要求自己的正当权利。”

“就是这样，告辞。”

古美门满意地点头起身，田向跟在他身后。

“田向，我们真的对你有那么过分吗？”

宫内挤出这么一句，田向停住了脚步。

“走吧。”

古美门催着田向迈出脚步，黛无奈地跟在两人后面。

“五亿，他会同意吗？”宫内抱着头。

羽生却像是下定决心似的开口：

“……算了吧。对方不肯和解也没办法，身为一个要守护公司整体的社长，不该继续屈服于这种被私利私欲冲昏脑袋的人。”

“但我们有胜算吗？”

矶贝担心地问。

“社长，我们彻底调查了紫阳花文具当时的员工名单。请看这里，”羽生取出文件，指着其中一页，“临时员工的注册编号，八十四后面是八十六。”

“漏了一个人？”本田惊呼。

“这不可能啊……”

宫内沉思道。

“难道是被对手抽掉了？”

“会是对他们不利的人物吗……？”

这是怎么回事呢……矶贝和本田歪着脑袋想。

“请查出这个八十五号是谁。”

“好的。”听了羽生的话，宫内点了点头。

“原紫阳花文具的临时员工大木和子女士。十六年前，‘犬老爹’方案被提出时，您也在职吧？”

开庭后，羽生开始询问证人——临时员工八十五号。

“您的爱好是什么？”

“画油画。我每次画完，一定会给公司里的大伙看。”

“请给我们看一幅您当时的作品。”

“好。”和子点了点头，从身旁放着的包里取出陈旧的油画布，上面画着一只长相滑稽、身上有黑白斑点的狗。

“这是我当时养的小太郎。”

“看起来和‘犬老爹’十分相似呢。田向先生会不会是因为看了大木女士的这幅画，才画出了‘犬老爹’?”

“是的……我一直都是这么想的。”

坐在原告席的古美门阴沉着脸。

“为什么你沉默至今呢?”

“因为我觉得创作人是谁无所谓。”

“但既然田向先生坚持认为他是犬老爹的创作人，那么大木女士您也必须提出声明了。”

“我不打算那么做……”

“为什么?”

“因为公司就是家，犬老爹是我们大家的。”

羽生一副“看吧!”的表情坐下。旁听席上戴着鸭舌帽和假胡子乔装打扮的素夫“咻”的吹了一声口哨，比出胜利的手势。

“赢了吧?”

回到座位上，本田低声道。

“对方过于执着于胜利，可悲。”

羽生微笑着望向原告席上沮丧着脸的古美门。然而，古美门忽然一蹦而起，开始了交叉询问：“这是你在什么时候画的?”

“十六年前。”

和子回答。

“正是‘犬老爹’被创作出来的时候呢!你是在哪里画的?”

“我家院子里。”

“背景里的这个柱状物体是?”

和子的画里，庭院围墙的另一头竖着一根灰色的柱子。

“啊，是街灯，就在我家门前的路上。”

“根据区政府的资料，你家门前的路灯是在十四年前设置的。

你是预见到了两年后会出现路灯，才把它画出来的吗?”

古美门举起资料，伴随着那动作，似乎能听到“锵”的一声。

“那是……”

和子陷入沉默。

“我再问一次，这是什么时候画的?”

“……都说了是十六年前、或十五年前……”

和子“嗯”地思考着。

“请确切一些。”

“那么早的事怎么可能记得清楚嘛!”

在和子叫出声的同时，古美门得意地笑道：“我问完了。”然后，他满心愉快，嘴里“呼呼哈哈”地蹦跶着停在羽生面前。

“……羽生君完全中计了。”

黛在归程的车上叹息。素夫沉默不语。

“他就应该坚持说是员工们一起构想的……胜负已分。”

翌日，素夫在古美门事务所的凉台上独自饮茶。

“不去旁听没关系吗?”

服部为他斟满茶。

“……虽然打算去，却觉得腿有些沉。”

“因为令爱叫你不要去?还是不想看有着友爱氛围的公司败北?”

“……我觉得……女儿正在离我而去……她好像在渐渐地改变着。”

素夫感慨万千地说道。

“您的意思是她被无良上司带坏了？”服部以一贯稳重的口吻陈述道，“我以前经常在瑞士游山玩水。”

“哈？”突然听到毫无关联的话题，素夫惊讶地抬头看向服部。

“那里有一座高原，高原上盛开着整片整片的雪绒花。但不巧的是，那一天因为气候不调，好像是冷空气降临什么的，雪绒花全都枯萎了。”

“然后呢？”

“但我仔细一看，却看见了唯一一朵绽放的花。那朵花比我之前所见过的任何一朵雪绒花都要美丽。”

“然后呢？”素夫歪着脖子问，他无法理解服部想说什么。

“完了。”

哎……服部留下素夫发愣，回到了屋子里。

法庭上正轮到询问原告本人。

“当时，紫阳花文具陷入经营危机，全体员工都异常繁忙。深夜回到家，看到女儿沉睡的容颜，再看看她在幼儿园里画的图画。这曾经就是田向先生的喜悦吧？”

古美门一反常态，深沉的说话语气令人动容，手中展示出写生本上都是田向女儿百合子画的画。其中一幅画了个戴着眼镜的男性，四肢朝着同一方向，看起来隐约像是“犬老爹”。在画的一旁，是百合子写下的“爸爸”。

田向被古美门问得有些不好意思，点着头说了句：“是。”

“你无意间动笔画下的‘犬老爹’，既不是上天所赐，也并非对临时工大木女士画作的摹仿。而是深爱的女儿送给最爱的爸爸的礼物。毫无疑问，‘犬老爹’属于你。我说完了。”

羽生接在古美门之后站起，证人席上站着宫内。就在这时，素夫来到了旁听席。

“我没有榨取田向君的权益……公司的管理层也没有独占这些利益……一直都是公司全体一起分享的。”

虽然垂头丧气，宫内的证词却很清晰。

“AJISAI 公司是一家秉承了日本企业传统美德的公司。不强调个人权利，互相体谅……宫内社长所重视的就是这样的公司风气……是加快互相掠夺的步伐，还是恢复互相分享的社会……这才是这场官司所要裁断的根本问题。我说完了。”

羽生明确地表达了自己的观点后回到座位。

“原告代理人。”

法官提醒了一句，古美门催促着黛：“你去。”黛原本认定总结陈词的会是古美门，此时不禁困惑地“咦”了一声。

“这是难得的公开课。趁这机会，在你爸爸的面前，给爸爸最爱的有传统美德的日本企业送上最后一击。”

望向旁听席，黛的目光与素夫相对。最后她下定决心，站起了身。

“终身聘用、论资排辈、热爱公司、公司就是家……这一切都是过去的幻想。”她走近证人席，与宫内面对面，“田向先生比您先顺应了时代的改变。今后，单靠人情的现代企业将会愈发难以立足。看情面，讲人情，无法保护‘犬老爹’和公司……因为那只会令公司被吃得干干净净。”

黛以她特有的真挚一字一句地编织着总结陈词。听着仿佛否定自己人生的话语，素夫张着嘴，怔怔地看着。羽生也表情严肃地听着黛的发言。

“分享的精神很美好。但主张自己的权利，即使被唾弃、被怨恨也要战斗到获胜的人，也应该被称颂。时代绝不会倒退。固步自封则会毁灭。我坚决主张与田向先生个人专利创作和市场功绩相符的报酬，二十五亿日元。”

“啊……”旁听席上的素夫用一只手捂住了脸。

“……但是，我发自内心地想对那些分享着彼此喜悦与苦楚、奋力工作、养家糊口、并推动这个国家发展的所有公司和一路这么工作过来的人们说一声：谢谢。”

“我说完了。”黛行了个礼回到座位。旁听席上，素夫忍着泪仰望天花板。

“爸爸！”

走出法院，黛找寻找到素夫踱步回去的背影，追了上去。

“真知子，最后那段话了不起啊。”素夫转过身，“我不会再来了，你放心吧。我会找到值得专注去做的事。”

黛点了点头。

“古美门，”素夫叫住黛背后的古美门，然后直直地看着他叫道，“我讨厌你！”

“你们这对父女真是像啊。”

古美门皮笑肉不笑地回应。

“我打心底希望她去羽生的事务所。但是呢，这孩子从以前就是，一旦决定去做，不管我说什么，她都不会听。”

“对于这一点，我感同身受。”

“今后也请严加锻炼小女……作为反面教材。”素夫低下头，“拜托了。”

“即使伯父不拜托我，我也会不分昼夜强拉硬拽毫不留情不容分说地让她做牛做马，因为我们事务所是秉承了恶习传统的企业。”

“古美门，”素夫微微一笑，随后又仿佛叮嘱似的瞪着古美门，“我果然讨厌你。”

古美门哈哈大笑，素夫迅速背过身去。

“我送你到车站。”黛正欲迈步一起走，却被素夫阻止。

“只有克服严苛的环境，才会绽放出壮丽的花瓣……啊，这样啊，原来是这个意思！”

素夫说着，像是领悟到什么似的将手砰地搭在黛的肩上。

“真知子，你会成为那一朵雪绒花。”

黛不明就里地点了点头。素夫又砰砰地拍了拍她的肩，转身要离开。

“啊，还有，不要忘记了，要学会说‘我好像醉了，想找个地方休息’哦！”

“他到底在说什么？”古美门问道。

“谁知道……”黛装傻。

“我火速预订了一架湾流，和贝克汉姆同款哦。特允你与我同乘。”

隔着探视玻璃，古美门向贵和展示喷气式飞机目录。

“你有恐高症吧？”

一身红色连衣裙的贵和以肘部支在桌上，露出雪白的胳膊。

“听谁说的？”

“看脸就知道了。”

“我很快就会克服，并让你无罪释放。这次别闹情绪了，你也不想被吊死吧？”

“与其说这个……那孩子在动摇哦。”

贵和从化妆袋中取出锉刀，边修指甲边说风凉话。

“你在说什么？”

“幼儿园小孩。她正在两个男人之间动摇。”

哦？古美门露出笑容。

“说不定会去那边哦。”

“白痴对蠢货，很配嘛。”

“那样也没关系吗？”

“我考虑过了，完全不觉得会有什么麻烦。比起那个，八千米高空的高速旋转三点攻会是什么感觉呢？”

古美门兴致高涨，在椅子上拼命地扭动身子。

黛和羽生在酒店最高层的餐厅用餐。

“你们果然厉害，这次也是我完败。”

羽生单手端着红酒杯对她笑道。

“虽然输了，但你好像并没什么不甘心呢。”

“才不是哦。我嫉妒得要命，越来越想把你抢走了。来我这儿吧。若你我能合二为一，那一定是件美妙的事。”

“合、合二为一……这个……”

黛因为羽生的直言不讳而脸泛红晕，虽然一口喝干了冰凉的红酒，却更觉潮热。

“如果是我和你，一加一能有一百万，甚至两百万哦。”

原、原来是这个意思吗？羽生对发怔的黛微笑：“差不多该走吧。”啊，就是现在，必须说了——

“……我、我醉了……这……还、还是……找、找个……地、地方……休息下比较好……”

黛总算费力地说出口。

“我马上送你回家。”羽生举起右手打了个响指，“买单。”他到底是迟钝还是真的心无邪念呢……

“……谢谢。”

黛恨恨地凝视着一派绅士却无视自己言外之意的羽生。

田向一家也去了餐厅。

“要是买下整栋公寓楼，需要十二亿……”

“我说了，肯定是投资纽约大厦的回报率更高。”

“等等，我正在算。”

美绘和百合子在桌上摊满了跟房产相关的文件，两个人争论不休。

“……就是今天。”坐在对面的田向对两人说道。

两人完全没有听。

“将据点转移到纽约，就能解决纳税问题……啊，真是的……”

“就是今天啊！”

“啥？”

美绘不耐烦地抬起脸。

“……爸爸、的生日、是今天哦。”

两人对田向的话全无反应，只顾与文件堆搏斗。

戴上过去喜爱的、动不动就结雾的眼镜，穿上皱巴巴的西装，田向独自靠在公园的长椅上。放学回家的孩子们追来赶去。一不留神，只见地上有一只“犬老爹”的钥匙圈。自那场官司以后，“犬老爹”的人气一落千丈，小学生们看都不看它一眼。望着地上已满是泥垢的钥匙圈，田向缓缓地伸出手。

“……宫内社长正式辞职了。”羽生拾起钥匙圈，对田向说，“沙特阿拉伯有这样一句谚语：‘若在沙漠迷路，就沿足迹返回’。”

田向朝着公司旧址的方向走去。地藏菩萨对面的那栋楼如今已成了投币式停车场——咦，有人先到了，是宫内。宫内转过身，田向对他低下了头。

“……原来这地方这么小啊。”

听着宫内的感慨，田向点了点头，站到他身边。随后，水野也来了。

“……入口处在这里。这里是仓库吧……”

水野怀念地眯起眼。而另一个方向，笠井也出现了。她笑着说：“铅笔和橡皮的退货总是堆积如山呢。”两位董事和宫内一起辞职了。

“大家总是在这里围成圈地发愁。”

宫内走到曾经的办公室位置。

“一般都是水野先生边哭边开始唱……”

田向的话音刚落。

“♪只要有一支铅笔，就能在白纸上尽情描绘梦想。只要有一盒蜡笔，就能描绘蓝天彩虹。”

水野和笠井唱了起来，随后自然地成了四人合唱。

“♪只要有一块橡皮，再痛苦的记忆都能擦得精光。啊——紫阳花——我的、我们的紫阳花文具。”

和十六年前一样，四人不由得相视而笑了。

“……我……我想做出好橡皮。”宫内蹲在停车障碍物前低叹，“好想重新开始啊。”

“就从一块橡皮开始。”

水野和笠井跟着宫内说道。

“那、那个……”田向有些不安地扶了扶眼镜后开口，“我多少还有点资金。”

羽生、本田和矶贝望着田向等人在投币式停车场里开怀欢笑、互相拍肩的样子。

“这就是我们的取胜之道。”

不管别人说什么，是这样就可以了。羽生满足地望着田向等人的身影。

古美门走下客厅，只见沙发上坐着黛父女。

“……您不是说不来了吗？”

“他好像找到了新的乐趣。”

黛正说着，素夫得意地从桌上拿起绘画用纸展示给古美门看。

“这是金枪鱼爸爸、这是鲫鱼妈妈、间八哥哥、关鲭姐姐、喉黑爷爷还有佐贺的鲭鱼奶奶。”

都是素夫创作的卡通形象。草图上全都是将笔法细致的鱼头连在人类的躯干上，十分惊悚。

“我怎么看这些草图都差不多啊？”

服部张望一眼后发表了感想。

“为了防止被人山寨，我打算先申请好专利。”

“没人会山寨这种东西！滚出去，白痴父女！”

古美门手指玄关，他的声音响彻客厅。

第六章

爱情的新形态是重婚？被控告的妻子竟有三个丈夫

黛正在客厅里加班处理文书工作，不知不觉，日历翻开了新的一页，凌晨了。这时，响起了敲打玻璃的声音。深更半夜的，会是谁？只见羽生打开面朝庭院的玻璃窗，进到屋里。

“羽生君，都这个点了，你怎么……”

羽生飞快地用手指按住黛轻启的唇。

“我是来掳你走的。来，走吧。”

他紧紧地握住黛的手，试图带她从自己刚才进来的窗口出去。

“等、等一下。我不是说过，我没打算离开这里吗？”

“不要再自欺欺人了。来我这里。”

羽生一脸真挚地望着黛。这时，古美门从二楼走了下来。

“你在做什么，双赢先生？”

古美门身着打着白色皱褶的衬衫与红色及膝裤，一身中世纪骑士风格的装扮，鼻子下面还戴着假胡子。

“真知子是我的。”

羽生挑战似的说道。古美门抽出装饰在走廊上的古董甲胄武士手中的两把剑，把其中一把掷给羽生。

“那你就使出全力，抢抢看！”

“真知子，躲远点。”

古美门和羽生举起剑。

“不可以……不可以这样。”

无视黛的阻止，古美门问羽生：“Etes-vous prets[①]？”而面对问自己“是否准备好”的古美门，羽生也摆好架势说了句：

---

① Etes-vous prets：法语，准备好了吗？

"Oui"①。

"住手！不要为了我决斗！服部叔！快阻止这两个人！"

"谁都无法阻止男人之间的决斗。"

服部发出决斗开始的信号，激烈的决斗开始了。

"怎么会……虽然大概是在做梦……两个人也不要为了抢夺我而争斗啊！虽然大概是在做梦！"

有时候在做梦时明明知道是在做梦，就像现在这样，黛却醒不过来。

剑与剑的碰击声响起，两人正一进一退地反复着激烈的攻防。羽生渐渐占据了优势，最终击落了古美门的剑。剑尖指着古美门的鼻尖，一步一步逼退他。古美门不停后退，终于被逼到了墙边，一屁股坐到了沙发上。

"胜负已分。放心，我不会取你性命。"

羽生露出从容的微笑，放下了剑。就在这时，古美门却从身后的陈设中拿出暗藏的手枪："所以你才会输。"他向羽生开枪。羽生瞪大眼，仰天倒下。

"羽生君！振作！"

黛慌忙冲到他身边，抱起他。羽生微微睁开眼。

"……手枪……这是使诈吧？"

这是他最后的遗言……

"羽生君！别死！虽然这绝对是做梦！但你不能死！"

黛晃着戛然咽气的羽生，古美门从她身后紧紧抱住了她。

"我不会把你交给任何人，你永远只属于我。"

---

① Oui：法语，是的。

"律师……你在梦里都是这么卑鄙啊！"

"你就是喜欢这样的我吧！"

古美门将黛的脸转向自己，手指抬起黛的下巴，将自己的脸凑近……

"哇啊啊！"

黛跳起身，天已亮。自己似乎趴在书桌上睡着了。

"啊！嗷！哇啊哇啊哇啊！"

黛为了抹除梦中的最后一幕，挠着头走来走去。可是，她的目光对上了正躺在长椅上看杂志的古美门，于是又"哇"地一声窜去了凉台。

啊……在鸟啼婉转的凉台上吸着早晨的空气，心情逐渐平静了。

"她最近好像有点奇怪。"

"以前就这样吧？"

服部和古美门的窃窃私语从背后传来，黛为了转换心情，投入地做起了广播体操。

"……我到底该怎么做才好？"

几天后，一名六十多岁的女性来到古美门法律事务所，她叫嶋澄江。

"您能从头再说一遍吗？"

古美门似乎还在睡觉，只有黛在听澄江讲述。不过，她根本听不懂对方的意思。

"我儿子去年再婚了。他有过一段失败的婚姻，现在一边当小学律师，一边独自抚养五岁的儿子。所以我也松了口气。”

澄江的儿子悟离婚后独自抚养五岁的宗太，在和名为爱子的女性再婚后，三人共同生活。

“对方是在霞之关政府大楼里工作的优秀人才，长得漂亮，性格开朗，也很疼爱我的孙子，我当真觉得儿子配不上这么好的老婆。”

然而爱子工作繁忙，回家很晚，大多数时候都不在家。所以由澄江负责去幼儿园接崇太。澄江去接宗太后就会送回家并给他做晚饭，这样的事经常发生。

“可是，有个亲戚说，看见我媳妇挽着别的男人走在路上。她的确常常不在家，我一直以为她是工作忙……”

虽然觉得自己多事，但澄江还是瞒着儿子悟请了私家侦探调查。

“然后我发现了一件惊世骇俗的事……似乎除了我儿子以外，她还和其他两个人结婚并组成了家庭。”

根据私家侦探的调查结果，其他两个人中，一个是落魄画家泷口哲平，他住在一套小公寓里，有一个名叫玛丽亚的小宝宝。据说泷口把爱子当成缪斯女神一样崇拜。

另一个是架子工宇田川荣一，这个家中有在读小学的三兄妹，分别叫火星、希星、姬冠。孩子们称爱子为“妈妈”，而爱子也显示出母亲的威严，俨然工业区的工匠家庭女主人。一家人的乐趣是一起吃自助烤肉。

“我犹豫再三，最后还是跟儿子挑明了。我跟他说：‘她好像除了你还有别的丈夫。’”

澄江把侦探拍摄的照片给悟看。她以为悟在看到爱子和泷口以及宇田川和乐融融生活的照片后必然会深受刺激……

但悟看着照片，却干脆地说了句："我知道啊。"

"是画家泷口和架子工宇田川吧？我们是一妻多夫制。"

"……一妻多夫？"

悟对着呆若木鸡的澄江笑道：

"一个妻子，多个丈夫，很不错哦。"

澄江在讲述后第二遍又一次悲伤地感叹："我该怎么做才好？"

"能请您再从头说一遍吗？"

黛问她。

"那就要说第三遍了哦……"

"……因为似乎是以我的常识无法理解的事……"

"这种事在法律上行得通吗？"

"没有，应该是没有的。"

黛断言。

"那么，到底是怎么回事……"

"到底是怎么回事呢，服部叔？"

黛自己整理不出思路，转头看向服部。

"看来是我们家律师会感兴趣的案子啊。"

"他感兴趣就危险了。"

"差不多到他起床的时间了。"

听到服部的话，黛打了一个激灵。

"嶋女士，恕我冒昧，请问您的律师费预算是……？"

黛在古美门出现之前问到了重点。

"因为我是靠养老金生活的，虽然难以启齿……"

听到这个回答，黛立刻写起了便笺。

“我建议您去这个地方咨询，会有优秀的律师以良心价为您竭诚服务。我们这里不行。”

“啊……这个该怎么念？”

澄江慢悠悠地看着黛递来的便笺。

“念奈克萨斯。好了快一点，赶在那家伙起床前！”

黛把澄江从沙发上扶起，心急火燎地将她引向玄关。正当她送澄江出门并请她加油时，古美门从楼梯上走下来了。

“谁来了？”

“没人。”

千钧一发。黛摸着胸口松了口气。

数日后，黛与贵和在东京拘留所的探视室见面。不过，贵和只顾涂着指甲油，根本没有认真听黛讲话。

“贵和女士……差不多也该谈谈案件了。必须下定决心在上诉审的战斗中推翻死刑判决。”

“你不下定决心没关系吗？”

被反问的黛“啊？”地一声看向贵和。

“你的脸上写着呢：两个不同类型的男人，没法选，好困扰啊！”

“你看出来什么？”

黛动摇着，不自觉地摸了摸自己的脸。

“下不了决心就不用下了。女人嘛，只要有了这个心思，是可以同时和两个三个四个五个男人交往的。”

“……我可做不出那种事。”

"你行的，你现在不就在那么做吗？"

"我没有啊！"

"有哦！你很享受让两个男人同时伺候你哦。"

面对贵和从容不迫的煽风点火，黛回以认真的表情：

"……没有这回事，我心里早就有了决定。在那个人认可我的能力之前，我会一直在严酷的环境中磨炼自己。"

"什么严酷的环境啊？真好笑！你只不过是觉得舒坦才待在那里的吧。"贵和格格笑着，"你并没有做出决定，你只是一直在逃避做决定。"

"……你也是吧？"

被黛反将一军，贵和倏地收起笑脸。

"我回来了。"

回到事务所时，只见门口放着好几双鞋。走进客厅，三名男性和一名女性齐齐望向黛。

"我姓嶋。"

满脸笑容低下头的男性一副大好青年终于长大成人的模样。嶋？也就是说……黛正在思考，身穿花哨衬衫、一副艺术家气质的泷口和身材魁梧、被晒得黝黑的宇田川也先后作了自我介绍。最后，三人像是事先商量好了似的异口同声地说了句："这是我妻子爱子。"——他们自豪地介绍坐在正中的美丽女性。

"我是嶋、泷口、宇田川的妻子，我叫爱子。"

长发扎成一束，看起来是个聪明女子——和前几天澄江来咨询时给黛看的照片上的爱子一模一样。

"一妻多夫制吗？真有意思啊！"

古美门兴致勃勃地喊出声，黛却丝毫不觉得有趣。

“哪里有意思了？请问爱子女士，你和他们三个人都结婚了吗？”

“是的，还举行了婚礼。”

爱子莞尔一笑，竖起叠戴着三枚戒指的左手无名指。三个“丈夫”也立刻展示手机里保存的结婚照。和悟结婚时穿的是婚纱，和泷口结婚时穿的是连衣裙，和宇田川结婚时穿的则是一身和服，每一张照片看起来都亲密和谐。

“那个……你们了解日本法律吗？重婚并不被认可。”

黛询问道。

“所以我们并没有提交结婚登记书。”

爱子毫不在乎地回答。然后，古美门愉快地开口了：

“也就是说，你和三人都是姘居关系，是所谓的事实婚姻，对吧？那就完全没问题了。”

“真的？”黛问古美门。

“嗯。”

“其实我很想和他们三个都登记的……”

爱子遗憾地说着，古美门深深地点了点头。

“是的，这个国家的法律太不讲理了，规定必须一夫一妻的制度才奇怪，如果一夫多妻被认可，我马上就成家。”

“你连一个妻子都没能搞定吧？”

黛立刻戳穿他。古美门却回答道：“那是对方有问题。”

“有一个结婚对象还不够吗？”

黛转身对着爱子追问。

“我无法理解这种想法。每天吃一样的菜会腻，精致的日式菜也好，”爱子说着抓起左侧悟的手，“艺术的法国菜也好，”她又抓过右侧泷口的手，“爽快的快餐食品也好。”说着，坐在沙发较远处的宇田川自动伸过手，几个人的手重叠在一起。

“我全都想吃。”

说着，爱子和三个丈夫望着黛微笑。

“……你们被比喻成了菜？不觉得不痛快吗？”

三人却完全不在意，摇着头说：“完全不觉得。”彻底令人无语。

“这是我们的爱情的形态。”

爱子说完后，古美门夸张地附和：“我深有同感。”

“那、那么，爱子女士，如果反过来，你的丈夫们在外面另有女人，爱子女士也不介意吗？”

黛试着换一个角度切入，爱子脸色骤变，站起了身。

“外面有女人？开什么玩笑？你们要是出轨，我可不会饶了你们啊！”

“没那回事。”

“我只有你。”

“我眼里的女人只有你一个。”

三人连忙否认。

“好开心。”

看着爱子他们手握着手的样子，黛抱住脑袋：“……我的脑浆都要沸腾了。”

“这并不是什么不可思议的事。世界上有的是一夫多妻、一妻多夫、多夫多妻的国家。是吧，服部？”

“以前我研修密教时生活过的西藏、体验游牧生活的蒙古、或是我担任王室厨师的不丹等地方，有许多都是一夫多妻或是一妻多夫的制度。”

“正是。”

“这里是日本!”

黛极力反击古美门。

“不久前，这在日本也是被认可的，比如光源氏，就有好几名妻子。”

“光源氏不是不久前，而且那只是传说故事。”

“所以那是接近原始人类的爱情形态。”

“我希望婆婆也能理解这一点。”

爱子对悟说道。

“我妈比较顽固。”

悟叹息地回答，泷口和宇田川也接口：

“她终究还是找了律师。”

“说想用法律手段怎么怎么样。”

“律师，为了保护这个家庭，多少钱我都愿意出。请帮帮我们!”

在财务省工作的爱子，经济上似乎颇为富裕。

“那么事情就简单了，把他们一举击溃吧！对方是哪家事务所的律师?”

古美门立刻上钩。

“叫什么来着……奈、奈克……”

见爱子歪着脑袋思索，黛接了一声“奈克萨斯”，立刻“啊”地捂住了嘴。

“哦？你好像又做了什么蠢事。”古美门盯着黛邪邪一笑，“好，我接了。黛小姐，你也一起负责哦。”说罢站起了身。

“这恐怕会违反律师职业规范。”

“谁管他！先去煞煞双赢先生的威风！爱子女士，敌方的事务所就像免费游乐场一样随便外人进出，把孩子们也带上一起去吧！”

大家热情高涨，黛却羞愧地耷拉着头。

“真是事与愿违。”

服部悄悄嘀咕了一句。

黛拼命地挠头：“啊！啊！真是的！”

一到NEXUS事务所，古美门就立刻在介绍板上对着羽生的照片乱涂一气，爱子和宇田川的孩子们也跟着在木田和矶贝的脸上画得乱七八糟。

除了古美门，其他人都聚在大桌子前开始了谈判。

“……爱子女士和三位确实是姘居关系，并形成事实婚姻。当然，在日本，是不认可重婚的，但就算她与三人都举行了婚礼，只要爱子女士没有和任何人登记，在法律上就完全没有问题，也不必受责难。”解释完之后，黛又对坐在对面的澄江道歉，“不好意思，伯母。”

“……怎么可能没有问题！”澄江独自愤慨。

“就是没有啊，伯母。爱情的形态是如此美妙，什么都拆不散他们。”

将羽生画成黑色恶魔后，古美门回到了谈判桌前。

“但是，就算在法律上没有问题……”

矶贝站起身，脑袋却被孩子们的球砸中。

“火星、希星、姬冠，你们能安静些吗！”

宇田川从位子上站起，呵斥了孩子们。泷口也起身，说是得给玛丽亚换尿布。总算安静下来以后，矶贝才继续说下去，“但在伦理上是有问题的吧？”

“说起伦理上的问题，比如呢？”

爱子问道。

“比如……那个……啊，那个不能碰，木星君。”

矶贝提醒正在摆弄电脑键盘的孩子们。

“不是木星，是火星。”

古美门不理会反被爱子提醒的矶贝，开口道：

“伦理这种暧昧的借口不可能拆散这个洋溢着爱的家庭。归根结底，嚷嚷着违背伦理啦、不道德啦之类的，无非是丑八怪看见一个好女人抢走了三个好男人、生怕轮不到自己而愤愤不平！”

听到古美门的极端论调，黛皱起了眉。

“那位简·本田律师的出生地嬉皮村应该尝试过多夫多妻制，实在是贯彻了‘爱与和平’啊。”

本田对古美门左右摇着手指站起身，仿佛在说：“呵呵，你错了。”

“我们村可没有，而且，在现代日本，要维持一妻多夫的家庭也很麻烦。这些孩子们的血缘关系是什么情况？”

“火星是宇田川带来的，希星和姬冠是我和他生的。玛丽亚是泷口和我的孩子，宗太是嶋带来的。”

爱子平静地回答了本田的问题。

“她一视同仁地爱着每个孩子。”

看见悟一边说一边露出微笑，澄江流露出悲伤的表情。

“经营一个家庭就够辛苦了吧，矶贝律师？”

本田看向矶贝。

“那是自然。”

“爱子女士的能力非凡！”古美门又一次跳过矶贝说道，“你们是怎么轮换的？”

“周一、周四。”悟举起手。

“周二、周五。”然后是泷口。

“周三、周六。”宇田川也跟上。

“周日没有硬性规定。有时候会三家人一起找乐子，就像今天这样。”

“你们是来这里找乐子的吗？”矶贝责备地看着微笑的爱子。

“除了‘太棒了’三个字我找不到别的话可说。这番热情与活力值得大家学习！”古美门对着羽生说，“你不觉得他们的这些家庭正实现了你所谓大家都赢的理想吗，闲适国王子？”

“对于这个状态是否让大家真正幸福，我表示怀疑。至少，澄江女士就不幸福。”

羽生从正面回击。

“伯母，事情要看你怎么想。儿子增加到三个，孙子孙女变成了五个，这是多令人高兴的事啊！”

“太恶心了，”澄江别过脸不看古美门，求助地看着羽生道，“律师，打官司也在所不惜，请帮我。”

“我明白了。”

“我明白了。别轻易承诺，让人空抱希望，你根本无计可施。”

被古美门一说，羽生挑战似的回应道：“是吗？”

“……这件事既没有触犯法律，也没有对伯母造成损害。”

黛对羽生这么说完之后，羽生站起了身。

“沙特阿拉伯有这么一句谚语：‘有没有石油，挖了才知道’。”

“那么有石油了叫我。”

“我会的。”

古美门站起身，迎上羽生挑衅的视线。

几天后，爱子和悟来到事务所，据说是收到了“调停期限传唤状”。

“宗太的监护权变更？申诉人、根本尚美……”

黛看着文件。

“是我前妻。”

“她本来是同意宗太的监护权归悟的。”

悟和爱子一脸不服气，这时，服部端来了香草茶。

“应该是知道了一妻多夫的事情后改变了想法吧？”

“以那家伙的水平来说，这次进攻用的子弹还算有水平嘛。”

古美门手持雪茄，露出了笃定的笑容。

监护权变更申诉审的那一天——

“……自那以后，我从事的室内设计工作开始得到认可，并收到了纽约分公司艺术总监的邀请。我为难得要命，和他谈了很多次……”

悟的前妻尚美拼尽全力地叙述着，看起来的确像是事业有成的职业女性。

“你最终是去追逐梦想了吧？”

被告席上的悟绷着脸说。

“你们分道扬镳，各走各的路，也决定了宗太由悟来抚养吧？”

坐在悟身旁的爱子说。

“荡妇，你闭嘴！”

尚美失态地与爱子争辩。

“谁是荡妇啊！”

爱子也回以怒斥。身穿露肩黑毛衣的爱子虽然衣着简洁，却极富女性魅力。

“为什么你这个外人会在这里啊？”

“爱子是我的妻子。”

悟反驳了尚美后，被法官提醒：“不要随意发言。”

“大家冷静地谈谈吧……现在的母亲和生下自己的母亲，如果宗太看到两人这般争吵，会怎么想？”

羽生冷静地起身，听了他的话，爱子和尚美都安静了下来。

“是你叫她们争吵的吧？”

古美门说。

“我也想和平解决。但对手是古美门律师，所以只能主动出击了。”

“出击也没用，碰上我你只有输、输、输。”

“是啊，律师您总是赢，而我总是输。”

“你那算什么脸？”古美门对微笑的羽生怒吼，“是输家就给我摆出输家的表情，你 脸赢家样儿算什么啊！”

古美门用手指着走到羽生面前。

“请、请冷静，不许吵架！”

黛慌忙站起劝阻二人。

“抱歉啦，毫无疑问，获胜的会是律师您，要有自信。”

“我当然有自信，但是你得再沮丧些。”

“我很沮丧，所以这次我想赢。”

“我要让你一点儿都笑不出来！我要彻底击溃你！让你哭得浑身抽搐呼吸困难被送去急救！”

“不许吵架！两个人都停下！快把能拿来当武器的东西收起来！”

黛在两人之间手足失措，本田提醒她：“你自己最该冷静。”

澄江作为当事人起身讲述：

“虽然背叛儿子很难受……但考虑到孙子，我觉得还是由尚美抚养比较好。”

“为什么？”

矶贝问她。

“本来以为她是无可挑剔的女性……可实际上他们不但没有登记，她还和我儿子以外的两个男人组成了家庭。”

“也就是说，同时和三个人有事实婚姻？这件事你儿子是怎么想的呢？”

“他是接受的。”

“这的确是非比寻常的情况。你担心这会流转你逊子滴伦离观吧①？”

矶贝的舌头又转不过来了，他打了打自己的脸。

随后是古美门提问。

“澄江女士，请用‘是’或‘不是’来回答。你儿子是不是

① 矶贝说话口齿不清。

虐待了孙子，或是对他不管不顾？”

“不是。”

“爱子女士有没有同样的举动呢？”

“没有。”

“自从你的孙子由爱子女士抚养后，他是否有过行为不端？”

“不是。”

“应该说，他性格变开朗活泼了，朋友也多了，连挑食的毛病都没了。他叫爱子‘妈妈’，发自内心地仰慕她，是这样吧？”

“……是。”

看到澄江不情愿地点了点头，古美门以一脸“赢了”的骄傲表情，摆出个手势：“我说完了。”

数日后，审理家庭案件的法庭上，爱子作为当事人回答古美门的提问。

“我有三个丈夫。”

“除嶋先生外，你还和泷口先生、宇田川先生形成了姘居关系吧？”

“是的。”

“你为什么要和三个男人维持夫妻关系呢？”

“当然是因为我爱着他们三个。”

听到爱子的回答，被告席上整整齐齐坐成排的三个丈夫都欣然地点了点头。然而，另一头的尚美却以肘撑桌，一脸不服地瞪着爱子。

“但是若和其中一人结婚，并和另外两个保持不伦关系，这种做法也很常见。”

“那太不像话了！不伦这么下贱的事我可做不出。我觉得如果爱了就应该结婚。”

“你是观念老派的人啊。”

“是的，我觉得自己愿意为这个人付出一切。我是因为真心地这么想，才会和他成为夫妻。对三个人都是一样的。”

爱子和颜悦色地回答。

“周一周四在嶋家，周二周五在泷口家，周三周六在宇田川家。这样的轮换出过差错吗？”

“没有。我的体力比一般人好。”

“三个家庭的家务都做了吗？”

“我很会做饭，每天都为丈夫和孩子准备营养均衡的便当。而且我也喜欢洗衣服和打扫，所以不觉得辛苦。”

“听说你在工作上也位居要职，年收超过一千万日元，你会主要花费在哪个家庭呢？”

“均等地投入到三个家庭。三个丈夫也各自有收入，我认为我们能为孩子们提供优渥的生活。”

爱子流利地回答着古美门的问题。

“我古美门研介……真是感动。这是一位非常优秀的女性，有着超乎常人的体力、经济实力、美貌与爱心。虽然平凡人维持一个家庭就已经精疲力竭了，她却拥有三个家庭，并且把三个家庭都经营得有声有色。这到底有什么不妥呢？给谁添麻烦了吗？”他犹如站在舞台上演戏一般口若悬河，把视线转向尚美，“相比连一个家庭都维系不了、为了工作抛下孩子的女性，哪个更适合当母亲？这不是一目了然吗！”

“我也这么认为！”

爱子望着尚美的方向微笑。

“我国的一夫一妻制本来就是为了在等级制度崩溃的时代，通过为一个男人分配一个女人的方式来达到使国家安定的政治意图，同时也是通过仿效西方基督教伦理观而形成的极端形式化的制度。它既不能体现男女关系的真谛，也不是理想化的家庭。倒不如说，正是因为强行规定一夫一妻，才导致了种种不幸事件！”

古美门竖着食指，滔滔不绝，旁若无人。

“如果不拘泥于一夫一妻，少子化问题也将迎刃而解！”

爱子一脸敬服地为之喝彩。

“正是！或许几十年后，一夫一妻制会被当成原始制度被嘲笑。”古美门与爱子彼此点头致意。

“因为这种原始制度，爱子女士无法拥有法律意义上的婚姻……这也是无奈。但我殷切地期望，至少请不要阻碍她以不触犯法律的形式来筑造心爱的家庭！也请不要夺走她心爱的孩子！我说完了。”

“不愧是古美门，强行突破了！”

本田悄悄对羽生嘀咕。

“申诉人代理人有什么问题吗？”

“有。”听到法官的话，矶贝立刻举手想要提问，却口齿含混，话都说不清。看不下去的羽生站起身走近爱子。

“爱子女士，请你用‘是’或‘不是’来回答。如今你代为宗太的母亲，你是打算和嶋先生登记吗？”

“……不是。”

“你是否考虑过为了宗太而成为他法律意义上的母亲？”

“对我来说，其他孩子也是相同……”

“用‘是’或‘不是’回答就可以了。将来，你也没打算和嶋先生结成法定夫妻，是吧？”

羽生再次问道。

“想结但结不了……”

“‘是’或‘不是’……”

“有些事没法用‘是’或‘不是’来回答！”

爱子焦躁地粗起了嗓子。

“在法律意义上，你对宗太来说就是个外人。我没有问题问外人。就这样吧。”

羽生淡淡地说着，快步回到座位。

从法院出来后，爱子一家人去了古美门事务所。桌子摆到了凉台上，服部正在做海鲜饭、辣鸡等墨西哥菜。

“你还会做墨西哥菜啊！”

“雕虫小技而已。”

“大家听好了，现在到了我们三个家庭合为一体的重要时刻。让他们见识我们爱子一家的爱有多强大！”

“羽生突然来了气势呢。”

“不足为惧。如果我是他，我就把这个家庭拆得四分五裂，让他们坠入不幸之中。但那家伙做不到，这是满嘴重视人与人之间关系的闲适国王子的底线。归根到底，他赢不了。”

古美门自信满满地嚼着鸡肉，黛心情复杂地望着他。

下一次开庭，宇田川作为知情人接受古美门的提问。

“三人之中最先和爱子女士开始婚姻生活的是宇田川先生，之后是泷口先生，然后嶋先生也以丈夫的身份加入。你当时的心情如何？”

“我觉得那是理所当然的，那么好的女人，怎么可能被我这种人独占。”

宇田川似乎是上班时间溜出来的，他穿的训练服上印着龙图案，下半身则是架子工的垮裤。

“丈夫增加到三个以后，她作为妻子和母亲，是否出过什么问题？”

“没有，倒不如说是帮了我的大忙……”

“帮了你？”

“毕竟爱子她……每天晚上都……我一个人的话，身体吃不消。”

“每晚吗？”

“实在是很厉害。我很感谢嶋君和泷口君。”

被告席上的悟和泷口都不好意思地点了点头，爱子似乎显得很自得。

“……有没有可能加入第四个？”

古美门不由得艳羡地问宇田川。

这次是羽生直接取代了矶贝起身对宇田川提问。

“如果真的爱一个人，就不会想把她交给任何人，就会想要她只属于自己……只有我一个认为这才是人性吗？”

羽生严肃地问宇田川。宇田川无言以对。

“是爱子女士让你走出妻子病逝后的痛苦深渊，并与你共筑热闹和谐的家庭……如果被爱子女士抛弃，你会重新回到那种绝望之中。所以，你才会对她听之任之，忍受着难以忍受的屈辱。不是吗？”

“……没有这种事。”

“不论作为丈夫还是父亲，你都是极具魅力的男性。我真心觉得还会有更适合你的女性，不是三分之一，而是把满腔爱意都倾注于你一身的真正伴侣。”

“不会有那种女人……”

“会不会只是你没有察觉到？请好好想一想，是否有那么一位女性，一直在你的身边注视着你？比如说，在工作中和你一起拆了好几家房子、能精确操作挖掘机的那一位……”

哗啦一声，法庭的门开了，门口处，矶贝的身旁站着一名年轻的女性架子工。

“广、广美……你、你……是那样吗？”

宇田川一脸震惊地问她，广美双手捂着脸飞奔而去。“广美——”宇田川喊出声时，羽生的那句“我问完了”飘荡在法庭上空。

“这是夏威夷料理。”

当天庭审结束后，爱子全家又去了事务所。

“火星和希星他们呢？”

在凉台上的桌边围着服部做的菜，宗太问爱子。

“他们说有点事，但是我们的心是连在一起的。要吃得饱饱的加油哦！”

“哦！”悟、宗太和抱着玛丽亚的泷口齐声说着，但每个人都感到了一丝寂寥。

“看来他不光是要拆散他们，还打算让他们组建新的家庭呢。为了没有人不幸……挺像他的作风。”

餐厅这头，黛一边吃一边认真地说。

“你为什么说得如此高兴？”

“不，我没有。”

“下一场你上。”

古美门坏心眼地说着，黛嘟起了嘴。

接下来的庭审，黛负责对知情人泷口提问。

“对有过巴黎留学经验的泷口先生来说，你是否认为不受法律约束的夫妻关系是非常正常的，并且觉得男女的恋爱形态应该更加自由？”

“Oui。因为男人也好女人也好，都会有坐拥后宫的梦想。即使是 Mademoiselle① 黛律师也是吧？”

“我、我个人并没有坐拥后宫的意愿。”

不知为何，这个话题让黛有些动摇。

“哎呦哎呦！能有两个好男人为了自己你争我夺，不是女人们自古以来的梦想吗？”

泷口一阵见血地指出。

“不清楚……我没做过这种梦，一次也没有。不过确实，与其击剑厮杀，共同拥有倒也算是一种出路。”

“咦？击剑？”

“我才没提到什么击剑！”

---

① Mademoiselle：法语对未婚女性的敬称。

说漏嘴的黛慌忙回到座位上，再次起身问话的是本田。

“泷口先生，你是不是在强行说服自己：在巴黎，这很正常，艺术家必须有前卫的价值观？”

“Non①。”

“你的初恋对象似乎是美术大学里的律师吧，西洋美术史专业的吉川律师？”

本田说话的同时，法庭的门开了，门口站着吉川美纪。虽然比泷口年长，但看起来却是个纤巧细腻的女性。

“吉、吉川律师……”

“庭审什么时候变成相亲节目了？”

古美门抱怨了一句，进入惊呆模式。

“你曾向她告白了无数次，但她一直拒绝……因为吉川律师已经结婚了。你怀着对法定婚姻的仇恨奔向爱子女士，其实你比其他人更憧憬法定婚姻，不是吗？”

听到这番话，泷口沉默了。本田继续说道：

“顺便说一下，吉川律师似乎在去年离婚了。”

“真的吗？”

泷口望向吉川时，矶贝关上了门。

“真的。虽然是题外话，但她今晚好像有空。这是她的新邮箱地址。”本田递过便笺，“然后还有句题外话，因为泷口先生在法律上还是单身，所以不会有任何阻碍。我说完了。”

“如果我也上证人席点名，妮可·基德曼也会从那个门出现吗？”

---

① non：法语，不是。

古美门眯起了眼，一副受不了的样子。

“这是摩洛哥料理，请。”

当天，来事务所的只有爱子、悟和宗太三人。

“小宗，多吃点。悟，你也是。”

两人几乎没怎么碰料理，爱子抓起他们的手打气。

“对方在瓦解并重筑的路上稳步前进呢。照这情况下去，真要配成三对了，皆大欢喜的三对。果然，在他们提出打官司的时候，我们的胜算就已经是……”

“烦死了！爱子女士，我也来你这边吃！”

古美门端着塔吉锅[①]丢下黛去了凉台。

接下来的庭审中，悟是证人。

“你认为宗太能被培养成一个开朗健康、心地善良、在托儿所里发挥领导能力、令你为之自豪的好儿子，这都归功于谁？”

“多亏了爱子。”悟笑容可掬地回答了古美门的提问。

“嶋先生和爱子女士携手培养了宗太君。没有任何理由剥夺他们对宗太的监护权。我说完了。”

羽生站起身。

“在法律上，宗太仰慕并称为‘妈妈’的爱子女士是外人。一周只在家两天，其他日子都在别人家做别的孩子的妈妈……你真的觉得这样的状态幸福吗？”

---

① 塔吉锅，产于摩洛哥，陶土制。锅盖部分像一顶尖帽子，可以使用很少的水来做菜。

被这么一问，悟的脸色沉了下来。

“嶋先生，你是否对尚美女士放弃家庭去选择梦想感到气恼？但在尚美女士内心的角落，一直都有这样的愿望……有朝一日实现梦想，能再次回到家人身边。尚美女士的本意并不是要从你这里抢走监护权，她是想和你共同抚养宗太。”

悟望向坐在澄江身边的尚美。

“确实，尚美女士并不是爱子女士那样的女超人，她是连守护一个家庭都做不好的有欠缺的女性。但是，两个有欠缺的人努力地彼此扶持、互相配合着前进，才是真正的夫妻，不是吗？”

悟的眼中隐隐闪起泪光。

“你的母亲也是这么期盼的。请做出对大家而言最幸福的选择吧！我说完了。”

羽生回到了座位上。爱子凝神细思，古美门也是一脸古怪。

这晚直到深夜，黛都在埋头做文书工作。

“还要工作吗？”

晚餐后，收拾完毕的服部问她。

“是的，还有点事要做。”

黛抽了抽鼻子，一个人默默地继续工作。

几天后，古美门等人拜访了NEXUS事务所。澄江和尚美也在。

“你们心知肚明吧，这场官司会是我们赢。但是，不管是尚美女士还是澄江女士，她们的本意都不是要从嶋先生手中抢走监护权，我们还是走‘爱与和平’路线吧！我们会撤销申诉的。”

本田说完，羽生继续：

“条件只有一个，解除和爱子女士的姘居关系。”

“你们意下如何……嶋先生？爱子女士？”

黛问他们，与悟无言对视的爱子缓缓开口。

“我接受。我会解除和嶋、泷口与宇田川的姘居关系。”

“并不是必须与泷口先生、宇田川先生……”

“我会解除的。”

爱子打断本田的话，干脆地说道。

“……那么双方谈判成功。”

黛说完，羽生心满意足地望向古美门。

傍晚，黛去了五人制足球场。羽生正独自练习射门。

“你想说什么？”

“你以前说过吧？如果我战胜古美门律师，你就会追随我。这一次，我赢得名副其实。和我一起改变世界吧。”

羽生的语调着实明快，黛却无法回以笑容……

“……胜负还未分……或许他还藏着枪呢！”

黛只丢下这么一句，快速转身离开。

几天后，羽生刚上班，就见事务所里一片嘈杂。本田与矶贝正被澄江、尚美、大塚广美与吉川美纪群起而攻之。

“这到底是怎么回事？”

澄江和尚美对羽生抗议。

于是羽生离开事务所，前往古美门事务所按下了门铃。

客厅里，火星他们正在打着玩，甚是吵闹。

“哎呀孩子他爸，很痒的！我正在写，你别闹嘛，真是的。

啊，亲爱的，不是那里哦，章要盖在这里。孩子们，安静！老公，不好意思，能帮我看管下孩子们吗？”

沙发上，爱子正被宇田川、泷口和悟簇拥着填写文件。

“哎呀哎呀，羽生律师，有何贵干？”

坐在餐厅里的古美门站起身。

“……各位，我听说大家又回到以前的生活了，是不是哪里搞错了？”

羽生声音颤抖地询问爱子。古美门则回答：“不，没有搞错哦！正如你所见。”

“我们一家恢复原状了。”

“我醒悟了，我还是只要爱子。”

“我们意识到自己已经不能接受别的女人了。”

“她简直就是最好的女人。”

“我也爱你们，你们是最棒的丈夫，三个都是！”

爱子四人看起来跟以往一样幸福。

“……你做了什么，古美门律师？”

被羽生这么问，古美门呵呵地装傻。

实际上——在这几天里，兰丸表现出了全面活跃。他首先潜入宇田川的工地现场。午休时，他坐到了正在吃便当的宇田川身边。

“主任，给我块鸡蛋卷。”

兰丸自说自话地拿起便当盒里的鸡蛋卷塞到嘴里，然后歪起了脑袋。

“难吃吧？这是广美亲手做的。”

宇田川绷着脸说。

“……怎么说呢……味觉是与生俱来的，做饭难吃，一辈子也改不了哦，摆盘也很不上档次。还是爱子女士的便当最好吃呀！”

接着是搞定泷口。他以画具店兼职店员的身份潜入到泷口身边。

“据说吉川律师离婚是因为出轨被老公发现了，而且还不是因为一两个人。她是那种会和男人寻欢作乐的人，和爱子女士大大不同！”

他一边摆着画具一边若无其事地透露。

然后，他又在某天去做了幼儿园的兼职。

“宗太，爸爸来了哦。”

宗太正在庭院里玩耍，兰丸对着站在一旁等待的悟嘟哝。

“……听说尚美女士不仅没有在纽约实现梦想，还因为工作不顺利最后辞职了。似乎还借了不少钱，所以才会想要靠着你啊！和爱子女士大大不同！”

兰丸的暗示作战获得了成功，三个丈夫都顺利地回到了爱子身边。

“不好意思，看来我还是适合这种生活。”

写完文件的爱子抬头望着羽生。

“道歉可没用！你们违反了我们撤销申诉时的约定。”

羽生断然说道。

“并没有违反哦。”

古美门反驳。

“违反了吧？明明约定解除姘居关系。”

“姘居关系解除得干干净净啊，是吧？”

爱子看向古美门，古美门报以笑容，说：“他们的家庭会以全新的形态重生。”

“全新的形态？”

羽生拧紧了眉，黛对他解释：

“现在正在让他们一起办登记手续。”

“登记？这么多人没法一起登记吧？”

“当然是不可能登记的，但如果结成收养关系就可以。”

“收养关系？”

“嶋、泷口还有宇田川都将在法律上成为我的养子。这样一来，我们将不再是外人。”

爱子自豪地宣称。

“他们是受法律严格保护的真正的家庭。这一次，谁也无法拆散他们了。”

古美门说完后，爱子等人一起大呼“耶——”互相击掌。

“……这太荒唐了。”

羽生终于吐出一句。

“就算荒唐，但这就是法律。很美好，不是吗？”

“这种事不可能被认同！”

羽生难得恼怒地吼出声。

“总算笑不出来了啊，双赢先生。”

羽生瞪视歪嘴笑的古美门。

“如果在法庭上，你毫不留情地争夺抚养权，那么你就赢了。但你不会那么做，你一定会找机会来提出和解。所以我也就姑且让你乐呵。闲适王子，你在法庭上不是很嚣张吗？但你却不知道收养手续正在暗中稳步进行！怎么能天真成这样！”

“好了，必要的材料全部完成了，大家一起交去区政府吧！古美门律师、黛律师，这次真是多谢你们！多亏了你们，我们才能成为真正的家人！”

爱子拥抱了黛。

“不用客气……”

黛表情僵硬，古美门则在一旁缠着也要抱。爱子一把拥紧古美门。

“爱子女士，说起来你的周日还是空着吧。若你不介意，我愿意做你第四人的候补……”

“你有这份心意我就很高兴了。”爱子淡然地避开了古美门的提议，对着孩子们招呼道，“好了，大家要走了。”

“我送你们。”

服部走上前，爱子翩然转过身在服部的耳边悄悄低语：

“服部先生，关于周日的第四人，你考虑一下。”

“啊……我会考虑的。”

服部神色古怪地回答后，和爱子一起走出玄关。

“服、服部？哎？第四人？等、等一下，服部？”

古美门嘴里嚷嚷着“怎么回事”，也蹒跚着追在爱子的身后。

“……澄江女士不只孙子宗太，连儿子都被爱子女士抢走了……真是气人。”

羽生愕然呆立，他的脸因懊恼而扭曲。

“……气古美门？还是气我？”

“气自己。”

羽生回去了，他的脸上浮现出从未见过的严肃表情。

古美门去了东京拘留所的探视室，对贵和发牢骚。

“还以为遇到了久违的好女人，实在没法理解她对服部比对我更感兴趣。啊，你知道服部是谁吗？”

他兀自发着牢骚，贵和却对他的话似乎全无兴趣。

“幼儿园小孩呢？”

“不清楚，在什么地方玩游戏吧。”

“我被那孩子说了。她说我在逃避做决定。那孩子也是，我也是。她下定决心了吗？”

“她是永远长不出手脚的蝌蚪。”

古美门信口说道，完全没领会贵和的心思。

“只是你自己这么希望吧？因为你不想放手。”

“怎么可能？”

“你是在害怕吧？”

贵和了然地说道。

“害怕？”

这人到底在说什么？古美门嗤笑。

“怕哦！怕放她出去后冲着自己来。”

“这笑话挺好笑。”

“我小时候养过毛毛虫。它结成虫蛹，背后裂开，眼看就要破茧成蝶……但它却一直没有出来……大概是觉得外面的世界太危险，所以不想出来吧……最后，就死在了虫蛹里。”

贵和以手托腮，懒洋洋地说着，古美门静静地注视着她。

“或许已经到了就算害怕也要下决心的时候……我是、那孩子也是、你也是。”

“我？”

“我觉得，现在的你，就算到了最高法庭也赢不了。”

贵和的话出人意料。

“……有什么根据？”

“直觉。必须改变了。为了得到，必须舍弃。”

贵和轻轻地叹息。

黛因为不放心而联系了澄江，两人在公园碰了头。

“……让伯母您孤零零了。”

黛在她身旁坐下后说道。澄江的唇紧紧地抿着，一言不发。

“但是，爱子女士并不是坏人。您也认同他们的家庭形态吧？还是跟以前一样去看他们，怎么样？嶋先生和宗太是您的儿子和孙子，这是不会改变的。”

这时，公园里玩门球的两个老人一脸羞涩地上来搭话：“那个……”

“不介意的话，一起来玩，好吗？”

“……我吗？”

澄江吃惊地说道。

“我们之前就想叫你了，请务必加入我的队伍。”

“是我的队伍！我先看上她的。”

两个老人开始推搡，澄江慌忙站起身。

“好啦好啦，请不要为了我争吵。要不，两个队伍我都加入，轮流出场？”

“那么，请务必就这样加入！”

两个老人从两边拉起澄江的手，朝着伙伴们的方向走去。澄江也浮起了满脸笑容，颇为愉快。黛瞠目结舌地目送着他们，安心感却油然而生。

晚餐时间，古美门独自在凉台上沉思。

“饭菜要凉了哦。”

服部来叫他。他反问服部：“你怎么想？”

“嗯？”

“那个废物。”

“……她一边准备着收养手续的材料，一边独自哭泣。当时我并不明白她为什么哭……”

服部走到凉台上说。

“……因为不愿意让年迈的母亲孤身一人才哭吧？而且还埋怨我。真是又傻又天真。”

“不，”服部立刻否认，“是在你下指示之前，在你指示她准备收养手续之前，她已经提前一步开始着手准备工作了。不知不觉间，她已经把古美门研介的手段铭刻在心……在发现到这一点时，她不禁落泪……我是这么想的。”

是嘛……古美门沉默了。

“今晚月色明媚……走夜路也不会迷路。”

服部的话是在暗示什么吗……正这么想时，黛神色明快地回来了：“我回来了。”然后，她走到凉台上，在服部的身旁站定，仰望夜空。

“能看到什么吗？咦？飞碟？刚才是飞碟？你们看到了吗？一道橙光嗖地过去了吧。是飞碟吧？”

黛一个人兴奋着。

“你今天被开除了。”

古美门冷不防地说道。

“哦，这样啊，那个绝对是飞碟吧……咦？开除？”

黛转过头。

古美门点了点头：“是的。”

“好啦，好啦，我做错什么了吗？”

黛以为是他一贯的痛快嘴巴而已，并没有当真。

“你做得很好。现在是你破茧去外面飞的时候了。”

“你在说什么？我还欠律师钱呢。”

“在外面，你能赚更多。”

古美门一反常态地保持着认真的语气。

“我已经决定在律师认可我之前都要死皮赖脸地跟着你。”

“我认可你了。”

“别这样，真让人不舒服！服部叔，你快说他几句。”

窘困的黛想要一笑置之，服部却背过身。

“你的目标是打败我吧？总待在这里是无法实现的。”

古美门继续说道。

“……你是认真的吗？”

“羽生请你过去了吧？在他那儿，更接近你想要实现的目标。用自己的眼睛好好看看，然后拼尽全力地去努力。你已经意识到自己有些长进了吧？我不会再使唤你，相对的，也不能再保护你了。今后，是你一个人的战斗。”

听着古美门沉静的语气，黛也终于意识到：他是说真的。

“……为什么……你为什么不说我坏话了……你说啊！说平

时说的那些过分的话！”

黛的声音颤抖着。

“虽然你总是给我添麻烦，但我也因此而没那么无聊。我要谢谢你。”

“……然后就要说我的坏话了！是吧！”

“谢谢。”

古美门说出了与他的形象完全不符的感谢之语。

“然后呢！”

“加油，”古美门说道，“我说完了。”

他起身消失在自己的房间门口。

黛呆若木鸡地伫立在凉台上。服部拎来一只大包，似乎已经帮黛整理好了私人物品。

“……这里已经没有我的容身之处了吗？”

“……你自己应该也察觉到了，这一天来得很快。”

听了服部的话，黛用手指拭去泪水。她接过包，挺直背，用连二楼也能听到的声音大喊：

“我才要谢谢你！”

黛离开后，古美门缓缓地楼梯下楼。

“……变冷清了呢。”

服部收拾着为黛准备的晚餐，感慨地说道。

“总算清净了。”

古美门嘟哝了一句，像是在劝慰自己。

第七章

天才？暴君？世界级动画导演的职权骚扰！

黛在 NEXUS 事务所的大门外站立着。

“沙特阿拉伯的谚语说，‘欲达目的地，先要找到最好的骆驼’……”

门内传出羽生清脆的声音。这是把我当骆驼吗？虽然想要讽刺几句，不过又想到羽生绝不会有这样的想法。

“我终于找到了，NEXUS 的新战力……进来吧！”

随着羽生的声音，黛打开了门。

“金钱、胜利……这些并不是全部，我们要实现的是人人幸福的社会。一直以来，我都对 NEXUS 的理念怀有共鸣。我终于能做一个不违背自己意愿的律师了。我是黛真知子。”

黛说着“请多指教”低下了头。

“欢迎来到 NEXUS，真知子！”

“耶！哇哦！”本田活泼地走近。

“来吧！NEXUS 最棒啦！”

羽生聚齐了他想要的所有人，四个人欢呼着互相击掌。

“洋溢着社会正义的使命感，以司法专家为目标，曾在无良律师 K 手下负责了多起官司，是其胜诉的源动力。她是天生明朗又具有正义感的胜利女神，对 NEXUS‘实现众人皆幸福的社会’的理念深有共鸣，以成为理想的律师为目标。”

NEXUS 的墙上迅速挂上了“律师　黛真知子”的介绍板。这一天，来 NEXUS 的咨询者络绎不绝，黛接下了数起官司。

“真知子，谢谢你接下案子。我会协助你的。再见，辛苦了。”

“你能接下我这里的案子真是帮了我的大忙！我很久没看到

过写得这么正规的答辩书了。再见！”

本田和矶贝分别寒暄着先行告退。

“才第一天，你是不是太拼了？”

羽生为她泡了杯咖啡。

“我还觉得不够呢。你先回去吧，我会锁门的。”

结果，羽生等黛忙完，两人一起离开事务所。

“我终于等到你了，谢谢你肯来。”

“我被赶出来了而已。”

黛爽快地回答。

“古美门律师是为了你才狠心放手的，”羽生说，“他似乎正忙着找助手呢。”

“因为那边的文书工作一直是我负责的……”

“他好像因为找不到合适的助手而头疼呢……你担心他？”

“……不，他现在终于体会到我有多重要了！”

黛一笑而过。

虽然这么说，对古美门放不下心的黛还是在几天后悄悄去了事务所，正当她戒备着四周从庭院方向潜入时——

“你在干嘛？”

兰丸轻捷地从温室屋顶跃下。

“哦哦哦哦哦！”

黛不由连连后退，惊吓得心脏都快从胸口里跳出来。

“真知子，我听说你已经辞职了。”

“啊，嗯，是的……我就是想看看我不在了律师他会不会很头疼的……”

“就是啊……他面试到现在呢。”

兰丸指指客厅。黛从兰丸背后偷偷探出头去看。

“没做过法律相关工作？无所谓！你的胸围是九十吧？初审合格！下一个！”

客厅里忽然传出古美门亢奋的声音，只见他找来了一大波美女面试。

“编号三十八，从上到下为八十八、六十、八十五。初中和高中时练过艺术体操。”

服部念起了简历。

“艺术体操？踢个腿看看？不错！能用彩带把我咕噜咕噜地裹起来吗？”

身材绝佳的美女舞动着粉红彩带，古美门嚷嚷着“咕噜咕噜”在彩带中转动。

“好！所有人初审都通过。下一轮是泳装审查！大家都带了泳装来吧？我闭着眼睛等你们！讨厌啦，看样子今天也定不下来呢！怎么办？！好头疼啊！好头疼啊！”

古美门忘形扭动。

“是吧，他超头疼的。”

虽然兰丸这么说，却根本看不出来到底古美门哪里头疼。

“毕竟上一任是个没半点女人味可言的罗圈腿聒噪女，这次一定要慎重选择。”

等待美女们更衣时，古美门语不惊人死不休。

完全没有头疼嘛！黛一肚子火地离开了古美门事务所。

“给，律师，这是真知子负责的案子。”

兰丸走进客厅，把一叠文件递给古美门。古美门粗粗看了一遍。

“……还是一如既往地被当成了垃圾桶啊。”

“律师果然很担心她吧？想要帮她一把？”

“白痴，正相反！我要一举歼灭晨间剧废物女主和闲适国弱鸡王子！”

“有人能帮我扣下扣子吗？”听到美女的娇唤，古美门飘飘然地站了起来。

终于迎来了代表 NEXUS 的初次上庭。黛干劲满满地就“动画官司”开始了第一次口头辩论。

“这部名为《从便利店回家的小花》的动画电影讲述了平凡不起眼的女孩小花从隔壁便利店买完糕点回家的路上发生的离奇大冒险。”

法庭里的大屏幕上正在播放日本动画代表作《从便利店回家的小花》的影像。

“众所周知，它刷新了日本本土电影票房纪录。‘小春日和工作室’如今成为了国民级动画制作公司。但实际上，这家公司的内部却与‘小春日和[①]’完全不同。”

小春日和工作室位于树林中的一栋木屋中。与呈现自然之美的外观相反，木屋里是杂乱的杯面、甚至贴着‘基本不睡觉’的纸条，制作人员们不眠不休地工作着。身上的衣装数日不换，袜子穿出了洞，散发着异臭。员工们昏昏沉沉地相继倒下。

“恶劣的劳动环境、超常规的工作时间、接近最低工资的

---

① 小春日和：指十月小阳春的晴好天气。

薪水……”

时薪八百七十日元。若员工们放弃休息日，月薪也只有十三万日元多一点。

“最过分的是，身为公司代表，同时也是世界级动画导演宇都宫仁平先生，对工作人员的不人道对待……”

宇都宫的工作室在二楼。

“还没好吗？”他问楼下的员工们。

“来了！”作画人员穗积龙拿着原画上了二楼。宇都宫哗啦呼啦地检查后，把原画捏成一团扔在穗积身上。

“小花不是这么跑的。重画！”

然后进入了重画的地狱。不管拿去几次，宇都宫的回应都只有“不对！重画！”“太烂了！重画！”“小花她……”

终于……

“呜哇哇哇哇哇哇啊啊啊！我才不管什么小花！”

穗积发狂地掐住宇都宫导演的脖子，回过神后，咆哮着飞奔离去。

“负责作画的穗积先生就这样失踪了。”黛描述完小春日和工作室恶劣的工作状况后，继续说道，“两个月后，徒步走在青函隧道的穗积被人救下。无论问他什么问题，他只是回答：‘我想看看浮冰’。如今他在家疗养，无法工作。因此我方要求赔偿穗积先生的医药费与精神损失费，并要求宇都宫导演道歉。我说完了。”

黛行了一礼，回到原告席上羽生的身旁。

“被告代理人。”

被法官叫了一声，四仰八叉坐在被告代理人席上那位神气活现的律师站起了身，正是古美门。

“依照劳动标准法，根本无法断定该公司的劳动环境有任何违法之处。而宇都宫导演的言行完全与世界顶级专业人士的身份相符。自从那些娇生惯养的闲适分子连本职工作都做不好却扯权利扯补偿，这个国家就开始不正常了。为了领导动画产业、也为了奋斗在世界巅峰的我国各个领域的专业人士，我坚决拒绝对方的诉求。”

古美门一口气说完后回到座位上，再次四仰八叉躺倒。

黛再次站上法庭。

“那天早上，大石佳苗女士因为要做礼拜而前往教堂。”

这是一场对“裸体官司”原告大石佳苗的问话。大石佳苗戴着银框眼镜，素面朝天，看起来是个颇为正经严肃的中年女性。

走在住宅区正往教堂去的佳苗因为感到异常而抬起脸，只见眼前旧公寓的二楼窗边站着一个中年男人，透过洞开的窗帘看到的他竟然是……全裸。隔着窗，男人膝盖以上的部分几乎一览无遗。喝着咖啡的全裸男人迎上佳苗的目光，抛出了一个媚眼。

“啊、啊啊啊啊啊啊啊啊啊啊啊！”

周日早上的住宅区里回荡着佳苗的惊呼声。

“佳苗女士因惊吓而罹患男性恐惧症，工作上也被停职了。是这样吧？”

黛问佳苗。

“是的，婚姻介绍所介绍的男性也没法去见，最后退会了。”

佳苗畏畏缩缩地回答，她像修女似的穿着一身斗篷式黑色衣服。

“我认为向被告要求赔偿损失和精神损失费是合理的。我说完了。”

轮到被告乡田武生的代理人起身，居然又是古美门。

“不用在意任何人的目光，放下一切伪装的地方就是自己的家。单身的乡田先生在家里基本都会全裸，这有什么不对吗？的确，他忘了拉窗帘，但那是星期天的清晨，他没想到会有人路过。佳苗女士，虽然你说乡田先生冲你抛了媚眼，但那真的是在抛媚眼吗？”

坐在被告席上的乡田穿着西装，看起来既怯懦又老实。

“那就是抛媚眼！他一边抛着猥琐的媚眼一边朝我走近！”

“他只是想拉上窗帘啊！”古美门靠近佳苗抛了个媚眼。

“佳苗女士，冒昧问一句，你有过男性经验吗？”

“你、你在说什么！”

佳苗身体绷紧，似乎觉得这个问题太下作。

“反对！这跟本案无关！”

黛举起手，古美门却无视她。

“我只是觉得原告看起来似乎对男性持有过剩的自我意识与扭曲的伦理观。佳苗女士，你是第一次亲眼看到成年男性的那里吗？”

“你、你、你这是在问什么！”

“那我换个容易理解的说法，你有没有看过男人的 ××× ？”

古美门直截了当地问佳苗。

“下、下流！”

佳苗不由对着天花板画十字。

“这是神创造的真实的样子，哪里下流了？为什么说男人的×××就是下流？”

“反对！对方律师言辞不当。”

黛提出反对。

“哪句话不当了？”

“在法庭上说×××是不当吧！”

“×××不当的话那么应该怎么说？●●●吗？▲▲▲吗？”

“我、我是说，还有各种像是★★★啦◆◆◆啦之类的说法吧，还有■■■或者◎◎◎等等。”

“点到为止吧！真知子，越来越夸张了。”

身旁座位上的本田阻止了黛，又瞥了一眼佳苗，后者正按着胸口呻吟。

“我觉得不舒服……撑不下去了。”

佳苗脸色苍白，呼吸急促，眼看就要倒下。

“我请求休庭。”

本田扶着佳苗离开法庭。

“为什么一听见×××就会不舒服？被一把年纪还要装纯洁的人当成变态暴露狂，为难的应该是被告！我方坚决拒绝对方的诉求！”

“已经请求休庭了！”

黛因为愤怒而面孔僵硬，忿忿地瞪向古美门。

几天后，黛耸着肩、跺着脚来到法庭。矶贝小跑着跟在她身后。这一天要对“鹦鹉官司”原告问话。

原告是东京工业区的拉面店店主渡边信夫。店里几乎没生意，每天只是虚度光阴。这一天也是一样，虽然到了午餐时间，但客人数却是零。打开店里的电视，综艺节目里正在介绍由一家三口经营的咖啡店。

"这家咖啡店生意兴隆的理由竟然是这位招牌女店员！"

采访记者话音一落，屏幕里就出现了饲养在咖啡店前的鹦鹉。

"这是鸡尾鹦鹉奥黛丽！"

店主平野幸人、妻子由美和女儿里香齐声介绍完，奥黛丽就开始在白色鸟笼里说话：

"欢迎光临，很好吃哦，欢迎光临，很好吃哦。"

"匹、匹斯可……！"

渡边看着电视，不由站起了身。

"奥黛丽正是五年前从渡边先生的拉面店里逃走的爱鸟匹斯可！是这样吧？"

古美门这次是原告代理人。

"我一眼就认出了它！"

"你数次要求被告归还，但都被拒绝？"

"因为他怎么都不肯还给我，我只好采取法律手段。"

听完渡边的话，古美门提高了嗓音：

"因为若失去揽客法宝，对方会很为难！他们利用渡边先生的爱鸟赚钱，即使称之为盗窃也不为过！根据动产交付请求权，我方坚决要求被告返还匹斯可！我说完了！"

黛作为被告代理人站起身。

“从渡边先生的拉面店到平野先生的咖啡厅，直线距离远达二百公里。它能飞这么远吗？”

是的，平野的咖啡店在爱知县。

“是飞过去了吧？”

黛对着没什么信心的渡边，取出两张抓拍照片。

“这是奥黛丽。而这，是你曾经饲养的匹斯可吧？”

第一张是奥黛丽，第二张是和渡边在一起的小鹦鹉。虽然大小完全不同，渡边却坚称那是因为经过了五年，鹦鹉成长了。

“你根据什么断定这就是匹斯可呢？”

“因为那就是匹斯可啊。”

“我是在问为什么你会知道。”

“有个鬼的为什么啊！因为它就是匹斯可，我才说它是匹斯可，你个混蛋！”

因为渡边一口咬定那就是匹斯可，问话全无进展。

“反对！”古美门坐着举手，“对方在重复相同的问题。原告的意思是他作为本来的饲主自然会知道，这正是饲主和鹦鹉之间超越语言的羁绊！还有比这更确凿的根据吗？”

古美门反驳道，摆出一脸把黛当白痴的表情。

“你是什么意思！”东京拘留所探视室里，黛紧咬住约好碰头的古美门不放。

“你在说什么？”

“你把我诉讼对象的代理律师全揽了！”

“我只是在认真工作。”

“因为我不在，令你觉得无聊，所以来找我的麻烦吗？”

“没有了垃圾，我每一天都过得神清气爽。顺带我只是觉得既然把垃圾律师集聚一堂，我要是能趁此机会让那间事务所彻底消失，会更加神清气爽。”

“有本事你就试试看啊！”

“你说什么，你这……”

受不了这两人的激烈斗嘴，贵和开口道：

“我说，不好意思，你们能不能到别的地方去拌嘴？这里还有个死刑犯呢。”

贵和在探视室的桌上放了一排芳香精油，点起了香薰器。探视室里飘溢着精油的芬芳香气。

“抱歉……贵和女士，我们不会让你被判处死刑的。我们来讨论一下最高法庭的具体策略吧。”

黛转向贵和。

“不用讨论了，你已经被开除了。今后我自己来，辛苦了。”

古美门总算在她身旁坐下。

“我要继续负责。”

“小贵和，你跟她说，幼儿园小孩和小朋友们玩游戏去。”

“为什么你要擅自决定？我才是雇主吧？”

贵和敲了敲桌子，很快，看守就给她端来了冰咖啡。

“就算是律师，一个人负责这么大的案子也太鲁莽了。”

“比被你拖后腿好。”

“那这样如何？”贵和提议，“幼儿园小孩对斜分头小子，只要幼儿园小孩能赢一场，就继续做我的辩护人。”

“无所谓，不过比赛结果显而易见啊……”

“你呢？”

“……我不打这种赌。我追求的不是输赢，而是当事人的幸福。”

“哦……那么，让我重新考虑一下要不要继续雇用你。”

黛失落地点了点头，古美门“哈哈哈”地高声大笑。

几天后，“动画官司”庭审对证人进行问话。

证人福田房江哭着诉说某一天工作室里的情形。

那天，宇都宫又在气氛紧张的工作室里骂穗积。穗积画了主人公的吵架场景给宇都宫看，又被一顿臭骂。

“你没有打过架吧？所以只能画这种！打人的到底在看哪里啊？打人时应该是这样的！”

宇都宫一把抓住穗积的胸口，要给他作示范。

“导演，还是停手吧！”

房江虽然哭着去阻止，但宇都宫又对福田一通怒骂：

“你怎么还在啊？没用的家伙，快给我走人！”

“导演会在工作人员中找一个看不顺眼的人，然后把愤怒和不满都彻底发泄在这个人身上。”

“就是所谓的牺牲品吧？”

羽生走到福田身边问。

“前辈细川先生、梅田先生，他们都辞职走人了……一想到什么时候就会轮到自己……”

福田以手帕掩面，哇哇大哭。

“看来，宇都宫导演的做法明显有问题。”

羽生这么总结后，古美门站起身。

“你也被导演说过很多过分的话吧？”

“他每天都会说：‘没才能就给我走人’……”

“福田女士，这里有你负责的原画。”

古美门拿出一张原画。

“这个好像哺乳动物的原创生物是什么？虽然我也觉得不可能，但，莫非是猫？”

纸上画着一只瞪着水汪汪的眼睛阴笑的卡通形象，虽然耳朵的形状像猫，尾巴却粗得诡异。

“是狸猫。”

福田自信满满地回答。

“没才能就给我走人！”古美门发出响彻法庭的怒吼，“不止是导演，谁都会这么认为！导演是为你好才说出口的！你说你没想到他是那种人？你以为能创作出少女在花田里奔跑的动画片的人只是那种在花田里奔跑的人吗？怎么可能！”

古美门一把抢下福田紧握在手中的手帕抛开。

“他是会在桌前一脸狰狞呕心沥血磨耗生命去创作好作品的人！因为你的父母是赞助商才会让你加入工作室！结果你不但不知感恩，还不知好歹地拖天才后腿！快点辞职按你自己的兴趣去画未知生物吧！”

古美门如演戏般作了一番连珠炮演讲，最后背对着黛砰砰地拍自己的屁股作为挑衅。黛咬紧牙关，齿间嘎吱作响。

如果能躲，黛绝不想打这样的官司……“裸体官司”中询问证人的日子到了。证人是乡田公司的女员工石井和美。控方由本田起身提问。

“不管赢输都会脱，是吧？”

“乡田先生爱脱，在公司里很出名。他还被一些人称为‘全裸先生’。”

“也就是说，他是个热切希望对别人展示自己裸体的人。如此一来，那天他有可能并不是忘记拉窗帘，而是故意向路人展示裸体。这根本就是暴露狂吧？啊，我说得过分了。”

本田吐了吐舌头回到座位。古美门很快起身。

“据你所知，乡田先生在公司聚餐玩猜拳时脱光过几次？”

“……至少一次。”

“只有一次！谁都会有那么几次醉成烂泥发酒疯的经历！却因为所谓‘公司’这一可怕的职场环境，即使只有那么一次，却还是被传成‘那个人是爱脱的人’！还被人当笑话似的奚落成‘全裸先生’！如今，他终于要被指控为暴露狂……这是多么可怕的事啊！”

古美门走到黛面前，比本田更夸张地伸出舌头挑衅。

“法官大人，被告代理人做出了不合适的表情！”

黛不假思索地投诉。

又过了几天，进行的是“鹦鹉官司”庭审。

“鸡尾鹦鹉是原产澳大利亚的鸟类，飞行两百公里轻而易举。”

鸟类研究家鸟羽教授作证。

“我想听一听我国鸟类研究之父鸟羽律师坦率的意见。”

站在他身旁的古美门给他看奥黛丽的照片和渡边曾经饲养过的匹斯可的照片。

“如果说这只鹦鹉五年后是这个样子，您会觉得不对劲吗？”

“不会。体型上发生这样的变化，是十分常见的，毛色与花纹的变化也很自然。”

“我问完了！”

矶贝立刻起身。

“鸟羽律师，请看这两张照片。”

“如果说这只鹦鹉五年后是这个样子，你会觉得不对劲吗？”

“会哦。”

“哎？会、会吗？”

“这怎么看都是另一只鹦鹉嘛。”

“但、但是它们的毛色和花纹都一模一样……”

“神情完全不一样，你这是在把专家当傻瓜唬弄吗？”

鸟羽说着指着古美门出示的照片，大声道：“这边是一模一样，那边完全不一样。”

矶贝摇摇晃晃地回到座位上，古美门则对着黛撅起嘴做鬼脸，黛不认输地翻白眼以鬼脸回应。

“法官大人，被告的表情丑得侮辱了法庭，不过可能那是她天生的。”

古美门用惹人生气的语气说完，法官提醒了黛。

“可恶的斜分头混球！”

回到NEXUS，黛把包重重地砸在桌子上。

“放松点。真知子，不要迷失自己。”

“彻头彻尾的挑衅！这就是古美门那家伙的惯用手段，最知道这一点就是真知子你呀。”

羽生和本田含笑走进，劝黛平心静气。

“我知道的……虽然知道……”

“ 爱与和平。”

黛模仿本田比出L和V的手势，试着说了一句“爱与和平”，于是羽生和矶贝也喊了起来：“爱与和平，爱与和平，爱与和平。”最后，大家齐声喊：“耶！”

“谢、谢谢。我没事了，我找回了自己。我似乎受到古美门污染的程度比自己想象的更深一些。”

“好，我们重振旗鼓，去提出和解吧！”

矶贝不抱希望地提议，羽生喊了一句“来吧！”招呼大家击掌。

“我们是NEXUS！”

四人伸出拳头加油作势，士气似乎振作了些。

轮到“鹦鹉官司”庭审日，黛重燃斗志地来到了法院。

“根据民法第一九五条，在不知其为他人所有物的情况下，即，若是出于善意开始饲养的话，一个月后将获得其所有权。关于这一点，我要向平野先生提问。”

黛对着被告咖啡店店主平野，旁听席上，平野的妻子由美和女儿里香一同注视着他。

“在咖啡店收留鹦鹉的时候，你是否意识到它是别人的所有物？”

“当然没有意识到。”

“原告认为，你收留它是因为会说话的鹦鹉能揽客。”

“荒唐！这五年里，是我们一家每天怀着爱意对它说话，它才一点一点地学会说话。我的女儿尤其热心。”

平野对旁听席上的里香微笑，里香也报以嫣然一笑。

“显而易见，平野先生一家应该拥有鹦鹉的所有权。我问完了。”

黛回到座位上，古美门即刻起身。

“平野先生，你没有说谎吗？”

“啊？”

“它不是一开始就会说话了吗？所以你才想用它揽客……”

“不，它什么都没有说。”

“不可能，渡边先生教会了它很多话。”

古美门的视线转向渡边，像是在说：“是这样吧，渡边先生。”渡边怔怔的。古美门不理会他，继续说道：

“法官，我请求检验证物。”

于是，鸟笼里的奥黛丽作为证物被呈上。

“来，渡边先生，这是你的匹斯可哦，请说一些你教过它的话吧。”

“……你、你什么意思嘛？我说过我什么都没教会它吧！”

渡边低声对古美门叫苦。

“听不见！”黛立刻说，“请快点对它说话。你一直都是这么做的吧？来！”

“……小匹斯可、小匹斯可。”

渡边逼不得已地开口，但奥黛丽吭也不吭。

“你好、你好……对不起，我没做过这种事。”

渡边不由得低下头。

“是啊，你没教会过它吧！”黛一针见血地指出。

“是啊、是啊，混蛋！”

渡边话音刚落，却听奥黛丽回应了一句“混蛋！”黛、平野、由美和由香都瞪圆了眼睛，看着奥黛丽。

“混、混蛋。”

渡边说完，奥黛丽继续“混蛋！混蛋！”地叫着。

“我、我的口头禅！混蛋、混蛋！”

“混蛋！混蛋！混蛋！”

“平野先生，这也是你和你女儿教它说的话吗？”

古美门一脸得意地问。

“……不，我家不说这种话……”

“那么很显然，这是渡边先生饲养它的时候教会它的。”

“你小子……什么时候学会的！”

最震惊的似乎是渡边自己。

“即使没有刻意去教，但在爱意深笃的交流中，它自然而然地学会了主人的口头禅。我看到了真正的主人和他自己宠物之间的交流。匹斯可本来就会说话，被告应该非常了解这一点……”

古美门得意洋洋地继续陈述着，而渡边和匹斯可则在一边继续“混蛋”“混蛋”地说个不停。

判决宣告日。

“现在宣读判决。结论一、被告归还原告一只鸡尾鹦鹉；二、诉讼费用由被告承担……”

法官继续念着判决。

“奥黛丽！我不要你走！”

虽然里香大哭，但奥黛丽的鸟笼还是被交给了渡边。

“他到底做了什么手脚啊……”

黛咬牙切齿地挠着头。

其实还是可以想象的——是兰丸假装成顾客，数次前往咖啡店，不停地对着奥黛丽低声重复着“混蛋”。一定是这样。为什么自己没能看穿他们的行动呢……

这一晚，古美门事务所的客厅里，美女簇拥，如夜总会。古美门和兰丸举杯庆祝着。

“先下一城。”

服部往香槟塔里倒香槟。

“剩下的两个案子，我也会把他们鞭打得体无完肤。”

“毫不手软。”

“会不会有点可怜？”

兰丸说。

“不用担心，反正她觉得输赢没关系。就算输了，她也一定很幸福吧！因为她去了适合她的事务所，一定会过得很充实。”

古美门完全不在意。

而回到NEXUS的黛则满脸怒色地把包砸在办公桌上。

“和解是没用的！那家伙会战斗到底！”

“真知子，不能任由心中丑陋的情感滋长。”

“爱与和平哦，真知子。”

羽生和本田劝慰着黛，像念咒一般重复着“爱与和平。”

“就是因为一直喊着这种又傻又天真的话，你们才会被他玩弄于股掌之中啊！”黛终于抓狂了，“要么赢，要么输！谁都别想拦我！”

开什么玩笑！要战斗个痛快！一定要赢你！黛握紧了拳头。

住在乡田家隔壁的员工上原在“裸体官司”庭审时站在了证人席。

“乡田先生家的起居室，从我家的某个角度能够完全看见。”

上原拍摄的彩信照片里清楚地映出全裸的乡田在窗边振臂的姿势。

“所以你才会去提醒他拉上窗帘，是吧？”

黛问他。

“但是他家的窗帘还是经常不拉。我总觉得，他会不会是故意不拉……”

“什么意思？”

“因为时间总是固定的，都是在周日早上七点到七点十分左右。只有在这个时间段，窗帘是拉开的。”

“也就是说，一到周日早上七点，窗帘一定会拉开，十分钟后拉上。是吗？”

“是的。”

黛转向被告席上的乡田，对乡田本人问话。

“这是为什么呢，乡田先生？”

“是为了早上通风换气。”

乡田心虚地握着麦克风回答。

“这次的事件正发生在那个时间段，是偶然吗？周日上午七点到七点十分，正是大石佳苗女士为了去教堂而必定会经过你家窗口的时间段，你是知道的吧？”

她走到乡田身边问。

“……不。”

“你是不是对佳苗女士有着某种特别的感情？周日上午七点出头，她必定会从你家旁边经过。知晓这一点的你，一到那个时间就拉开窗帘，假装是偶然地把自己的裸体露给她看，因为这样你能获得性快感。”

“没有这种事……”

乡田气弱地否认。

“你不用隐瞒。”黛手撑在证人席上，严肃地对着乡田，“事实上，确实有一部分男性有这样的性癖，而且对性的嗜好也因人而异。只不过，刻意给对方造成精神伤害，则属违法。你的行为属于有计划的故意猥亵，我认为你务必深刻反省，并同意支付赔偿金。”

虽然开窍开得晚，但黛还是掌握了成人化的思考方式，并运用在庭审中。她干脆地以一句“我说完了”结束了问话。

“真知子，好棒！”

本田两眼闪闪发光地迎接她回座。

“被告代理人。”

被法官点名后，古美门回答：“我没有问题要问。”黛和本田悄悄地挥了挥拳。

“法官大人，我希望能继续上次中断的对原告本人的交叉询问。”

古美门举起了手。于是他重新开始了对佳苗本人的问话。

“我会竭力避免使用不当言辞，请放心。我们来聊聊你的爱好吧？你的爱好是？”

“……看电影 。”

证人席上的佳苗表情僵硬地回答。

"似乎是呢。这一个月你至少看了十二部电影。"

"……为什么你会……"

"《巴黎最后的探戈》《本能》《魂断威尼斯》，等等……"

见古美门说得熟练利落，黛不禁轻轻咂了咂嘴——他一定又让兰丸去音像租赁店打工了。

"这十二部电影里，有十一部出现了男性全裸或上半身裸露的场景。"

"哈？"

佳苗瞪着古美门，像是无法理解他在说什么。

"其中有七部出现了相当激烈的床戏，有两部竟然还出现了男男之间的激情戏。你挑选电影的基准，是不可缺少男性裸体吗？"

"电影是艺术，我没有带你那种有色眼光去看。"

"马龙·白兰度和迈克尔·道格拉斯，哪位的臀部更合你的口味？"

古美门在佳苗面前扭起了屁股。

黛连忙站起来："反对！"

"我是想知道大石女士在性方面的偏好，想了解她会对哪类男人的身体兴奋。"

"这是侮辱女性的言论！"

黛紧咬古美门不放。

"我没有侮辱的意思，是你断言男人对女人展示裸体会亢奋才是偏见！"

自己刚才的发言被对方反将一军！黛无法反驳。古美门又对佳苗提出了其他问题。

“你从乡田先生家门前那条小路经过，有什么目的？”

“……为了去教堂。”

“这是绕远路。”古美门拿出地图，“明明沿着大路走更快捷。你为什么要特意走这条小路？”

“以前因为大路施工不通，无奈走了那条小路，却发现那是一条幽静舒适的小路，就一直走那条路了。”

“甚至不惜迟到？”

哎……佳苗登时语塞。

“自从走了那条路，你总会迟到五分钟左右吧？你宁可迟到，也想走这条小路吗？”

“……不可以吗？”

“那么，你为什么不提早五分钟出门呢？”古美门抿嘴笑着继续问道，“如果六点五十五分经过的话，乡田先生家的窗帘是放下的，没错吧？或许乡田先生确实是为了给你看而在七点拉开了窗帘。但是，你也是为了能窥视乡田先生的家才走了那条小路！”

“不是。”

佳苗虽然否认，但此时的法庭已经沦为了古美门一个人的表演舞台。

“在不被乡田先生察觉的情况下偷看他的裸体是你周日早上的乐趣！”

“不是！”

“这比聆听神父的祈祷更能让你兴奋吧？”

“不！”

“但是，你和乡田先生的目光却在无意中对上。你陷入了恐慌，为了否认自己的性癖，你谎称对方为暴露狂，假装自己是受害人！”

“不是！不是！不是！”

“是他给你看，还是你偷看他？我们来彻底地探讨一下谁才是变态吧！这场官司就是这样的官司，挑事的是你们！”古美门看着黛邪邪一笑。

“佳苗女士，你没必要否定自己的欲望，顺着自己心意生活就好。性方面的偏好人皆不同，不用对自己的性癖感到羞耻。我建议你从下周起在六点五十五分走那条小路。我说完了。”

古美门这样说完，官司也结束了。

之后，黛和古美门又在东京拘留所的探视室里碰头了。

“你不觉得佳苗女士可怜吗？”

“的确可怜，碰上了蠢不可及的代理人。你并没有读懂委托人内心最深层的心理，所以才会让她在法庭上出丑，还输了官司。”

是的，正如古美门说的那样，输了。罔顾贵和的存在，两人互相斗了番嘴后，贵和望向垂头丧气的黛。

“……不好意思！”黛立刻坐正，“就最高法庭的方针……”

“斜分头小子，今天没你的事了，回去吧。”

贵和说着，姿态妖娆地在玻璃前坐下。

“为什么？为什么叫我回去？”

伸直双腿的古美门抗议。

“今天我想和女律师玩。去、去！”

“什么玩意儿，随便你，反正你很快就会想要男人，你会对我从浓密的胸毛里迸发的男性荷尔蒙迷恋不已……”

“行了，快走！”

在贵和的威吓下，古美门丢下一句“遵命”后离开。

“……没关系……不用客气，炒了我吧。或许就像古美门说的那样，就算我在，也起不到作用……”

“没出息。”

“我深深感受到了……才能的差距。”

“才能吗？”

“律师对我说过，没才能的家伙就快点走人。”

“我倒觉得并不是这样。”贵和拢了拢头发说，“那家伙没有自信。他没有在最高法庭上取胜的自信。为了胜利，他必须把某个人叫醒，可那个人就是沉睡不醒，所以他才要尽全力去叫醒那个人。在我看来就是这样的。去打败他吧。这是他所期望的……也是我所期望的。”

贵和以慵懒的语气说完，离开了探视室。

黛回到 NEXUS 时，羽生正独自做着文书工作。黛对羽生倾诉道：

“……我想赢那个人，不，”她摇了摇头，“我必须赢他。”

羽生扑哧一笑。

“……为了改变世界，有时候必须获胜。你我联手的话，就没有打不赢的对手，我已经阻截了敌人的绝招。”

兰丸受羽生所邀，在五人制足球场尽情玩了一场。然后羽生向他提出了某个要求。

“这可不行啊，我是古美门律师的忍者。”

“就我所知，最优秀的那个人只有你，非你不可！我们一起努力吧，兰丸！”

羽生脸上严肃与微笑的表情轮番出现，软硬兼施，眼看兰丸就要臣服于他的魅力……“不行不行不行不行！”兰丸连忙挥着手正欲离开，就在这时……

“拜托你！拜托你！”

羽生伸手挠他痒。

“住手啦！”

两个人滚倒在足球场的正中央。

“知道了！真拿你没办法，下不为例哦，晴树！”

“好！”羽生满脸笑容地与兰丸击掌。

翌日，古美门起床时，兰丸正在吃午饭。

“兰丸君，下一个任务——”

古美门说着，兰丸嘿嘿地笑了，他告诉古美门自己前一天和羽生之间的对话。

“你是白痴吗？你到底被多少钱收买了？”

“不，不是钱。只是觉得被那个家伙一拜托，就怎么都没法拒绝……”

“万人迷给你灌迷魂汤了啊……”

服部插嘴。

“你被命令做什么了？”

“不做什么，”兰丸模仿羽生打了个响指，“就这样。”

“服部，把这个忘恩负义的双面间谍碗里的食物给我收走！”

古美门说完，服部“是！是！”地收拾起兰丸面前的盘子。

“别这样嘛。”

“看来要变成赤手对空拳的正面较量了。”

“求之不得。”

古美门狠狠地咬了一口面前的吐司。

“正面较量。”

“动画官司”庭审的这一天，羽生和黛鼓足干劲走向法庭。

“古美门研介的时代就要结束了。”

羽生把铅笔和速写本递给证人席前的穗积。然而穗积的手一拿起笔就开始抖，羽生慌忙扶住把铅笔掉落到地板上的穗积。

“一握铅笔就头晕手抖的症状并没有好转，他可能再也不能绘画了……可绘画又是他唯一的技能，是他人生的支柱……是这样吧，穗积先生？”

“我们都是奴隶……”穗积哭泣着控诉，“是被遣去给导演造金字塔而身心俱疲的奴隶。”

“你现在有什么话想对宇都宫导演说吗？”

“我希望他能道歉……为了不再有人重蹈我的覆辙，为了不摧毁对动画世界怀有梦想的年轻人……”

“我问完了。”

羽生回到座位上，古美门便起身。

“你为什么加入小春日和工作室？”

“……我很喜欢宇都宫导演的作品，想成为他那样的人……但是，我没想到他是那么不合常理的人。”

“你要求天才符合常理吗？”

“就算是天才，也应该懂得一般常理。”

“我要吐了。”古美门啐道，“达芬奇、梵高、毕加索、北斋[①]、手冢[②]……你觉得他们的工作环境符合劳动标准法吗？做国王和做奴隶有什么不对？人人平等、友好相处的世界里，不可能造出高耸屹立的金字塔！”

法庭因古美门的气势而寂静。

“要想在天才的手下工作，就应该做好经历地狱般磨难的心理准备！要是受不了，就一声不吭地离开。不合常理、蛮横且以自我为中心，却创作出了如人类瑰宝的作品，这就是宇都宫仁平！穗积先生，我建议你立刻撤销这场愚蠢的诉讼。我说完了。”

古美门回到了座位上。

接下去是对被告本人的问话。宇都宫威严十足地走入法庭，站到被告席前。

“我叫宇都宫仁平，是动画导演。”

古美门先作主询问，他口吻平和地问道：

“你对穗积先生的所作所为，是基于怎样的考虑？”

“我只是做了理所应当的事。我年轻的时候可不是他那样。”

“时代在改变。”

古美门站在宇都宫的对面说。

“我只会那么教人。”

宇都宫毫不畏怯，淡然地回答。

“但最终却使得穗积先生身心俱毁，再也没法画画了。”

---

① 北斋：葛饰北斋，日本江户后期的浮世绘画师。

② 手冢：手冢治虫，漫画家，代表作有《铁臂阿童木》《怪异黑杰克》等。

“如果那样就能让他被摧毁，还是请他快点辞职，走别的路去吧。这是为了他好。”

“你对他管教得如此苛刻，有什么理由吗？”

对古美门的这个提问，宇都宫噤口不语。

“长年以来，小春日和工作室一直都在为后继无人而烦恼吧？”

“……是的。”

“将全体制作人员都聘为正式员工的贵公司，在运营上的花费非常巨大，要依靠导演您本人不停地创作畅销作品方能勉强维持。创作出一部在世界范围内热卖的作品已经是奇迹，而持续创造几十部这样的奇迹，您所经受的艰辛，我们无从想象……中庸的培养方式教不出您的继承者！”

古美门仿佛在对什么人晓以大义般地说着。

“……削铅笔、画、再削铅笔……每当看到渐渐变短的铅笔，我就感到自己的生命正被磨损……总之，制作动画就是这么回事。”

听完古美门的话，宇都宫以略带吓唬的口吻说出这句话，并飞快地扫了一眼穗积。

“……正因为是国王，所以比谁都辛苦，一路呕心沥血……或许您才是真正把一切都奉献给动画之神的奴隶！试问谁有资格要求他赔款与道歉？我说完了。”

黛正要起身作交叉询问，却被穗积制止：“不用了。”

“……是我太天真……我撤诉。”

“原告似乎提出了某项申请……”

古美门机敏地当庭提出，羽生却劝阻了穗积。

“我们的交叉询问还没结束，请看到最后再做决定。真知子，去大显身手吧。”

黛的表情渐渐严肃，她点了点头，正色走到被告席前。

“导演，我也试图理解您所处的状况：慢性腰痛、腱鞘炎以及因白内障导致的视野狭窄症……您鞭策着自己千疮百孔的身体奋斗至今……并渐渐认识到时间已所剩不多。”

宇都宫陷入了沉默。

“其实，你并没有把穗积先生当作愤怒的发泄品吧？”

黛询问沉默的宇都宫。

“之前被您盯上而辞职的细川道彦先生，后来转投虎之子工作室，并成功制作了电视动画《暴走警察白头盔》而一炮走红。还有您曾盯上的梅田昭雄先生成立了自己的制作公司，并凭借《魔法幼儿园噗噗》在柬埔寨电影节获得金羊奖。您并不会随便盯上一个人，只有那些才华与一般画手不同的人，才能入您的法眼，让您刻意考验他们吧？您相信穗积先生是继细川先生、梅田先生之后的优秀人才，才会对其比谁都严苛。但是……人并没有那么强大，就结果而言，是您亲自将有可能背负工作室未来的人才摧毁了。您的做法是错的。为什么您就不能对他说一句‘你很有才能，我对你很期待’之类的话呢？”

宇都宫闭上了眼，古美门也神情严肃地听着黛的陈述。

“如果您说了这么一句话，或许他就能承受。如果不用语言表达出来，您就无法传达。导演，难道您不应该向穗积先生道歉吗？不应该向他传递您真实的情感吗？”

宇都宫瞥了一眼黛，缓缓地转身面向穗积。

古美门站起身，大叫：“你不必道歉！”

“被告代理人请不要说话。”

羽生制止古美门。

“穗积君……我想表达我的真实想法。”宇都宫望向穗积的表情依旧冷淡，“我从不曾觉得你有才能。”

“哎？”

黛和羽生都不相信自己的耳朵。

“请等一下，请说出真心话……”

宇都宫制止了正要发言的羽生。

“这就是我的真心话。对细川对梅田也一样……在我看来，没有什么有才能的人……一个一个全都是蠢货！本来才能这种东西就应该是自己挖掘并创造的。即使是我，也不是什么天才。我只是比任何人都拼命工作，沿着台阶一步一个脚印地走了过来……可我转过身，却没有人跟上。一群懒惰的人在山脚嘀咕着：‘那个人是天才啊。’……开什么玩笑？！我是真的讨厌那些一路优哉游哉的懒汉。那些比我有时间有体力也更感情丰富的人为什么都比我懈怠！那就都给我吧！既然你们浪费时间浪费体力，就给我吧……我还要创作更多更多的作品！给我啊！”

这才是宇都宫的真心话吧！法庭中的每一个人都被这番话深深地刺痛。

“穗积，既然你那么想让我道歉，那我就道歉。想要钱的话，也给你。”

“……不用了。”

穗积垂着头回答。

“你想要吧？”

“不要！”

穗积拍着桌子大吼。然后他一把抓起手边的文件，用力握住铅笔沙沙地画了起来。

“开玩笑……是你们这些大人制定了轻松的教育吧……扯淡的是你们吧！说我没有才能？……你的动画已经过时了！我这就超越给你看……国王的宝座我要定了！我要建立远远高过你的金字塔！不要小看悠闲的一代！”穗积呜咽着倾诉，“所以，在那之前，我不让你引退！”

宇都宫张望着穗积所画之物，微微一笑：

“我讨厌懒汉，但更讨厌只会虚张声势而不自量力的人。”

宇都宫说完，对法官行了个礼，向古美门打了个招呼，便离开了法庭。

黛和羽生看着桌上的文件，只见那上头画的是一副意味深长的画——宇都宫与小花肩并着肩，满脸笑容。

“他撤诉了。恭喜三连胜！”

服部一接完电话，就向正和美女们嬉闹的古美门汇报。

“理所当然的结果。那个蠢货连按哪个按钮会出现什么结果都不知道，看来今后也没什么可期待了。好了各位，现在进行最终审查！”

古美门拉开游戏垫大叫：“最终审查环节是：扭扭乐[①]！”服部一脸苦笑地看着他。

---

① 扭扭乐，一方指挥另一方在游戏垫上用身体碰触相应部位的游戏。

“……结果还是赢不了他……”

黛在贵和面前垂下头。

“也不是这样哦。他没到这里露脸，就是因为他感到不好意思吧。”

“不好意思？”

“我决定了，让你继续做我的辩护律师。”

听到贵和的这句话，黛抬起了头：“……我会努力的。”

“拉面很好吃哦——”

即使渡边拼命地想要教鹦鹉说新的话，但匹斯可一直“混蛋！混蛋！混蛋！”地叫。

匹斯可只说这句话。难得上门的客人听到匹斯可的“混蛋”转身就走。身心俱乏的渡边打电话去了平野的咖啡店，希望他们能接走匹斯可。

接下去的周日，佳苗在六点五十五分的时候经过乡田的公寓前。她紧张地抬头望向二楼，只见全裸的乡田正看着自己。乡田对佳苗抛了个媚眼，示意佳苗上来。佳苗“咚”地点了点头。

“对不起，我无视NEXUS的方针，最后输了……我接受处分。”

回去的路上，黛和羽生并肩而行。

“我支持你，怎么可能处分你？”羽生站定，双手握住黛的肩，“真知子，今后你也会与我一起，以实现理想为目标吗？”

“……当然。”

“其实就差一步了。我觉得如果这场官司继续打下去，我们一定能赢。”

羽生试探地说了一句，黛似乎也恢复精神似的打开了话匣子：

“是啊！古美门律师绝对着急了，那张脸分分明明地写着呢！我知道的。古美门律师他呀，着急的时候就跟樱桃小丸子一样脸上咻地刷出三条线！真的哦！我能看到的！而且呀，古美门律师有时候也会阴沟里翻船的，基本上，他是个单纯的人。还有呀，古美门律师他……”

不停说着古美门的黛没有看到羽生脸上复杂的表情。

古美门独自坐在凉台上。

“……面试结果如何？”

“全部不录用。”

“我明白了。”服部整理着女孩们的简历，忽然停住，“或许您是为了让她突飞猛进，才故意把她送进敌人怀抱……但结果是吉是凶呢……或许她会被对方拉拢。”

“如果是那样，就说明她也不过如此。”

古美门冷漠地点着雪茄说道，服部点点头往屋里走。古美门对着他背影大喊：

“……留下那个胸部最大的！”

LEGAL HIGH

第八章

守护傲示世界的自然遗产！居民诉讼的惊人真相

“那片森林，被称为留存在这颗星球上的奇迹。在世界范围里，再也找不出在那样一小块面积里能共存那么多稀有物种的土地了。御讶御讶……意思是神之气息。”

电视屏幕里映出奥蟹头村的风景。木头搭建的古老民居旁是转动的水车，身穿和服的居民们劈着柴，孩子们穿着劳动裤玩雪，大家吃着简单的食物……

“他们尽可能地不用电，因为用森林的柴火煮的饭更香，来自森林的风更凉爽温暖。他们承载森林的恩泽，守护森林，并与森林和谐共存……这就是世界天然遗产，御讶御讶之森与奥蟹头村。”

教育节目《THE 世界遗产》关于奥蟹头村的特辑结束后，羽生按下了影碟机的停止键。

“太美妙了。”

“能被列为世界遗产真是太好了。”

黛坐在兴致勃勃的羽生身旁也很高兴。

“问下来才知道似乎就在真知子老家附近。”

“真知子？”

他直接叫了黛名字……不理会吃惊的古美门和服部，羽生紧挨着黛在同一张沙发上就座，他的一只手搭在沙发背上，看起来就像是揽着黛。古美门冷眼看着两人宛如情侣的坐姿。这两人结伴来到古美门事务所，给他们看影碟，还自顾自地情绪高涨……这到底打的什么主意？

“虽说是在附近，但要到达奥蟹头，还得从蟹头村再翻两座山才行，因为火车和高速公路都不通到那儿，所以我没去过。”

黛若无其事地拂去附着在羽生胸前的灰尘，两人俨然一对夫妻。

“那里有一桩小官司。所以古美门律师，意下如何？”

被羽生问道，古美门终于开了口。

“什么意思？”

“和我们共同辩护，顺带观光。”

古美门一盆凉水浇在对着他微笑的羽生脸上：“我拒绝。”

“有时与自然的接触也很重要哦。”

“这个世界上，我最讨厌贫穷，第二是乡下，第三是自然。蟹头村已经够糟了，居然还要我去往更偏僻的地方，简直不可能！你就带着你事务所里的低能律师们去被原住民们砍头吧！”

是的，古美门想起来了，去年负责蟹头村遗产继承纠纷时，自己就吃了不少苦头。他再也不要去了！

“跟我说的一样吧，没必要请这种人。”

黛一脸死心地示意羽生回去。

“但是，当服部先生外出时，就剩下你一个人了哦。”

正当羽生不动声色地说出古美门预料之外的事情时，服部身穿登山服出现了。

“律师，您能让我休假吗……”

“你也被他勾走了吗！”

“我的人生就是旅行……”服部将斗篷挥至左肩，“我难以舍弃对旅行的眷恋。”

“律师您一定会喜欢上自然的。”

服部靠近羽生微笑的脸，一起笑着望向古美门。

每天只有几班巴士摇摇晃晃地驶过旧民居散布的乡土村落，

抵达了终点——蟹头村的“奥蟹头”。

“啊！感觉就像是穿越了呢。”

第一个从巴士上下车的本田望着飘雪的村子大声道。

“还以为会是人头更加攒动的地方呢。”

听矶贝这么说完，黛回答：“听说限制了进入御冴御冴之森的游客数量。”

“申请世界遗产并不是为了成为观光地。说到底都是为了守护森林与自古以来的生活，真是了不起。”

羽生神清气爽地下车后，古美门也在服部的搀扶下摇摇晃晃地下了车。他面色惨白，手中紧紧握着呕吐袋。

“律师，您觉得身体如何？”

“……嗯……没吐出来，咽回去了。”

听见古美门和服部的这番对话，黛惊呆了：“……果然还是不应该邀请他来吧。”就在这时，村民们出现了。

“焕迎，有劳各位圆岛而来。”①

走在最前方身穿和服的女性笑容可掬地迎上前，用一口方言问候，古美门立刻讥刺道：“请说日语。”

“这一带的口音比较独特哉。我是御冴御冴之森乡土馆馆长赤松铃子哉。”

“我是村公所的赤松昌夫哉。”

“我是农民赤松义文哉。”

“我是开饭馆的赤松祐介哉。”

男性们各自招呼道。他们都穿着短褂，戴着斗笠。

---

① 此处及下文皆为夹杂方言的非标准日语。

“全都姓赤松啊。”

古美门说。

“这个村落的人基本都姓赤松哉。今天辛苦哉，去吃饭哉？”

“我赞成，肚子都饿扁了。”

本田高兴地说道。

“哉，你和你，还有昌夫，去摘野菜。你和你，去弄点鱼……”

铃子擅自分配起了任务。

“等下等下，这是什么意思？”

古美门一脸无措地问。

“因为这里不是观光地哉，所以你们要和村里的人过相同的生活哉。你去山谷打水哉。”

“自来水就可以了吧？”

古美门冷淡地回答。

“自来水只在冲粪便时才用哉。”

村民们哄堂大笑。

“不愧是和自然共生啊。”

可是黛灿烂的笑脸几分钟后就蒙上了阴霾。走到谷底的两人，原本计划由黛抓着树枝，古美门拉着她的手向小溪探出身子后用水桶汲水，但古美门却因为失去平衡而拽着黛双双跌入水中……

两人差点冻死，回到借宿的乡土馆后，铃子借给身上直滴水的两人换洗衣服：夹棉的茄克与长裤，配帽子与耳罩，古美门的是蓝色，黛的则是红色，这身装扮看起来颇为眼熟……

“换好后就去拾柴哉。”

两个人不得已推着手推车运起了木柴。

“敬启　贵和女士。如今，我身处于大自然。在这里，每件事都必须自己动手。”

古美门视线漂移，在心中配起了自己的乡下生活的解说词。

“我觉得奥蟹头不适合我……我觉得还是大城市的五星级酒店适合我……”

劈柴的事，古美门完全做不好，于是黛独自“噼里啪啦”地劈起了柴。

晚餐的菜肴都是奥蟹头的名产：盐烤真鳟鱼、煮蟹头蕨菜、炸河蟹……都是利用现找来的新鲜食材调理而成的简单菜色。

晚餐时，铃子挑起了话头。

“……我就简单说下哉，这个村子里有一群所谓‘反自然’的瘪三哉，他们净干些毁灭世界遗产的勾当，我们却找不出办法对付哉……”

无奈的古美门听着铃子的话，脑中开始翻译：

有那么一群不遵守村子的规矩、破坏自然与景观、被一部分居民称为“反自然派”的不肖徒，被世界遗产审查会视为麻烦。如果在下一次审查之前这些人不改过自新，世界遗产的登记就会被勾销。无奈之下，村民只得诉诸法庭，调解明天就开始了。

村子的一块地上竖着写有“御伢御伢之森居民须知”的告示牌：“——作为御伢御伢之森的居民应心怀荣耀。”“——穿着、生活习惯应与此地相称。”“——不得破坏景观。”“——未经许可不得于森林捕猎、采摘。”

然而有那么一群蒙面年轻人不但用喷漆在告示牌喷下“不肖徒到此一游”的涂鸦，而且破坏了景观环境。

“真不敢相信会有这样的人。”

铃子指着“御冴御冴之森申请世界遗产组委会”成立时照片上的年轻女性给愤愤不平的本田看，那是一位毛衣搭配劳动裤、看起来颇为朴实的女性……

“赤松麻里奈，就是那群不肖徒的带头哉。”

随后铃子起身要带他们去麻里奈那里。拎着灯笼穿过幽暗的森林，景色突然豁然开阔，而且……异常明亮。

“这里就是窝点哉。”

看见旧民居变成了装饰有粉红霓虹的小酒吧，黛忍不住说：“……真是大大地破坏了景观呢。”

入口处是一块写着“ROPPONGI NAITO①”的招牌，还装饰着自由女神的摆件。

“的确是反自然啊。”

本田也露出了苦笑。铃子带头走进酒吧里。

打开门，只听麦克风“嗡——”的噪音中，猥琐的客人与身穿艳丽礼服的妈妈桑正在唱着跑调的演歌，这名浓妆艳抹的女性似乎就是麻里奈，令人完全无法联想到刚才照片上那个穿劳动裤的女子。

“……有啥事哉。”

麻里奈瞪着铃子走下舞台。

---

① ROPPONGI NAITO：六本木之夜的罗马拼法。

“我们是从东京来的律师，因为这家店违反了条例，所以就停业的事……”

矶贝正要开口，却立刻被麻里奈赶开：

“跟尔等无话可说哉。滚吧滚吧！”

“不肖徒，太无礼哉！”

“不肖徒是你们哉！还来妨碍我营业！”

麻里奈和铃子无视黛等人，自顾自展开争论。

“麻里奈女士，我们是来谈判的。这件事不至于闹上法庭，还是很有可能把这家店改造成与这个村落相称的氛围……”

羽生和颜悦色地上前一步，麻里奈却打断了他：“要谈就等我这边的律师到了再谈哉！”

“你们也请了律师吗？”

黛大感意外。

“是啊，东京的律师哉，日本第一的律师哉！”

不祥的预感。“莫非是……”黛转过头，只见古美门走上前。

“赤松麻里奈的代理人由我担任，我就是日本第一的律师古美门研介。”

“是你吗！焕迎呀！”

麻里奈喜出望外地挽住古美门手臂。

“焕迎呀。”

虽然不知道她在说啥，古美门也对着麻里奈说道。

“焕迎就是欢迎的意思哉。”

“哦哦，这样吗？服部，来这边。”

古美门对着服部招手。黛气呼呼地瞪着古美门：“你从一开始就是因为盘算这个才来这里的吧。”

"我是出于满腔义愤！《森林居民须知》是原住民们单方面制定的内部手册而不是正式条例，但你们却因此而要求这家店停业，简直是莫名其妙！"

古美门脱下外套，在铺着劣制天鹅绒的沙发上仰天而坐。

"骗人吧？你才不会接不赚钱的委托。铃子女士，这附近有什么开发计划吧？"

"有哉……燃料废弃物处理厂和高速公路建设哉。"

铃子回答后，黛用手指指着古美门继续说：

"该计划因为申报世界遗产而搁浅，于是你就和麻里奈女士等反自然派联合，向开发商毛遂自荐，索要重金报酬，说能让开发计划重新启动。怎么样，被我说中了吧？你这个财迷！"

对于黛的揭发，古美门只管喝兑了水的酒呼哈哈大笑。

"黛律师不愧是跟了您这么久。"

服部感慨的重点似乎有点不对。

"你为了钱出卖了'御冴御冴之森'！"

"有什么不对吗？要是毫无赚头，我怎么可能来这种未开化的地方！我宣布：我一定要把这里从世界遗产的名单上抹除，让最新型的燃料废弃物处理厂在这个破乡下建起来！高速公路也要造起来！让它出现在 NHK[①] 以外的电视台上！还要开便利店家庭餐馆咖啡馆奥特莱斯！夜总会巨乳酒吧也一起开了吧！"

麻里奈为满嘴口号的古美门鼓掌。

"太糊涂了！世界遗产是世界的珍宝，不能为了赚钱而破坏它！"

---

① 日本国家电视台。

“是你们没胜算才这么说吧？”

“不管哪个法官，都不会采纳古美门律师的主张。”

本田和矶贝一起声援黛，古美门却不理会：“谁知道呢？法庭见。”

羽生叫住了古美门。

“我也宣布：我要守护世界遗产与这个村子里居民之间的羁绊。”

“无法实现的宣言毫无意义。”

“我也这么认为。”

虽然脸上浮着笑容，羽生的眼眸中却写满挑战。

“就不应该请那个人来！完全适得其反！事情简直变得一团糟。”

从“六本木之夜”返回的途中，黛气鼓鼓地走在积雪的路上。

“我并非没料到会变成这样。”

羽生这么一说，矶贝吃惊地问：“你知道了还请他？”

“我希望能改变古美门律师，我希望他能明白人心之美，理解羁绊有多重要，让他从歧途走上正道。”

“不可能不可能不可能不可能。”

羽生以外的三个人异口同声地否定他。

“连他都改变不了，又怎么改变世界？”

“就算世界改变了，他也不会变的。”

黛回答羽生。

“没有人是无法改变的。”

“不愧是晴树啊，据说御冴御冴之森能净化心灵的污浊哦。”

本田赞同羽生。

“正是如此！”

“好，那么，东京的工作交给我，你就尽你所能地去引导古美门吧。”

本田令人信赖地说，羽生对她致谢。

“我觉得以那个人内心污浊的程度，是不会被御冴御冴之森净化的……”

在没有路灯的幽暗夜路上，黛心怀疑虑。

翌日，黛等人来到村公所附近的简易小法庭的调停室。说是调停室，也就是间用三张长桌排成了コ字形的房间而已。黛、羽生、矶贝和铃子一排，对面则是古美门和麻里奈。古美门像平时一样把脚搭在桌上，一边像 DJ 一样做出拨弄调音台的动作，一边挑衅着黛等人。

“我觉得双方都出席的调停不太妥……”

黛话音刚落，古美门回答：“反正肯定谈不拢，正好节约时间。”

这时，调停委员们走了进来，黛简直不相信自己的眼睛。羽生和古美门也瞪圆了眼。

“我是法官别府。因为这是事关村子未来的重要调停，所以我决定出席。”

站在三个调停员之中的竟然是别府敏子。

“申诉人——赤松铃子女士等人要求由对方——赤松麻里奈女士所经营的‘六本木之夜’停止营业……怎么？是否有什么问题？”

别府若无其事地正要开始调停，看见众人都在发怔。
“你和某个人是双胞胎吗？”
古美门举手提问，别府当即否认：“不是。”
“别府法官……为什么你会在这里？”
黛也问。
“我已经说了，这是事关村子未来的重要……”
“不，我是问为什么你会在这家法院？”
“上个月被调到了这边。”
“原来被流放到了乡下啊。”
古美门笑了。
“是正常的调动。”
“是被流放了吧！这个人终于被流放了！”
古美门愉快地哈哈大笑，黛和羽生也附和地笑了。
“刚才笑的人站到后面的墙边去。”
别府忽然发出无章可循的命令。
“我不笑好了。”
“快去。”
“是。”
古美门老实地站到了窗边。
“你们三位也笑了吧？”
别府对着黛等人说。
“我没笑。”
矶贝反驳。
“你们心里笑了！站过去。”
别府专横地说道。于是黛、羽生和矶贝一起站起身，站到了古美门的旁边。

“在我允许之前，你们四人人禁止发言。”

“法官大人，这实在有些过分吧？”

羽生犹豫地抗议道。

“这里不是法庭，你没有这个权利。”

“而且只剩下这两个人能说话，根本听不懂她们在说什么。”

黛和古美门也弱弱地提出抗议。

“无须多虑。”

别府说着，开始了一个人的调停。

“你以前也赞成世界遗产哉！”

“因为我以为观光客会络绎不绝哉！但是却远比以前不自由哉！”

别府介入到已进入吵架状态的铃子与麻里奈之间。

“那么，麻里奈女士，你是希望取消世界遗产哉？”

“不止我一个人！”

“不只麻里奈女士，还有很多人也这么想哉？”

“嗯啊！”

“那么，必须弄清真相哉。”

别府也熟练地讲起了奥蟹头方言，三人对话毫无障碍。

“为什么她讲得这么溜……”

黛惊呆了，古美门甩下一句“谁知道？”转向另一侧。

“诸位代理人，刚才的结论可以吗？”

别府突然把话头交给四人。

“哎？啊，已经得出结论了吗？”

“你没听吗？”

“虽然听了，但没听懂。你是怎么掌握奥蟹头方言的？”

黛问别府。

“不是很难的方言，很快就能学会。”

别府回答得好像那是一件理所当然的事。

“啊……是这样啊。那么，结论是什么？”

“有必要准确掌握当地的实际情况，将进行现场调查。”

“又来？”

黛嘟哝着。

“从没听说过调停也要进行现场调查……”

羽生很吃惊。

“那女人什么都干得出。”

古美门丧气地耷拉着肩膀说道。

翌日，由铃子带头、黛等人组成的调查队去了“御冴御冴之森”。

“那个，有初学者路线和高手路线，走哪条哉？”

通往森林的道路似乎有两条。

“我希望能巨细靡遗地调查，请走超级狂人路线。”

别府一说完，铃子就拄着手中的树枝走往枝繁叶茂、看上去无路可走的方向。

“你们注意别走散哉。”

铃子拨开树枝前进，众人跟在身后。黛忽然转过头对古美门说道：“走散的话会遇难哦。”

古美门正手持杀虫剂大喷四方。

“你在做什么？”

“因为害虫太多，所以要消灭掉。”

“这片森林里没有什么害虫，要说有，那也是我们人类。”

“你确实是害虫。”

古美门对着黛喷杀虫剂。羽生冷眼旁观两人叽喳吵闹。

“‘御冴御冴’好像是‘神之气息’的意思吧？”

往前走了一会后，别府问铃子。

“嗯啊。试试深呼吸，污浊的心就会变纯净哉。”

大家都伸开双手开始深呼吸，古美门却拿出了雪茄。

“下作！”

黛立刻提醒他注意。

“我的心比谁都干净！”

古美门正要驳斥，后方忽然传出沙沙的动静。

“呜哇哇！是熊！说不定是雪人！快射死！”

古美门惊慌失措，羽生却很平静：“大概是松鼠或者狐狸吧。”

“说不定是橡果大叔哉。”

铃子瞪大眼看着众人。

“橡果……大叔？”

黛等人侧头表示不解，铃子翻开记载有御冴御冴之森传说的小册子。

“相传橡果大叔是住在御冴御冴之森的妖精，是森林的守护神。”

羽生接过小册子念了起来，只见上面画着一个骑在蜗牛上的小个子男人，标注为“橡果大叔假想图”。

“那么小的东西能守护森林吗？”

刚才还哇哇大叫着被“雪人”这种传说中的生物吓破胆的古

美门此时换了一副轻蔑的语气。

“唔，谁都没有见过哉。”

“见到他会有什么好事吗？”

矶贝问了一句，羽生又念道：

“据说如果能见到他……在这一年里就不容易感冒。”

“这好处也太小了。”

古美门立刻出言讥刺，别府则蹲下身念念有词：

“噜——噜噜噜噜噜，噜——噜噜噜噜。”

“别府法官，你在做什么……”

“召唤橡果大叔。噜——噜噜噜噜。你们也一起来。”

别府不容分说地说道，于是众人蹲下身开始“噜——噜噜噜噜噜”地召唤起来——当然不会有人现身。

“看起来不像是一召唤就会出现的。我们还是赶路吧。”

过了一会儿，别府似乎生厌了，果断地站起身往前走去。

“……她是不是愈发任性了？”

“她已经无所不能了。”

黛和古美门的目光追随着别府的背影，羽生则在一旁静静地看着小册子。

“……羽生君，怎么了？”

“是不是有点像某人？这个橡果大叔。”

黛再次看了看插画，只见那是一位戴着头巾、身穿短褂的老绅士，手中拄着树枝。

“啊——”

和服部一模一样！黛等人面面相觑。

"看过那片美丽的森林，我再次意识到，我无论如何都要守护它，绝对不能引进什么燃料废弃物处理厂。"

黛独自发表着热情的演说。他们已经回到乡土馆，黛、古美门、羽生和铃子围在地炉旁，别府坐在稍远一点的地方。

"预定的工厂地块离森林足够远。"

古美门当即反驳。

"一定会间接破坏生态系统。"

"并没有科学根据。"

"等被破坏了就来不及了，那片森林就不会再复苏了，橡果大叔也会消失的！"

"橡果大叔一开始就不存在！"

黛和古美门围在地炉旁你一言我一语，羽生吃惊地看着他们。

"你们都冷静下来。这个很好吃呢。"

"这是蟹头蕨菜小豆粥哉。"

铃子高兴地回答。

"难得吃到，才会觉得好吃，每天都吃这种东西会厌烦的。这里的居民肯定也很想吃可丽饼、手工冰激凌和汉堡。"

古美门卯足劲地反对。

"如今的御冴御冴之森已经不属于这个村落了，它是世界遗产，是全人类的瑰宝。虽然在生活上多少会不太方便，但他们有守护森林的义务。我不觉得这件事有争论的余地，别府法官。"羽生诉说道。

"多谢款待。"别府站起身，"那么，我们去下一个调查地点吧。"

黛倏地站停。

“我觉得好像忘了什么重要的事……是我的错觉吗?”

是夜，调查队出发前往“六本木之夜”小酒吧。

“你咋没来森林哉!”

铃子立刻盯上了麻里奈。

“那种都是蛇的地方我怎么会去哉!”

“英明的决定。”

在沙发上四仰八叉的古美门赞同麻里奈。

“蛤蜊意面、寒天椰果……真是反自然的菜单，可惜没能列入世界遗产。”

看着墙上的菜单，别府一脸高深莫测地说道。

“为什么那样说?只是很普通的菜而已。”

不理会古美门的反驳，别府开始检查店内。

“真是家不像话的店哉。”

铃子在店里走来走去地发牢骚。

“你自己以前也是常客哉!”

“我已经意识到自己的错误哉!”

“你只是被那个小白脸公务员骗哉!”

“你说什么啊，不肖徒!”

铃子和麻里奈又开始了争吵。

“小白脸公务员是谁?”

别府对麻里奈的话有了兴趣。

“就是迷上了小白脸公务员……”

“麻里奈女士，打住。”古美门慌忙站起身，他从没听说过公务员的事，“接下去的事，请慢慢地告诉我一个人就好。别府法官，对六本木之夜的调查请到此为止，可以吗？”

“可以。不过在结束之前，给我来一份蛤蜊意面和寒天椰果。”

“真能吃……”

对于任性到极致的别府，黛忽然有了一丝感动。

翌日，一行人再次聚集在简易法院的调停室。

“奥蟹头的人们本来就对都市充满憧憬，”古美门起身提出自己的主张，“是的，这里过去曾有便利店，也有汉堡店，还有类似时尚商厦之类的店，虽然和城里的不太一样！”

逢周六、周日和节假日休业的“便利店 7-7”、“美国西海岸味道 · 洛斯汉堡”、“涩谷年轻时尚中心 · 901”① 等等，虽然这些都是在民家屋檐下搭出的小店，但总算有过。

“不用说，村里最有都市风的夜店‘六本木之夜’也曾经生意兴隆，铃子女士等人也曾是那里的常客。但某天，报纸上报道了御冴御冴之森特殊的生态系统，而盯上这一点的，正是那个公务员。”

那天晚上，在“六本木之夜”看新闻的铃子忽然惊呼。

“咦？这个‘御冴御冴之森’……不就是那里的森林哉？”

啥子啥子？麻里奈以及常客们也凑了过来。

只见报纸以“在现代发现了奇迹之森？经过专家等调查　发现大量珍稀物种”为标题，用一整版刊登了御冴御冴之森的照片

---

① 便利店 7-7 等：分别仿造了便利店 7-11，莫师（MOS）汉堡与涩谷时尚中心 109。

与报道。就在这时，店里来了几个身穿西装的男人，其中一名长相英俊、名叫岩田的职员递上了“环境省自然地域环境课”的名片，并向铃子提出了为御涴御涴之森申请世界遗产的计划。

“众所周知，国家把增加世界遗产当做国家任务。村里的人们都为来自都市的小白脸公务员的提议而欢喜。于是，一场为御涴御涴之森申请世界遗产的运动开始了。但是，却遇到了困难。虽然御涴御涴之森里确实存在许多稀有物种，但是规模太小，缺少所谓的关键要素。”

铃子、昌夫、义文、佑介等作为之后成立的“御涴御涴之森申请世界遗产组委会”成员，与环境省官员进行了多次商议。

“蟹头蕨菜不可以吗？”

“蕨菜太弱了吧。”

“这里有火蜥蜴哉。”

“别的地方也有啊。”

“还有紫色大蝴蝶。”

“普通、平凡、没特点。”

“大锹形虫。”

“不新鲜，热潮已经过了。还有什么别的吗？”

对于成员们的提议，小白脸官员只是摇头。

“橡果大叔！”

铃子说得好像那真是个好点子似的！

“不存在吧？”

被小白脸官员嗤笑了。

根据环境省官员的提议，他们在奥蟹头村落的一角竖起了

"御冴御冴之森居民须知"告示牌。便利店汉堡店之类的都关了，聚在一起吵吵闹闹的金发年轻人们也被指点着换上甚平[①]……

"'残存日本自古以来生态系统的奇迹之森，以及与自然共生的住民生活'……他们将村子本身包装成如马丘比丘那样宛如与文明隔绝的地方，赢得了世界遗产的名号！可是明明这里的居民与生活都很平凡，这简直等同诈骗！"

古美门说完，羽生立刻反驳道："这种说法太恶意了。人们意识到了御冴御冴之森的重要性，为了守护它而自发地选择了与自然共生的生活方式。这样的选择不是很了不起吗？"

"正是。因为被列入了世界遗产，村子的整体收入也增加了，也带动了经济。"

黛起身一起应战。

"就算收入增加，若没地方花钱，就毫无意义。"

古美门不屑地说道。

"虽然这里没有城市里有的东西，却有城市里没有的东西。证据就是，在这里，人们的幸福度远远超过了都市。"

羽生起身走近古美门。

"所谓幸福度高，不是意识不到自己的不幸，就是专制国家里不准说自己不幸。大家真正想要的是方便奢华的生活，而不是什么世界遗产。"

古美门不认输地抓住比自己高出一头的羽生的肩膀，拼命要与其视线保持平行。

"律师，还有比方便奢华的生活更重要的东西，那就是尊严。

① 一种日本传统服装。

大家想过有自豪感的生活，世界遗产就是他们的骄傲。”

羽生也抓着古美门的双肩不放。

“要不就对全体居民做个问卷调查吧？”

“我没意见。”

“都别说傻话了，还是认真协商吧。”

黛靠近眼瞪眼的两人，把他们分开。

“不，这或许是个好主意。”

别府突然站起身。

“啊？”

“是保留还是取消世界遗产，用签名来决定哪个才是全体居民的意愿。奥蟹头村的总人口是一百四十八人，得到多出一人签名的一方，其主张就视为民意，双方都要接受。”

别府做出决定后，黛提出反对：

“开玩笑吧？法院怎么能如此随意？这是对司法的否定。”

“调停的目的是让双方达成协议，如果双方因此而接受，那就可行。有什么问题吗？”

“我认为这样做绝对有问题。”

“既然是法院方面提议的，我没意见。”

不理会提出异议的黛，古美门和羽生都表示了赞同。

“那么，期限就定在下次调停日。”

“来真的吗？”

黛对别府的主张无法置信。

御涥御涥之森乡土馆里，以羽生和铃子等为中心的一群人正向蜂拥而来的住民们请求签名。他们分发题为“请就世界天然遗产御冴御冴之森相关事宜签名”的问卷，并指导居民在“保持”一栏画上○并署名。

“我带来了村公所八个人的签名哉。”

“河对岸共十七人的签名都要来哉。”

“这是我生意伙伴的二十个人，请轻松获胜哉。”

昌夫和义文等人带着问卷陆续回来了。

“当然哉。”

铃子满足地点头。

“这样一来，古美门律师就能明白了吧？在这个村子里，人们的心气有多高，羁绊又有多牢。”

羽生的话引得众人“哇”地欢呼起来，但黛的心里却似乎被什么事情担忧着。

“怎么了？”

“没事，就是觉得好像忘记了什么重要的事……是错觉吧！”

但她就是想不起来到底是什么事。

小酒馆“六本木之夜”里，古美门正在享用麻里奈亲手制做的蛤蜊意面。“……这边才八人……据说那边已经收集到近五十人哉……律师，失败只是时间问题哉。”

“不是才开始吗？”

古美门胸有成竹。

同一时间。

“吃点心还是青团配梅子海带茶最好呀。”

干农活的空闲，三个关系很好的主妇正在吃点心。

“香蕉巧克力可丽饼配焦糖玛奇朵。嗯——太棒了！你们三个一到休息日就会出镇子找甜品吃，是吧？”

一名高个帅哥嗖地靠近她们，正是兰丸。

“今晚悄悄来六本木之夜，有火奴鲁鲁名店的烙饼畅吃，只在今晚哦。”

兰丸在主妇们的耳边轻轻私语。

“今年本地出产的酒也很好哉。”

男人们正在旧民居的屋檐下对饮着“纯米大吟酿御冴尾”，兰丸单手拿着红酒杯出现了。

“今年的博若莱[①]真是极品，今晚能在六本木之夜喝到，先到先得哦。”

接着他又去往小饰品店。东看西看之后，素面朝天、穿着俗不可耐的对襟外套的女店员朝他走近。

“这是用果实做的胸针哉，用如此朴素的素材就足够装点……”

“我倒是觉得你更适合蒂凡尼。”

兰丸贸然绕到她背后，为她戴上了蒂凡尼项链，柔声细语地说道。

“来‘六本木之夜’，我为你准备了一线大牌的新品。”

这一晚，村民盛装集合于“六本木之夜”。甜品畅吃、博若

---

① 博若莱：Beaujolais，法国著名葡萄酒。

莱美酒畅饮，小饰品店的女子也在这时悄然而来。她化了精致的妆容，毛皮披肩下是时下流行的连衣裙。

“你来了，今晚大家一起热闹热闹吧！”

兰丸一身牛郎风的时髦西装，伸手揽她的肩护送她入场。

“古美、古美、古美、古美！”

响起了古美门口号，古美门正登上卡拉OK舞台。

“呀，诸位，玩得开心吗？今天我想告诉大家一件事。你们知道这是什么吧？是的，这就是分发到大家手中的‘从基础开始的奥蟹头方言’。明明已经没什么人会说纯正的奥蟹头方言了，现在用它来指导你们把方言说得更正宗。现在你们觉得很不好意思吧？哉哉哉哉的，是吧？”

古美门询问站在他附近的小饰品店店员，她老实地点了点头。

“御冴御冴之森的‘御冴御冴’，大家知道它真正的意思吗？‘神之气息’？太可笑了。我翻阅文献研究了一下。在原来的奥蟹头方言里，神是‘榊’，气息是‘兮兮’。必须得叫‘榊兮兮之森’才行！我来告诉你们‘御冴御冴’真正的意思吧。在过去，这个村里的年轻男女们总在那片森林里幽会。是的，‘御冴御冴’就是男女那档子事！是铃子女士他们把这个胡诌成了‘神之气息’！”

古美门的考证结果在店里引起轩然大波。

“我们被骗哉！这场闹剧该结束哉！”

“来吧，诸位，签名吧！大家在‘取消’上画个○，我会给完成任务的人一个拥抱哦。”

兰丸拿出调查问卷，大家一拥而上，将他围住。

潜伏在“六本木之夜”侦查的义文和佑介大惊失色地冲回了乡土馆。

“事、事态不妙！”

“那些不肖徒……”

铃子怒吼出声，羽生却对大家说道：“请冷静。”

“那只是一小撮人，我们加强戒备，互相监督，为了不要再增加更多走上歧途的同伴。”

然而，古美门会用尽一切手段的。深知这点的黛感到不安。

“很甜的，给，吃吧。”

翌日，服部在旷野上给孩子们分发扭结面包，头戴苔绿色绒线帽、领口围着围巾、身穿深蓝色外套的古美门看起来活像某部电视剧里的人物，他也在分发扭结面包。

“千太！真子！不可以吃那种玩意哉！”

这时，几个成年居民匆匆跑来，强行带走了孩子们。

“……还是在做蠢事啊！”

黛正好经过，她招呼古美门。

“你也想来我这里当白痴吧？”

古美门问道。

黛受不了他的语调，回答道：“怎么可能！”

“你不是也察觉到了吗？王子陛下的危险之处。”

“危险之处？你在说什么啊？羽生君很了不起，他和律师不一样，一丁点肮脏之处都没有！”

“所以才危险啊。”

古美门干脆地说道。

“……不知道你在说啥哉！”

黛气呼呼地走开了。

“……看来，他们加强了戒备。”

服部对古美门说。

“就算克格勃[①]发布戒严令，可水一旦决堤，是停不下来的。”

古美门狠狠地啃着扭结面包。

村里的“便利店7-7”“美国西海岸的味道·洛斯汉堡”“涩谷年轻时尚中心·901”都复活了。901的店员就是昨天还在卖果实胸针的朴素女性，今天她穿着鲜艳的毛衣与短裙，和昨天穿着俗不可耐的对襟开衫时判若两人。

当晚，一个男人拼命地在森林里奔跑，大口大口地偷吃起藏在大树树荫下的汉堡。而昌夫和义文等人则像在山中打猎似的赶来，逮住吃汉堡的男人，带去了乡土馆。

“这家伙吃了加利福尼亚大汉堡！”

“带到里面去，我来和他聊聊。”

羽生神色严峻地说道。

“羽生君，太过强制的做法只会有反效果吧？而且这也不是你的风格。”

黛看不下去地提出后，羽生“啪”地打了个响指。

“为了大家的幸福，我这是不得已。‘骆驼不抽不行’，这是沙特阿拉伯的谚语。”

---

① 前苏联国家安全委员会。

“……人不是骆驼。”

“……我当然知道。”

羽生卷起白衬衫的袖子，消失在年轻男子被带进去的里面房间。

第二天，古美门一大早就把麻里奈等人召集到旷野上呼吁。

“发现珍稀的昆虫又如何！‘御冴御冴之森不过是不适宜种田而被弃之不顾的无用土地而已。没有任何价值，除了想要尽情交欢的男女。”

羽生也在咫尺之外发表着演说。

“这种无凭无据的谣言信不得！‘御冴御冴’就是神的气息！学奥蟹头方言有什么不对？重视渐渐失传的方言是很了不起的事。都市里就没有‘御冴御冴之森’，这个世界上，只有这里有。若是为了贪图一时享乐而失去了珍贵的事物，就无法挽回了！”

为了对抗伸出双臂热情演讲的羽生，古美门继续往下说道：

“一说起自然保护，如今俨然已是谁都不得违背的金科玉律。如果不守护世界遗产，就会被说成穷凶极恶之人。憧憬都市生活有什么不对！”

古美门话音刚落，支持者就挥起了拳头：“正是！”

“给我们自由！”

“大自然什么的见鬼去吧！世界遗产什么的才是不肖徒哉！”

“这个用法有点不对。”

麻里奈虽然提醒了古美门，但古美门等人的部队兀自群情高涨，连身穿和服听羽生演讲的居民们也移向了古美门这边。

"有不少人倒向那边了，目前预测大概是五五分吧……"

黛和羽生回到乡土馆，见服部正在参观张贴出来的资料照片。

"视察敌情吗？"

黛问他。

"不不，纯粹是出于兴趣。"

服部正在看的是"御冴御冴之森申请世界遗产组委会"成立时的照片。最前排的铃子和麻里奈露出了笑容。

"……那个时候大家还志同道合，真是可惜。"

黛低声道。

"这名男性我好像不曾见过，是哪一位呢？"

被服部这么一问，只见在铃子和麻里奈之间有一名身穿短褂、戴着眼镜的男性。

"真的……是谁啊？"

"……或许是我多嘴了。"服部自言自语地回去了。黛和羽生则静静地凝视着这个男人。

这一晚，黛当即向昌夫询问照片上的男性。

"铃子女士的儿子？"

"是啊，他叫恒夫，是这群年轻人的头……也……是麻里奈的未婚夫哉。因为嫌弃贫乏的生活，抛下他妈妈和麻里奈逃去了东京哉。"

"在东京做什么？"

羽生问。

"……好像跟女人一起开了家不三不四的店哉。"

到了调停日。在简易法院的调停室里，古美门和麻里奈带头的取消派居民与黛和铃子带头的保持派居民大眼瞪小眼地分列两边而坐。

“双赢先生该不是知道要输，所以逃跑了吧？”

正如古美门所说，羽生并没有出现在保持派的席位上。

别府等调停员走了进来。今天的别府穿了法官服。

“那么，呈上签名。”

黛和古美门将签名呈上，别府等人开始统计。

“统计完毕。”

众人鸦雀无声。

“支持维持世界天然遗产的人数是七十三，反对的人数是七十四。虽然只是微弱的一票之差，但似乎希望取消世界遗产名号的居民更多。”

别府说完，反对派的居民们欢呼着拍起了手。

“麻里奈女士，我们胜利了。”

古美门揽住麻里奈的肩。

“谢谢哉。”

“请等一下。”

黛站起身。

“丢脸哦。我们约定过的吧？哪怕只差一票，多的那一方的主张也将被视作全体民意。”

“……请等一等。”

黛起身走出房间……羽生正在楼梯平台上。和羽生说话的，是本田从东京带来的赤松恒夫。他穿着黑花纹衬衫与酒红色的合成皮革茄克。

黛和恒夫一起回到的调停室的瞬间——

“恒夫！”

“恒夫先生！”

铃子和麻里奈惊呼出声。

“这是哪位？”

别府问。

“他是铃子女士的儿子，也是麻里奈女士的前任未婚夫赤松恒夫先生。他也是奥蟹头的居民，不过他还没有签名。请批准。”

羽生扬眉吐气地对别府说道。

“可以。”

恒夫走到铃子面前。

“妈，我太傻了……东京没什么好的。如果可以的话……我想回到村里……我想和森林一起生活哉。”

“……森林来者不拒哉。”

看见从东京回来的儿子就在眼前，铃子用手巾拭起了泪。羽生递过问卷，恒夫在“保持”那一栏画了○。

“如此，就是七十四对七十四。”

羽生得意地望向古美门。

其实，恒夫并不太愿意出现在众人的面前。

“我详细调查了你店里的情况，绝对谈不上运营良好，对吧？我原本是检察官，不管是申请搜查还是阻止搜查，我都能办到。”

羽生一点一点地攻克恒夫。

"我并不是在威胁你，而是帮你回到正道。"

恒夫败给了笑容温和的羽生。

"……知道了，我会照你们说的去做。"

"这样，大家都能幸福。"

羽生冲着在楼梯下等待的黛微笑。

"麻里奈女士，恒夫先生至今仍爱着你。"

在调停室里的众人面前，羽生转向麻里奈。于是，恒夫开口了：

"麻里奈，我知道我这么说很自私……但是，我想和你一起守护森林哉。我们两个一起回归做御冴御冴之森的居民吧！对我来说，世界遗产就是你哉！你就是世界遗产哉！"

麻里奈的脸颊上淌下两行泪，她起身拿起笔，用双线划去了"取消"上画着的○，在"保持"上画了○。

"律师……对不起了。"

麻里奈搂着恒夫痛哭出声。

"七十五对七十三，我们赢了。古美门律师……但我并不认为是我赢了您，而是村落人们的崇高心灵守护了世界遗产。"

羽生干脆地说完，保持派的居民们一起鼓掌。古美门却从容地看了看手表。

"我的快递差不多要到了。"

正说着，打扮成快递员的兰丸走了进来。

"哟，不好意思迟到了，我的汽车爆胎了！来，给！我确实送到了哦。"

一只信封摆在古美门的面前。

“那是？”

别府问古美门。古美门从信封里取出问卷。

“是过去住在这里的村外人，他们因为嫌弃在奥蟹头生活不自由而离开村落。一共是二十九个签名。”

“村外人的签名毫无意义。”

羽生不假思索地说道。

“这是居民票的副本，他们现在全部迁回了奥蟹头，是货真价实的奥蟹头住民。”

古美门拿出居民票的副本展示给众人看。

“七十五对一百零二。”

别府刚念完，古美门立刻高声道：“看来是压倒性胜利呢。”

“律师……你的做法太奸诈了。”

黛向古美门抗议。

“我没有破坏规则。”

“你做了什么卑鄙的交易？”

羽生问古美门。

“我只是说村落会被开发，生活会变得便利，所以大家都很愉快地签了名。因此，别府法官，调停结束了吧……别府法官？”

这时，沉默的别府开口了：

“只要双方没有达成共识，调停就不成立。”

别府和往常一样面无表情地宣布。

“那个，你说什么？说好的按票数来吧？”

“法院不认可按票数来。”

别府淡然地否定了几天前她自己提出的建议。

“不是你自己说认可的吗！”

“那是对司法的否定。”

“那是我的台词。”

黛也一头雾水。

“申诉人，如果你们无法接受，可以提出起诉。”

“我们当然要起诉。铃子女士，我们在法庭上战斗吧。”

羽生对铃子说道，古美门也喊道：“铃子女士，恒夫为什么会离你而去？因为他嫌弃贫乏的生活，因为他憧憬都市。因此，他早晚还是会逃走的。”

“不会，他已经洗心革面了。”

羽生迎战古美门。

“真的吗？那你们就起诉吧。就请和自然一起过着禁欲生活，长长久久地战斗吧，恒夫先生。”

听了古美门的话，恒夫沉默不语。

“铃子女士，你是因为失去了儿子，才顽固地坚持着运动。但是，恒夫先生回来了，这不就行了吗？我来教你挽留住恒夫先生的唯一方法，那就是和麻里奈女士一起将‘六本木之夜’经营得红红火火。”

被古美门这么一说，铃子的表情起了变化。

“铃子女士，不要上当。”

羽生试图挽回铃子的心意。

“不断地开发，越来越热闹，把村落变成都市，这才是让家庭不再破裂的秘诀。你还要起诉吗？”

“如果世界遗产被取消，会被全世界笑话！”

“燃料废物处理厂是能为国民造福的伟大设施，百年后说不定也能成为世界遗产！”

铃子遭到古美门和羽生的正反夹击。

“……你希望这样吗？”

铃子问恒夫，恒夫点了点头。看到这副情形，铃子对别府提出：“……我不起诉了。”

“太荒唐了！这个决定绝对是错的！这是让大家都不幸的决定！你们为什么不明白！”

羽生失去了理智。

“不明白的人是你。”古美门目不转睛地盯着羽生，“崇高理念之类的东西，在欲望面前是无力的，毕竟人类是有欲望的生物，只要活着就无法否认这一点。正因为有欲望，文明才会进化。今后也将会继续进化，绝不倒退。建造燃料废弃物处理厂，架设高速公路，打造购物中心，森林面积减少，稀有物种灭绝……这里早晚会成为随处可见的普通城市，然后缅怀往昔，唏嘘感怀……但是，大家都愿意这样，这不是也很美好吗？”

“……愚昧。”

羽生说。

古美门冷静地回答他：“这就是人类。”

听着两人的对话，别府站起了身。

“申诉人不起诉。你们是否愿意依照本次调停达成最终共识？”

“……是的。”

“那么双方达成共识，调停成立……铃子女士，麻里奈女士，恒夫先生，你们是奥蟹头的居民，被世界上的任何人嘲笑都没有关系。对了，蟹头蕨菜和蛤蜊意面都非常好吃。”

别府说完，众人起身准备回去。

“那么，请保重。既然你被流放到这种乡下地方，想来我们不会有机会再见了。”

再次获胜的古美门心情愉快地和别府寒暄。

“不，委任令刚下来，我又要被调走了。”

“又要被流放了吗？”

“常规调动。”

别府面无表情地回答。

“这调动周期也太快了。”

黛吃了一惊。

“这次是去无人岛吗？”

古美门讽刺道。

“和你们无关。”

别府依旧面无表情。

“为什么你宁可被这么调来调去也要坚持做这份工作？”

“跟你想继续当律师的理由一样。我自负比世界上任何人都适合这身黑色的法官服。”

一声“告辞”后，别府踩着高跟鞋离开了。

“……说不定她能出人意料地成为一名伟大的法官。”

黛说道，古美门却回答：“不可能。”然后飞快地看向羽生。他似乎相当懊恼，正双手无力地撑在桌上，背部蜷曲。

“明天的汽车是几点来着？”

“……七点。”

羽生无精打采地回答，古美门高兴得活蹦乱跳：“好！好！

回去了！”

翌日一大早就飘起了雪。

“正如别府法官所说的那样，不管是不是世界遗产，热爱故乡的心是不会变的。大家都是如此。”

黛向村民作临别感言，古美门难得地表示赞同。

“没错，只要你们自己引以为傲就可以了，没必要去强求外人搞出来的勋章。”

“是。”听到黛和古美门的话，铃子和麻里奈都笑着点了点头。意气彻底消沉的羽生无言地钻进巴士，古美门正要跟着上车……一阵风起，听起来就像是有人在“哇啊啊啊啊啊”地大叫。古美门停下正要踏上长途汽车踏板的脚步，侧耳倾听风的声音。

“……果然还是觉得忘了什么……啊啊啊！”

歪着脑袋的黛终于想起来了——矶贝不在……

回到东京后，服部在事务所里打电话。

“正如律师所想的那样，羽生律师正渐渐成为抑制令郎自我膨胀的好对手。但是，我觉得他似乎正渐渐朝着我们预料之外的方向走去……”

羽生在 NEXUS 事务所里凝视着相框。相框里映出黛发光的笑脸，而她的背后照例是古美门的身影。羽生把相框砸向桌子，双肩颤抖。这时，本田轻轻地走近，从背后抱住了羽生。

“安藤贵和的官司又要开始了……”

"……必须有一个领路人。为了筑造一个大家都能幸福的世界，必须有一个人操纵巨大的力量以约束民众……因为所有人都是那么愚昧，真是遗憾！"

羽生又哭又笑，本田沉默地把他拥紧。

古美门和黛去往东京拘留所。在探视室等待贵和到来时，黛向古美门汇报了矶贝的事。

"你是说，他想找到橡果大叔，所以和我们走散后遇险了？"

古美门鄙视地嘲笑道。

"只是因挨饿而有些营养不良，不过没事。"

"他到底多没存在感！你们同伴之间的关心程度真让人震惊。"

"……这话我也没法反驳。"

被古美门一说，黛的肩膀自然地耷拉了下来。

"你差不多也感受到了吧？那张娘炮脸背后有多凉薄！不过，你要是觉得闲适国很愉快，一直留在那里也可以。"

古美门正对黛这么说话时，贵和出现了。她今天穿着黑色深V领无袖连衣裙。

"终于到了最高法院的公审。"

黛直直地望向贵和。

"放心吧，我一定会推翻死刑判决并争取无罪。我的胜率将恢复百分之一百，不败神话也将复活！"

"……还是让你们知道事实比较好……让我来告诉你们真相。"贵和垂着眼开口，"是我干的。我杀了德永光一郎，还企图杀害他的女儿……我，就是凶手。"

“我一直都知道。”

古美门微微一笑，似乎完全不觉得惊讶。

“但是，我不想被绞死……死刑制度是不人道的。你不这么认为吗？”

“你还真是死不悔改呐。”

古美门感慨万千地说道。

“什么意思？”

贵和隔着玻璃将脸凑近。

“不知道。”

古美门嘴上胡扯着，也把脸凑近玻璃。

第九章

民意VS司法？世纪“最高审”对决

郁郁葱葱的森林里，银装素裹的贵和老老实实地跪坐在地上。她的腰和手腕都被绳子绑住，身子略朝前倾。刀对准了贵和与白衣一样白的脖子，对她伸手持刀的行刑人是醍醐实——负责贵和一案的检察官。

醍醐挥起刀。

“刀下留人！”

随着一声高呼，一名村姑冲到前面。正是黛。

“请救救贵和大人，求求您！”

“村姑……”

贵和瞥了一眼黛。

“放开罪人，不然连你也斩了！”

醍醐冷冷地说道。

“我不放！如果要斩，就请连我也斩了吧。”

这时，不知从何处传来笛声。

“……那、那是……”

贵和与黛同时惊呼。只见浪人古美门登场。

“一、比常人能说会道；二、拥有另辟蹊径的辩护方式；三、即使是丑陋浮世的恶魔，只要付钱，就能为之脱罪。人称——”

“斜分头武士！”

女人们双眼放光。

“冤家路窄，狭路相逢，最终取胜的会是在下。”

武士造型的古美门严肃说道。

“还没吃够苦头吗？那就决一胜负吧！”

古美门与醍醐各自拔刀，两人相对。距离一点点地缩短，一刀、两刀、刀锋交错。正当古美门提早一步举刀相向时，忽然嗖地一声，其背后被刀刺中。是女忍。

“你、你是……”

“女忍，吉永庆子。”

“你到底是……”

“得罪！”

醍醐的刀锋毫不留情地斩向正因背部受伤而呻吟的古美门。

服部正在准备早餐时，天花板上忽然“扑通”一声，他抬头查看发生了什么事，却见古美门捂着腰走下楼梯。

“……从床上摔下来了。”

“又是那个噩梦吗？……我给您看下腰吧。”

“不胜感激……”

穿着睡衣的古美门趴到了沙发上。

下午，古美门带着黛去了东京拘留所的探视室。

“浑身奢侈品、驾驶豪华进口车兜风、津津有味地品尝钟爱的鱼翅鹅肝……”

古美门念着最近出版的报告文学书《恶魔之女：安藤贵和》。

“据说非常畅销。拜此书所赐，支持判你死刑的呼声也越涨越高。”

“恶魔吗？……最早这么叫我的人是我妈。初中的时候，我妈的再婚对象对我色眯眯的，从那时起我发现，我拥有虏获男人的才能……就决定要好好利用这个能力活下去。”

贵和慵懒地说着。

“你杀了第一任和第二任丈夫，将大量钱款占为己有。除此以外还有数不胜数的犯罪嫌疑。你到底杀了几个人？”

“秘密。”

贵和呵呵一笑。

“的确是保持初心、从不迷惘的人生。”

“……最后一个这么叫我的，是那个孩子。”

“那个孩子？”

黛侧过头。

两年前，贵和开始在运输公司社长德永光一郎家留宿。晚餐时去厨房一看，只见德永的女儿砂月正在煮汤。

“真厉害，是保姆教你的吗？”

“是妈妈。”

被砂月冷淡地回应，贵和陷入沉默。

“你还是放弃吧。我绝不会让你这种人和爸爸结婚的！”砂月说道，然后又加了一句，“滚出去，恶魔！”小学五年级的砂月对贵和充满敌意，完全不与她亲近。贵和轻轻叹了口气，别过脸不看砂月，目光却迎上在身后听着这一切的光一郎。光一郎满脸歉意地看着她。

“所以你就投毒要把两人都杀了？”

“只是因为这样而已？拖油瓶不亲近父母的新欢并不是什么稀罕事啊！”黛不可置信地问道。

“只要拿到保险金，他们就没有利用价值了。可惜让那小鬼活了下来。”

“你是从土屋秀典那里买来的毒药，没错吧？”

黛再次问贵和。

“如果那家伙这么说，就算是吧。”

“你如何处理毒药？你不可能蠢到把证据放在自己家里，那是检方放进去的。”

一直交叉双臂安静聆听的古美门开口。

“扔河里了。应该是流到了太平洋了吧？”

“……吉永庆子是谁？”

黛问出一直在意的事。

“嗯，一个认识的阿姨，以前挺照顾我的。”

“是她叫你认罪的吗？”

黛连续发问。

“她说，如果老实认罪就不会被判死刑。我觉得，如果坐牢就能完事，那么作为下下策也是不错的。”

“你不会有机会坐牢。世人正在高喊着要把你绞死，死刑才是你确定的结局。你的证词已经无所谓。要么死刑，要么无罪。而能让你无罪的只有我。”

古美门断言。

“是吗？……那么，我在最高法院的公审上该怎么做？”

“轮不到你出场，给我安静地呆在牢房里。”

“这次不会对被告提问的。”

“也就是说，我不用担心像上次那样被你这个麻烦的炸弹搅得下不了台。”

“真无趣。”

贵和索然无味，起身回去。

"……我觉得贵和女士一句实话都没说。"

从拘留所回来的路上，黛对古美门说。

"是吧！"

"什么叫是吧？真相是什么？"

黛顶了回去。

"随便。我们的工作是让她无罪，不然她就会被绞死。"

"既然贵和女士说坐牢也行，那么提出量刑不当这个策略也……"

"不行！"

"迄今为止，在上诉审主张死刑判决无罪的几率基本等同于零哦！"

"不择手段去赢。在公审中看我和对方检察官如何一决胜负吧。"

古美门毫不畏怯。

"说得好像是不成功便成仁的赌徒一样……"

古美门把刚才看的报告文学一把塞给黛。

"'虽然贵和在之前的审判中聘请了以不败闻名的知名律师，但还是未能颠覆判决，而他或许是又一只撞到安藤贵和这只毒蜘蛛网上的苍蝇'……我可不想被人这么说！我要拿到无罪判决！让胜率回到百分之一百，恢复我的不败神话！这是我的战斗！"

"……说到底，是为了自己吗？"

古美门大步流星地走远，黛震惊地目送他。

黛被古美门召回了事务所，一到那儿，就冷不防地，在三流杂志记者与视频网站的镜头前接受了采访。

“她是很容易招人误解的人。实际接触之后，你会深刻感受到，她其实是个率真且心地善良的女性，但她的负面形象却被一再夸大。是吧，黛小姐？”

虽说是采访，却只有古美门一个人滔滔不绝。

“嗯，是的……”

“我们绝不是因为被聘用为她的律师才为她辩护，我们无非是单纯地想要寻求正义与真相。是吧，黛小姐？”

“是的。”

“好，到此为止！诸位，请大肆报道！”

古美门宣布采访结束，立刻，服部和兰丸给记者们送上信封：“您辛苦了。”

“这算什么？”

“明摆着是宣传手段啊！利用媒体，尽量改变舆论。”

“哇，这么多？”拿到信封的记者们满足于纸币的数量，一脸欣喜地回去了。

“这不是贿赂吗？”

黛吃惊地说道。

“因为我们被主流媒体完全无视了。”

服部低声说道。

“只有那些见钱眼开的记者才肯报道。”

兰丸轻飘飘地补刀。

“做这种事能有什么用？”

“我说过要不择手段。倒是你，有点成果没？”

“啊？”黛反问道，不理解古美门话里的意思。

“我在问你，有没有窃取到情报？”

“你在说什么？”

“你忘记转投那边的理由了吗？”

古美门甩出这一句。

“那是因为对他们的理念深有同感……”

“错！羽生和本田是以前负责本案的检察官，他们很有可能知道某些有关捏造证据的事，所以才要你潜入他们内部以盗取情报！”

“……第一次听说。”

她并不是抱着这种目的转投那边的……

“那么现在开始做！尤其是羽生那种性格，他会受到良心的苛责，说不定会想找什么人倾诉，你就最大限度发挥你那并没有的姿色，一举攻下他。”

“我做不出违反道德的事。”

“那你还能做什么啊？去做，灯笼裤！”

回到 NEXUS 处理文书工作的黛猛一抬头，发现本田等人都出门了，只剩下自己和羽生两个人。她想起古美门的话，不情不愿地解开衬衫的扣子，靠近羽生。

“哎，羽生君……”

“你不舒服吗？”

羽生抬起脸，关切地问道。黛正语塞，本田和矶贝回来了。

“怎么了？”

“她好像不舒服，一定是累了。”

“也难怪，她在忙安藤贵和的案子嘛。”

羽生和本田彼此点了点头。

“说起来，她最早是我的客户，我很清楚她有多难搞，不要勉强比较好。”

莫名地被矶贝居高临下地说教了。

“虽然我们也想帮你的忙，但立场上不可以……不好意思。”

被羽生抢了先机。

“是啊，让负责的检察官来帮我的忙，的确不好。”

黛只有赞同。

然后，羽生提醒她：“你忘记扣扣子了。”

“真的！哎呀……”

黛调皮地吐了吐舌头，懊恼地扣上了扣子。

这一晚，黛在古美门法律事务所里垂头丧气。

“结果还是个没用的家伙。”

“不好意思。”

服部拿着邮包走到泄气的黛身边。

“律师，公审日期定下了，负责的是第三小法庭。”

“也就是说，审判员里有两位是律师出身，一位是检察官出身，一位是法官出身，还有一位是学者出身[①]……检察官出身的那位是个麻烦。”

古美门沉下了脸。

公审当天，黛去接古美门，她对如平日一样由服部梳理头发

① 第三小法庭：日本的最高法院分为两种，分别为由十五名法官组成的大法庭和三个分别由五名法官组成的小法庭。

的古美门说了句："时间到了。"古美门便站起了身，服部为他穿上外套。

"请走好。"

服部恭敬地低下头。

古美门说：

"晚餐我要拿破仑即位那天的同款食谱。"

"遵命。"

拿破仑？即位？黛听不太懂，困惑地同古美门一起出了门。

最高法院周围的道路上已经聚集着媒体人员与各种组织。

组织者们举着写有"将女魔头处以极刑""必须死刑"的条幅，一看到古美门和黛，就立刻劈头盖脸地冲上前表达不满。两人低着头，加快脚步，好不容易从一团骚乱中通过。

"根本就是客场作战啊……宣传手段完全没起到效果嘛。"

"这些家伙完全没有权利如此行径。"古美门冷静地说道。黛在他身边抑制不住紧张，于是在手心里写下"人"字咽下。

"又来那套吗？"

"我第一次来最高法院……"

"无非就是老头老太们一边喝焙茶一边戴着老花镜看文件盖章的政府机关罢了，看我怎么踢飞他们！"

"你顺拐了！"

看来古美门也免不了有些紧张呢。

两人总算走进最高法院，羽生正在等着他们。

“我拿到旁听券了。”

他露出爽朗的笑容。

“你是来见证自己作为检察官时主控的死刑判决案件如何被我翻盘的吗？真是受虐狂啊。”

古美门讨嫌地说道。

“虽然以我的立场不应该这么说……但是她被判死刑这件事，一直是扎在我心中的刺。”

“求刑的主事者现在在说什么呢？”

“我无法对抗检察厅的整体方针，所以辞去了检察官一职……我支持你们，请加油。”

“我不需要你的鼓劲。”

虽然古美门反应冷漠，可羽生还是煽情地说：“对方很难对付哦。”

“你就好好等着看着西伯利亚死神被冻死的样子吧。”

古美门傲慢地走向法庭。

“话说回来，在这个时候被调到最高检查院也太巧了吧？”

在辩护人席位上坐下身后，黛对古美门“切切”了二十余声。

“明显是故意针对我们来的。”

最高审的对手又是醍醐实。

“果然是想再次给出致命一击吧……毕竟是打败过古美门研介的男人啊。”

“正好，冤家路窄，狭路相逢。”

古美门说着，主任检察官醍醐实咳嗽着走了进来，他身上散发的冷气扑面而来。古美门和黛站起身，拉开各自的外套给他看，只见两人都在外套的内侧密密麻麻地贴满了暖宝宝。醍醐瞥了两人一眼，迅速移开视线。随后，最高审判员们也入庭了。

“咦？四个人？少了一个审判员？”

黛看着审判员席位说道。

“检察官出身的野村正武审判员似乎缺席了。”

“恐怕吃坏肚子倒下了吧。”

“……难道是律师你？”

派兰丸潜入野村审判员常去的咖啡馆，把咖啡伴侣换成泻药……黛的脑中几乎看到兰丸做这些事的样子。

“你没做手脚吧？”

黛问道。古美门连忙岔开话题：

“不过这么一来，这个小法庭的审判员将变成两名律师出身、一名学者出身和一名法官出身，真是理想的阵容，特别是右面第二位是学者出身的板桥明美审判员，她对死刑持消极态度。要呼吁的话，应该冲着她去。”

可疑……他确实支使了兰丸吧！正当黛狐疑地打量着古美门时，法官的声音响起：“开庭。”

“复仇战！开始了！”

不理会黛的愕然，古美门干劲十足。

NEXUS 里的本田和矶贝没在工作，而是聊着今天的审判。

“搞不懂呢，古美门这次如果再输，就彻底完了。而醍醐检察官万一输了，那么他的职业生涯也结束了。两个人都是殊死搏斗啊，绝对是世纪之战！看不到真是可惜。”

本田说。

“三天前就要排队领旁听券呢。”

拿到券的只有羽生。矶贝充分体会到了没有后台的自己是多么弱小。

兰丸在古美门法律事务所里看报纸。

“每家媒体的论调都是无法推翻死刑。”

“这个国家的司法历史上，几乎没有在最高审推翻过死刑判决的先例。事实上，这次的公审只是走形式而已吧。”

服部回答。

“但是，能够化不可能为可能，才是古美门律师的本色吧。”

“是的，要相信他。”

古美门在最高法院的小法庭里开始了申辩，他尤其注意朝着对死刑持消极态度的板桥呼吁。

“各位最高法院的审判员大人，检方提出的证据都不过是间接证据，实际上，并没有一件证据可以直接证明被告就是凶手，而且被告自始至终都否认罪行。”

“但是，在二审时对被告的问话中，她认罪了吧？”

法官这么一问，古美门立刻反驳。

“那是她自暴自弃了！长期被拘留，全世界都在高喊女魔头，要判她死刑，就算精神崩溃也不夸张！精神科医生的诊断书也证明了这一点。”

紧张的气氛中，醍醐咳咳地咳个不停。

“我曾数次与被告见面，见她日渐憔悴，连水也喝不下。请务必看一看最新追加的证据，是由她亲笔书写的坦白书，应该就能看到她真实的模样，听到她真正的心声！为了不再伤害她脆弱细腻的心，请尽早修正错误，还她自由之身……”

咳咳、咳咳……醍醐的咳嗽愈发严重，像是要盖过古美门的嗓音。

“身体不好就请到外面去如何？”

古美门忍无可忍地说道。

“不好意思，我是肺穿孔……”

醍醐毫不介意地回答。

“检方有什么意见？”

在法官的催促下，醍醐站起身。

“首先，被告并不存在意识日渐衰弱。不论是肉体还是精神，她都极其健康。不仅如此，她因为太过优渥的待遇，还被其他拘留者投诉。”

醍醐取出文件资料，文件里描述了贵和如何手势妩媚地吃着古美门与黛带去的炸鸡腿以及看守如何奉上咖啡。

“所谓的亲笔坦白书也是，其文体与表述，和被告过去所写的日记风格相去甚远，很显然是经人指导后而写下的作品。”

醍醐的指摘相当犀利，被要求写坦白书的贵和详细地描写了与其交往过的男人之间的性事。

“这根本就是感官小说！”古美门提醒她。

“这种事写起来最顺了！”贵和反驳道。古美门很有耐心地指导她重写：“要写得感动最高院里的老头老太，要写得像《一碗阳春面》[①]那样！”

---

① 《一碗阳春面》：日本作家栗良平创作的感人至深的小说。

而这些似乎全被醍醐看穿了。

“检方原本就没有把重点放在被告的证词上，而是收集了各项证据，最后从客观上证明了被告的罪行。”

“各项证据是指什么？”

古美门反问道。

“在被告住处发现的毒药；附近居民目击被告出现在案发现场的证词；及其他种种。”

“如何断言被告家中的毒药就是用来行凶的物品呢？”

古美门尖锐地指出。

“因为那和从被害人体内检测到的毒物成分一致。”

“说到成分一致的毒药，其他渠道也有。”

古美门展示东南亚的调味料容器。

“这是伪装成调味料在东南亚黑市上秘密销售的氰酸化合物，通过网络就能轻易买到。”

听了古美门的发言，醍醐和审判员们陷入沉默。

“该毒药的成分分析表已经附录于辩论概要里。如各位所见，通过更详细的检测可以发现，这种毒药里所含有的所谓一致成分要远远多于在被告家中所发现的，被用于行凶的毒药更有可能是这种！”

古美门露出胜券在握的微笑，醍醐不由得笑出了声。

“有什么好笑？”

“这种毒药我们早就已经拿到并检测过。”

“那么你们也该知道它的成分更接近……”

“你似乎对化学并不精通，物质进入人体后会发生化学反应。根据实验结果，被告家中的毒药和这种毒药在人体中反应后的成分几乎相同，并没有什么区别。也就是说，你无法否定检方的证物！卖家土屋秀典也作证曾经出售毒药给被告的事实，被告的罪行毋庸置疑！”

黛担心地看着古美门随着醍醐的发言而渐渐失态，看见他的手微微颤抖，不住地擦拭额头涔涔而下的汗水。

“那个土屋秀典也有问题，虽然他作证说只卖给过被告……但我们……”

他的语调也渐渐失常。

“律师，让我来。”

黛忍不住请缨，古美门坐下后，黛替代他起身继续：

“但我们又查到另外两名从土屋那里购买了相同毒药的当事人。”

“那又如何？”

醍醐回答，仿佛那根本算不上什么。

“请看一下追加提交的证据。第一张是一名公司员工的证词，第二张是一名女大学生的证词。也就是说，我们可以认为，除了被告以外，土屋也经常向多名不特定客户出售毒药。”

“但也不能因此否定他出售过毒药给被告。”

醍醐当即反对。

“我只是想表明土屋秀典的证词没有可信性，为什么检方并不追究他曾向多人出售毒药的事实？我方认为检方和土屋之间可能存在某种交易！”

黛说完后，醍醐站起身。

“你是有证据才敢说这种话吗？”醍醐的声音仿佛从地底冒出，“卖家证实曾向被告出售毒药，毒药于被告住处发现并与行凶所使用的物品一致。被告就是凶手，毋庸置疑！”

“……律师……”

被穷追猛打的黛望向古美门，古美门开口了：

“检方必然捏造了证据。”

“你说什么？”

“那个女人不可能留下这么明显的证据。”

不正常，今天的古美门太不镇定。是因为最高审导致的压力吗？还是因为曾经败诉而心生动摇？他显然颇为焦灼。

“曾被贵和数次脱逃，这一次若再不逮住她，有失检察厅的体面，所以这必然是你们捏造的！”

古美门这么一说，醍醐的表情瞬间大变。

“你给我适可而止！你把这里当成什么地方了！”醍醐的声音严厉如时代剧中惩奸除恶的将军大人一般，其威严令人完全忘记他病弱的体质，“要说捏造，你们收买记者让他们多多为被告做正面宣传才是捏造吧？”

古美门一言不发。

“你们明知被告就是凶手，还要多番捏造证据，企图把犯罪者放虎归山，归根结底就是为了钱财与自己的名誉！实在是卑劣至极！”

平素伶牙俐齿的古美门连一句回击都发不出。

“古美门律师，你懂进退、善辩论，时而还利用计谋等诸多手段赢下官司，但这些玩意儿在这里并不适用！审判不是游戏，犯了罪的人要赎罪，有时候不得不以命偿还！这就是在这个社会里踏实生活的人们的……民意。”

一瞬的寂静过后，旁听席上爆发热烈的掌声。

“肃静。”

法官让旁听席安静的时候，古美门摇摇晃晃地站起身要离开。

“律师？”

“我回去了。”

“请、请等一下。”

“啰嗦，放手！是我太蠢，竟然出现在这个地方。你们每个人，我都要去告诉爸爸，我爸爸可了不起了！我要叫妈妈来接我！然后去百货店的餐厅吃新出的布丁，再去天台乘摩天轮……”

他的精神似乎崩溃了。不，崩溃的似乎是肉体？古美门涨红着脸倒下……黛惊呼着“律师”冲到他身旁，却发现他身体滚烫。

“好烫……快叫救护车。”

黛叫道。

从医院回来的古美门盖着毛毯横躺在事务所的沙发上，虽然意识还在，但双眼无神。

“心因性创伤？”

服部询问陪同去了医院的羽生。

“大概是一种类似 PTSD[①] 的病症吧，是在极度的紧张和压力下看到曾经赢过自己的对手、引发失败心理创伤而导致的。”

“失败心理创伤……”

---

① PTSD：创伤后应激障碍的英文缩写，全称 Post Traumatic Stress Disorder。

“他好像在嘀咕些什么。”

赶来探望的兰丸说道。古美门的声音十分微小，大家都竖起耳朵倾听。

“百慕拉、巴尔坦星人、内隆嘎、拉贡、绿蒙斯、格斯拉、安东拉、雷德王……”

“似乎是在根据登场顺序罗列奥特曼怪兽。”

“服部也很了解呢。”

兰丸佩服地说道。

“雕虫小技，不足挂齿。”

“退行[①]也是心因性创伤的症状之一。”

羽生说道。黛虽然震动，却还是说了句：“他本来不就像小孩子吗？”

“那么，该怎么办？”

“现在有必要远离法庭。”

听着兰丸与腹部的对话，黛走到古美门身旁，温柔地唤道：“律师……律师。”

“啊……皮格蒙。”

“我是黛。加油打官司吧？”

“官司……？”

“是的，去打败醍醐检察官，帮助贵和女士吧。”

“……我已经不行了。”

---

① 退行：心理学名词，意思是指人们在受到挫折或面临焦虑、应激等状态时，放弃已经学到的比较成熟的适应技巧或方式，退行到使用早期生活阶段的某些行为方式，以满足自己躲避的欲望。

古美门的眼神完全失去了生气。

“没那回事！律师一定能赢。”

“说了不行。像我这种没有优点又无能差劲的混账家伙，怎么可能赢……”

“律师可了不起啦，你不是要赚一亿日元吗？不是还要享受高速什么什么的吗？”

黛小心翼翼地想要挑起古美门的兴致。

“这种对话真是罕见。”

“的确。”服部点头同意兰丸的话。

“但对手是民意啊，赢不了的。”

古美门软弱地回答。

“你在说什么啦，这不像律师哦。来，站起来！来！”

黛抓着古美门的手臂，硬是要他站起来……

“不要嘛不要嘛不要嘛！呜哇哇哇啊啊啊——！”

古美门哭闹着把毛毯盖过头，像是缩入甲壳中的乌龟。

“切忌强行逼迫。”

“看来现在只能暂时不去打扰他了。”

服部和羽生静静地望着又开始念念有词的古美门。

“贾米拉、德拉可、哥莫拉、达达、乌、美菲拉斯星人、贾米拉……啊，贾米拉说了两次。又要从头说了。百慕拉、巴尔坦星人、内隆嘎……”

翌日，黛一个人前往东京拘留所向贵和汇报昨天的庭审情况。

“什么意思？”

听了庭审情况和古美门的状态后，贵和眉头紧锁。

"就是身体有点不适……"

"让我见斜分头小子。"

"现在有点勉强……他会哇哇乱哭的……"

"公审还会继续吧？"

"当、当然。"

黛慌乱地点了点头。

"真没用。所以我才说坐牢也可以。我竟然蠢到会信任你们。"贵和不悦地说道。

"……你信任过我们吗？"黛反问，"我直到现在都不觉得我们被你信任过。"

这是黛一直以来的感觉。

"总之，如果我就这么被判死刑，我就每天晚上站到你和斜分头小子的枕边让你们变僵尸。"

"我一定会让公审继续的。"

黛承诺着，结束了与贵和的见面。

黛又去了最高法院，在接待室与法官和审判员们交涉，其中一个审判员一见到她立刻就说："已经没必要继续了吧。"

"该案还没有充分审理。"

"我认为已经很充分了。"

另一名审判员也持相同态度。板桥一直沉默着。

"如果并没有经过彻底审理就判被告死刑，或许反而会招致舆论的反弹。"

"惯例上，公审只有一次。"

法官终于开口了。

"虽说是惯例，但并不是规定。"

黛拼命地游说，但审判员们已经起身准备离开接待室。

"那个，还有一项重要证据可以推翻原审判决！"

黛大声道。她确实有可以成为证据的东西，但并不是决定性的。

"那么，为什么你们没有提出呢？"

转过身的是板桥。

"因为要花时间去证实真伪。"

"如果在短期内提出的话，我们会再讨论。"

法官说完，背过身离开。

"咦？"

精疲力尽地回到事务所，却发现室内一片漆黑，窗帘紧紧拉起，灯也没有开。兰丸疲倦地看着平板电脑，古美门仍披着毛毯在房间一角抱着膝。

"欢迎回来。"

在厨房静静准备晚餐的服部走了出来。

"没、没被什么人跟踪吧？"

古美门从毛毯里探出头问。

黛"啊？"地反问他。

"各大媒体对古美门律师和黛律师的批判一浪高过一浪……"

服部这么说着，兰丸给她看平板电脑。只见论坛上登出了古美门和黛接受采访时的脸，并且经过了恶意加工。

"'财迷心窍的律师去死吧！''杀了恶魔的爪牙'……网上骂得可起劲了，宣传手段完全起了反效果。"

两人都被严重诽谤中伤。

“还有人匿名寄来了这个邮包。”

服部的手里拿着写有“杀人预告”的便签与水果刀。

“杀人预告？这、这、这、这！被这种东西吓倒是怎么回事啊，又不会真的……”

就在这时，从室外扔来的石头打碎了玻璃窗。

“哇啊！”

四人齐声惊呼，古美门嚎啕大哭。

“这就是民意……所有的国民都是敌人！服部，我们去地下防空洞避难！”

“没有防空洞。”

服部无力地摇头。

“我到底做错了什么嘛……我不就是想要钱嘛……呜哇哇……”

把哭泣的古美门交给服部等人后，黛走出事务所。

夜晚，羽生回到NEXUS，正在独自思考。

“检方是否做过手脚？”黛靠近他，她的视线坚定地凝视着他，“你觉得只要保密就可以了吗？不是有比保密义务和职务规定更重要的东西吗？我所认识的你，总是能以一个人而不是一个律师的身份去贯彻自己的信念。你不是会为了大家能幸福而做出违反规定的行为吗？”

“如果被人发现你从我这获得了情报，你也……”

“我早就做好了准备。”

黛毅然说道。几秒的沉默后，羽生嗖地站起身，在办公桌上放下小纸条。

“我遗失了重要的笔记，是我的疏忽。”

然后，他离开了事务所。黛立刻打开纸条。

“江上顺子 优庆大学附属小学饮食服务中心”

——上面这么写着。

翌日，黛立即出发去了优庆大学附属小学。

“江上顺子女士。”

下午，黛叫住结束工作后从后门离开的江上，她的年纪约莫和黛的母亲一般大。江上瞥了黛一眼就要走开。

“找到你的再就业地点真是不好意思。你是德永家的前保姆，案件的第一发现人。我有些问题想再请教一下。”

“我全都说过了。”

江上的表情僵硬。

“有没有忘记说的？”

“没有！”

江山果断拒绝了黛。

第二天，黛又去守着江上。对走出校门的江上点了点头后，她直截了当地说：“不管什么细节都行。”

“我说了，我什么都没有隐瞒！”

“如果没有隐瞒，你为什么躲着我？”

“因为你是那个女人的律师！”

“……是吉永庆子……吗？”

“你在说什么啊，莫名其妙！”

江上怒斥企图套话的黛后离开了。

第三天，黛依旧不罢休地等在那里。江山一脸厌烦地想要从旁走过。

“能帮忙把女魔头送上死刑台，你很满足，是吗？”

听到黛的话，江上缓缓地停下脚步。

“我知道你痛恨把德永家搞得一团糟的贵和女士。但是，若因为错误的证据而导致她被执行死刑，你这一生都将背负十字架！是你按下了死刑的按钮！你还能继续用那双手给孩子们提供饮食吗？”

对着陷入沉思的江上，黛亮出了底牌。

“……如果你能协助我……我就帮你把你丈夫因挪用公款而导致的巨额赔偿案子处理干净。”

“……请我喝茶。”

“好。”

黛在心中摆了个胜利的姿式，和江上一起走出去。

“争取到江上顺子了！重磅炸弹哦！”回来的路上，黛兴奋地打电话给古美门，“你问她是谁？哼，算了，我回来后再解释。”

挂上电话，黛开心地跑了起来，却见正前方走来一群醉醺醺的男人，他们手中拿着要求判贵和死刑的标语。与运动组织者的不期而遇令黛的身体僵住了。她低下头，想要不被认出地从他们身边经过，但这伙人中的一个却因留意到黛而回头。男人们掉转头，快步追赶着黛。黛一路狂奔着逃到了小巷子里。

接到羽生的联络，古美门、服部和兰丸赶到了医院。冲进病房里，只见NEXUS的三名律师正面色沉痛地围在病床边。黛……头上缠着绷带，正在挂点滴。

"好像是被群殴了……她的头部受到重击，还没有恢复意识。"

平时明朗活泼的本田表情严肃。

"怎么会这样……抓到凶手了吗？"

"抓到了。他们的供词是：'因为她是为恶魔辩护的国民公敌'。"

"国民公敌……"

兰丸低念着握紧了拳头，身体发抖的羽生费劲地开口：

"古美门律师……或许是我的错……是我给了她消息……"

"是我让媒体大肆报道的。"

古美门丢下这么一句，快速背过身去。

"你去哪里？"

"复仇战！"

古美门一脸悲伤地走出病房。

几天后，古美门走进最高法院的小法庭，等着醍醐及其检察官同事。羽生刚在旁听席上坐下，五名审判员入庭了。

"开庭。"

古美门站起身。

"感谢法官破例允许我向证人提问。"

站在证人台上的正是江上。

"德永家的前保姆，也是本案的第一发现者，江上女士。你接受调查时的证词如下：你跟平时一样从后门进屋，因为那天是资源性垃圾的回收日，你把厨房里的瓶瓶罐罐拿到垃圾堆放处再回到客厅后，看见光一郎先生和砂月小姐倒在地上。你连忙叫了救护车。"

“是的。”

“你的证言是否有所隐瞒？”

“……是的。”

江上点头。

“请说。”

“我去扔资源性垃圾的时候，看见厨房里滚落一只从没见过的奇怪瓶子。我以为是什么进口调味料，就捡起来扔掉了。”

“这番证词，你曾对警方说过吗？”

“是的……但是他们说那和案件无关。”

江上虚弱地回答。

“顺便问一下，你说的瓶子是这个吗？”

古美门取出东南亚调味料的小瓶子。

“……非常相似。”

“……看来有一只和这种毒药瓶极相似的瓶子掉在了犯罪现场哦，醍醐检察官。”

虽然古美门语气挑衅，但醍醐只是坐着，表情没有丝毫改变。

“既然真凶将毒药留在犯罪现场后离开，那么在被告房间发现的东西不就和本案无关了吗？”

“警方是如何处理那些资源性垃圾的？”

法官问道。

“一律没有回收。可能因为迟了一步，垃圾已经被收走。也就是说，警方和检方没能成功留住证据。江上女士，谢谢你。”

古美门对江上致谢后回到座位上，醍醐开始发表主张。

“案发当晚，现场附近有多人曾亲见被告。结合证据与证词来考虑，结论是毋庸置疑的。”

古美门起身反驳。

"'证词，石井由美：购物回来正要进家门时，看到安藤贵和从德永家后门出来。'……而验证结果正如我提交的资料所显示的，从石井家的玄关根本看不到德永家的后门，因为电线杆挡住了视线！"

古美门经过重新调查，提交了颠覆此前证词的验证报告。审判员们一一浏览古美门的验证报告。

"这和检方的验证报告有所出入，而且还有许多可信性更高的目击证词。"

古美门坐在座位上嗤笑醍醐的发言：

"怎么了？"

"太多了吧？一般情况下不可能有那么多目击者！"

古美门瞪向醍醐的眼中满是挑衅。

"法网恢恢。"

"'藤野真希子：我一边准备晚餐一边看向窗外，看到安藤贵和从德永家的后门出来。''川边好美：我按惯例去遛狗时，看到安藤贵和从德永家后门出来。'……都能在那个关键时刻碰巧看到安藤贵和从德永家出来，这一带莫非有什么每隔几分钟就要看一下德永家后门的条例？"

"每一个证人都很有自信，很难认为他们是在作伪证。"

醍醐回答道，并没有因古美门的灵牙利齿而生怯。

"他们当然有自信了！哪怕从德永家后门出来的是《突击！邻居的晚餐》节目里的米助①，他们也一定能看成是安藤贵和，

---

① 米助：日本单口相声艺人桂米助。

因为大家就是这么希望的！人们看自己想看到的，听自己想听到的，并且相信自己想要相信的！检方也是如此吧？”

古美门连珠炮似的一口气说完。

“这是侮辱。”

“是的，我是侮辱了你们，因为你们的起诉并不是基于证据，而是顺应所谓的民意！”

听到古美门的话，醍醐一瞬间陷入了沉默……然后他郑重地开口：

“我们是国民的公仆，当然要顺应国民的期待。”

“即使是愚昧国民的期待，你们也一定要顺应吗？”

“愚昧吗？”

“愚昧、丑陋、卑劣！”

古美门说得酣畅淋漓。

“你太傲慢了。我觉得这是一个了不起的国家，国民也美好而高洁。”

“请不要擅自争论脱离本案的议题。”

法官阻止他们。

“不是挺好吗？这样的争议有点意思。”

板桥却劝阻了法官。

“美好高洁的国民会在证据尚未确凿时要求判处被告死刑吗？”

古美门质问醍醐。

“在本案里，若被告有罪，就应当被处以极刑。而在我国司法范围里，那就是死刑。”

醍醐毫不迟疑地回答。

“生命是每个人被赋予的权利，哪怕夺走它的人是国家，那么这个国家也是杀人凶手！”

“没想到你会支持废除死刑，真是意外。”

醍醐眯着眼对古美门说。

“不，我并没有反对死刑。以眼还眼、以牙还牙，杀人偿命。这是很健全的制度。我只不过觉得避人耳目地偷偷处决这种事很卑鄙。”

古美门干脆地回答。

“你是想让我们在光天化日之下杀人吗？”

“正是。在青天白日下的闹市里拖着凶手游街走巷，绑在柱子上用针刺、用火烧，然后大家一刀一刀地刺死她并砍下首级示众，最后三呼万岁！这样的制度才更为健全！但是我并没有去当杀人犯的思想准备！”

古美门语调激昂。

“自己置身于光明中，却暗中将对方从社会上抹杀！只要去这么做就好了，无需对死刑有更多思考，因为那会让你觉得这个世界是健全的！没错吗？”

“就算是这样，那也是民意！”醍醐大声断言，“若将民主主义带上法庭，那将是对司法的否定！”

“是否真是这样？”

“一定会是这样吧！”

旁听席上的羽生看着古美门和醍醐之间令人窒息的唇枪舌剑，眼睛眨也不眨。

“你太落伍了，法律绝非万能，能弥补其不足的是什么？是人心。因为犯罪的是人，审判他们的也是人。”醍醐继续说着，

“顺应多数人的想法，将血性带给枯燥无味的法律，这样才能使正道一片光明。而陪审团制度正是这种主张的产物。在本案中，国民下达的判决就是让安藤贵和被处以死刑……为了让心爱的家人、朋友、孩子能有一个健全的未来。”

“这就是民意。”醍醐的结尾词和上次一样。掌声自旁听席上爆发。

“肃静！肃静！”

正当法官要求旁听席安静时，古美门一副“好戏现在才开始”的神气开始了反驳：

“精彩……不愧是民意的代言人醍醐检察官，实在是了不起的主张。好吧，就判她死刑吧！的确，安藤贵和是可怕的社会蛀虫，必须消灭她，不然下一个被引诱走的……”古美门一个个地指向在旁听席上鼓掌的女性，“或许是你的丈夫、或许是你的恋人，或许是你的父亲、又或许是你的儿子。”最后，他指着醍醐说道，“或许就会是你自己。判处她死刑吧！即使现场的目击证词暧昧不明。判处她死刑吧！即使并没有证据证明从被告家中查收的毒药被用于行凶。判处她死刑吧！即使有证词证明在现场还有其他装有类似毒药的瓶子。请不要介意地判处她死刑吧！证据、证词都无关紧要，因为她坐豪车兜风，一身名牌服饰还吃鱼翅鹅肝，所以要判处她死刑！这就是民意！这就是民意啊！多么了不起的国家！”

整个法庭都被情绪高涨滔滔不绝的古美门震慑了。

“民意就是正确的，大家赞同的就是对的……那么，集体暴行也是对的……所以我的搭档律师被群殴也是对的……开什么玩笑……开什么玩笑啊！”

古美门的声音从不曾如此严厉。

“真正的恶魔是无限膨胀的民意，是毫不怀疑地坚信自己是好人、对跌入阴沟的野狗一顿痛揍的善良市民！但是，在这个世界上，仍会有白痴若无其事地相助跌入阴沟的野狗，仍会有白痴凭着一己信念，置危险于不顾！”

他说的是黛。

“多亏那个白痴，今天，江山顺子女士才能摆脱民意的浊流，按照自己的意志为我们作证……虽然只有江上顺子女士一个人，但她确实改变了民意。”

江上垂下头，沉默不语。

“我为那个白痴而骄傲。如果你们想单凭民意就判处一个人死刑，请随意……总而言之，这一系列的法庭审判不过是绞死讨嫌之人的全民盛典！是为了给自己无趣的人生消愁解闷……是这样吧，醍醐检察官？”

醍醐没有说话。接着，古美门又注视着五名审判员。

“你们五位是因何而坐在那里？……如果一切由民意决定，那么就不需要有这形式化的司法建筑、被赋予权威的司法手续！也不需要仰天而坐的傲慢的老头老太！下达判决绝不是填写国民调查问卷！而是在我国因学识渊博而受到尊敬的你们五位智慧的判断！我衷心希望，你们会基于站在司法顶点之人的尊严来下此判断……拜托了。”

然后，他深深地低下头：

“我的诸多无礼或许曾令你们心生不悦，但那毕竟只是因财迷心窍而被人嫌弃的不肖律师的一派胡言，请听过就算。”

“我说完了。”古美门喘着粗气回到座位，羽生为他鼓起了掌。还有几个人也跟着鼓了掌。其他旁听者却无动于衷。

沉睡多时的黛的脸上忽然抽动了一下。察觉到这一动静的服部惊慌失措地按下护士铃，兰丸冲出了病房。

几分钟后，接到联络的古美门和羽生赶到了病房。

然而……病床上躺着的人却被盖上了白布。羽生颤抖着伸手揭开白布……是一脸怪模怪样的兰丸。

“胡闹也应该有分寸吧！”

羽生揪住兰丸的胸口一阵猛烈摇晃。

“是、是真知子叫我这么做的！”

兰丸一个劲地对气得冒烟的羽生道歉。而从进屋就没说话的古美门悄悄地拉开与隔壁床之间的屏风——只见坐在椅子上的黛微笑着比出 V 字手势。

“真知子……”

羽生放下兰丸，大大地叹了口气。

“你把他们踢飞了吧？”

“靠着你不要命的白痴献身战术化为细雪飞到西伯利亚上空去了。”

“白痴献身战术？”

羽生望向黛。

“以为如果自己遭遇暴力，就能改变舆论导向吗？”

服部说。

“你是故意被殴打的吗？”

羽生看向黛的眼神里写着不可置信。实际上……黛讲起那天发生的事——她被男人们追赶着逃到小巷子里，忽然又下定决心走了回去，然后，男人们揍了她……再之后的事，就没有记忆了。

“这实在太莽撞了。”

羽生皱起眉。

“我以为他们对女人不会下重手……没想到却被打趴了。”

黛嘿嘿傻笑。

“不知天高地厚的白痴！而且舆论也不会有丝毫改变，没有人同情你，白痴！”

古美门刻薄地说。

“但是亏得我，律师才能克服创伤后应激障碍重新振作，这才是我真正的目的哦。你上当了吧？”

黛不服输地回嘴。

“那是为了逼你去获取情报的战术好吗？你这个被骗得团团转的蠢货！”

古美门也嘴硬。

“我察觉到了啊，我是在察觉到的情况下顺水推舟的，你上当了吧？”

“我是在察觉到你已经察觉的情况下顺水推舟的，蠢货！”

“我是在察觉到律师已经察觉到我已经察觉到的情况下顺水推舟的。”

“我是在察觉到你已经……”

如果不管他们，这样的对话会一直持续下去吧？

服部笑着阻止了他们。

羽生则一言不发地看着这两人。

宣布判决的那天，黛和古美门一同出席。醍醐在他们对面正襟危坐。不久，审判员们入庭，黛等人站起身。终于到了法官宣读判决书的时刻。

“百慕拉、巴尔坦星人、内隆嘎……”

古美门颤抖着嘟哝。

“你果然还是留下了精神创伤啊！”

“结论。”

法官说道。

“啊！啊！啊！”

古美门的双手在耳朵上一贴一放，黛对他低喝：“安静。”

“撤销原判决及一审判决。”

“好！”

古美门和黛正欲振臂庆祝胜利……

“本案将退回东京地方法院。”

听到法官接下去的话，黛和古美门呆若木鸡。记者们飞奔而出，剩下的旁听者们也议论纷纷。

“退回……”

“最高法院回避自己下判决啊！”

古美门恨恨地嘟哝。

“但这已经是破例中的破例！我们推翻了判决！这是历史性的胜利！”

黛眼中闪着单纯的光，决定要积极往前看。

古美门看着醍醐，醍醐的表情没有丝毫变化，他咳嗽着站起身。

“醍醐检察官。”

古美门叫住他。

醍醐不动声色地说了句：“恭喜。”

“谢谢。”

黛坦然地致谢。

“刚调到最高检就遭遇如此惨败，真是可怜，要被贬职了吧？”

古美门仍是一贯的讨嫌态度。

“不管在哪里，都是为国家工作。祝你在重审中好好战斗。”

醍醐回答。

“地方法院的检察官里，不可能有比你更厉害的强敌。对了，以防万一，我还是要说一声，所谓撤销原判决就表示我的败绩也一并撤消。也就是说，我至今仍是不败之身！你曾经战胜我的事实也已经消失得一干二净！”

古美门得意地说道。

“这种事无所谓吧。”

黛腻烦地说道。

“有所谓。今后你若是吹嘘曾经战胜过我之类的话，那就是名副其实的损坏名誉，还请铭记。”

“当然，我从没有赢过你。”

“很好。”

逼着醍醐这么说后，古美门满足地仰天大笑。

“如果有人能赢你，那也不是我。”

哎？古美门和黛望向醍醐。

“真正的敌人不会摆出敌人的脸。”

醍醐咳咳地咳嗽着，说了一声“告辞”之后离去了。

听到醍醐的话，黛震惊地想到一件事，翻起了手提包。

对折的便笺——那是羽生写给自己的。古美门也在一边张望。

“江上顺子 优庆大学附属小学饮食服务中心。”

“庆”这个字，“心”上少了一笔。这个错字法和贵和认罪前几天的探视记录上写的一样……

检察厅的地下停车场里，羽生和本田找到正要上车的醍醐向他靠近。

“啊，是你们啊。一切都照你的希望安排好了。”

“谢谢。”

“很抱歉，让您为难了。”

两人低下头。

“退回重审，会由你们负责吧。好好干啊，万人迷。”

“是，醍醐检察官。”

本田在微笑的羽生身边比出V字手势：“我们会加油的。”醍醐静静地点了点头，钻入后车厢。

“沙特阿拉伯有这么一句谚语。‘看似是人在驾驭骆驼，实则是骆驼在指引人’……走到这一步，辛苦了。”

羽生和本田目送着醍醐的车，露出了微笑。

“真正的敌人不会摆出敌人的脸……”

黛回想起醍醐的话。

“击败我的，是那个家伙。”

古美门叹息着笑了。

第十章

真相何在？退回重审，争取无罪！

几个月前——

贵和倚在单人牢房的墙壁上，恍惚地看着半空。看守前来叫她。

“见面？吉永庆子？不认识。”

到底是谁？磨磨蹭蹭地起身出牢房，等她的却是羽生。

“还以为是哪位美女，这不是检察官小哥吗？在如此关键的时刻，这么见面没关系吗？”

“古美门律师果然是最强的律师。”

羽生神情庄重，直直地凝视贵和。

“怎么了吗。”

“或许他能让你无罪……但是，你不可以被无罪释放。”

“我没有做过哦。”

“这次没有，”羽生锐利的眼眸盯着贵和，“可是你以前杀过好几个人吧。”

“这和过去的案子无关吧？”

“是的，即便如此，你也应该承认杀害德永光一郎的罪名。”

“你的脑子没坏吧？”

“我已经决定，要让所有人都幸福，包括你。”

一改适才严肃的表情，羽生爽朗地微笑。

“包括我？”

“听完我的话，你再考虑是要否认罪行还是认罪。决定权在你。”

被羽生这么一说，贵和回忆起在高等法院的法庭里被下达死刑判决的瞬间。

“……但是，如果死罪，就会是死刑吧？”

她的目光迎上羽生。

“恐怕是。但是，我不希望你被判死刑……因为死刑无法达成双赢。你可以放心地把官司交给古美门律师和黛律师，而我也会暗中掩护。这样一来，就一定能在最高审中获胜。然后就会退回一审。”

“会如此顺利吗？”

贵和怀疑地看着羽生。

“不知道。但是为了让大家都得到幸福，只有赌一赌这个办法了。”

“退回重审之后呢？”

“我会负责重审，并请求无期徒刑。”

“无期徒刑……”

“请你接受。只不过，为此有必要找一个我能够战胜的对手。你换律师吧，换下古美门律师和黛律师。”

这就是羽生的剧本——

“这是怎么回事？”

黛愤慨地进入事务所，罗圈腿比平时叉得更开。古美门无言地指了指桌上，服部解释说，这是安藤贵和一早寄来的。黛伸手拿起放着的信封，取出便笺，上面只有一个鲜红的唇印。

“告别之吻。”

“为什么要解雇辩护律师！我们那么辛苦，好不容易才退回重审，无罪判决就在眼前了啊！为什么！”

“或许这都是吉永庆子在搞鬼。”

服部给她看探视人员记录，上面写有“吉永庆子”四个字。

“不会写汉字的海归子女呀。”

古美门摊开双手耸了耸肩。黛冲出古美门的事务所。

到了 NEXUS，黛站在墙前发呆，直到矶贝来上班。

“辛苦了。我想了想，我们给每个人加一个宣传语之类的如何？我的姑且就写‘矶贝硬汉子，真真好男人’，怎么样……咦？”

矶贝终于察觉到了异样。昨天还并排挂在墙上的介绍画板只剩下黛和矶贝的，撤下羽生与本田的画板就表示……

“我终于请到了你。”

贵和隔着玻璃看着新聘请的律师，正是三木和井手。

“因为我离开了日本一段时间。”

三木陪泽地出游的豪华邮轮似乎刚返航。

“古美门研介和黛真知子不听我的，根本不行。”

贵和轻抚黑色长发。

“就是呀，我会满足你的任何要求。”

“三木律师一直希望能为安藤女士辩护。”

等在三木身后的泽地说道。

“就交给我三木长一郎吧。”

贵和与三木相视一笑。

东京地方法院，贵和的重审开始了。古美门和黛在旁听席上刚坐下，先到一步的泽地从容地对他们点了点头。本该出现古美门和黛的被告方席位上，如今是辩护律师三木和井手，而羽生和本田则坐在检方的席位上。

随后，贵和入庭后在被告席上坐下。法官与审判员也入庭后，宣布开庭。羽生首先站起身。

“法官大人，请破例容我作为检察官先陈述求刑意见。正如起诉书上所写，我恳求以杀人以及杀人未遂的罪名判处被告……无期徒刑。”

“无期徒刑？”

旁听席上的记者们一阵骚动。这时，三木站起身。

“那么，也请容辩方破例陈述意见。被告已认罪，并深刻反省。我方请求酌情量刑。”

这场审判从一开始就气氛诡异。

“三木律师，请说说一改之前主张的理由。”

走出法庭的三木和井手被媒体们包围。

“此前都是由前任辩护律师无视被告意志进行辩护。被告希望能悔过自新，而我则想尽我所能地实现她的这份心愿。仅此而已。”

三木迈开步子，麦克风又对准了随后出现的羽生和本田。

“检察官，为什么要改成无期徒刑？”

“我知道变更求刑意见是没有先例的。但是，作为一名检察官，我深刻地理解了最高法院的判断，又经过了一番仔细权衡，得出了无期徒刑更为合理的判断。”

本田很快答道。

“但这与民意不符啊！”

“我们明白大家站在被害人的角度想要判处极刑的心情，但我们是否过于煽情了？请冷静地观望案件的审理，愤怒与憎恨不会带来任何好处。”

羽生露出满是慈爱的笑容，古美门和黛无语地看着他。

本田和羽生被矶贝叫到了 NEXUS。

“……不好意思硬把你们叫来。”

矶贝畏畏缩缩地低下头。

“不，我正想着要好好商议一下事务所今后的经营。”

羽生把包放到办公桌上，黛从隐蔽处走了出来。

“和矶贝律师就有话要谈，却对我的电话避而不接？”

“真知子……现在有点混乱……”

古美门也手持雪茄出现在焦急的本田面前。

“那就好好谈谈吧，双赢先生和双赢小姐。”

古美门话音刚落，兰丸就关上门，堵住了门口。

“对不起，他们执意拜托我这么做……”

“没有问题，我们可以和任何人谈。我们既不逃，也不躲。”

被夹在古美门等人当中的矶贝直哆嗦，羽生倒是露出惯有的爽朗笑容。

“……好、好，这地方不太合适，大家去喝一杯吧！”

承受不住紧张的气氛，矶贝提议道。

“不去，你快给我消失。”

古美门干脆地斥道。

“矶贝律师，谢谢你的合作。”

黛礼貌地致谢。

“这、这样啊……”矶贝对羽生咬耳朵，“如果他们对你乱来，就大声喊，矶贝硬汉子真真好男人会……”

兰丸见他没完没了，揪着他的脖子扔到了门外。

“从生平第一次输掉官司开始，我就一直在思考……我到底输给了什么？是西伯利亚的死神？反复无常的恶女？还是这个国家或是民众……但这些似乎都不太对，应该是更不可名状之物。”

古美门擅自打开柜子的抽屉，拿起已经收起的羽生介绍板，指着自己曾经数次表示不满并划掉的那行文字——“精彩地战胜了当时以不败为傲的无良律师K”。

“这段话其实没有错，不止那次，之后虽然我表面上取得胜利，但总觉得赢得不痛快。”

让比邻而居的两名主妇最终达成和解、暗中筹划紫阳花文具店的重建……虽然输了官司，却能立于不败之境的人，是羽生。

“不知是弱是强，也不知是单纯还是精明，即使输了也能微笑的闲适国王子才是不可名状的野兽。”

“吉永庆子是你组合了你母亲曾经喜欢的女演员的名字造出来的吧？”

兰丸看着露出从容微笑的羽生。

“在安藤贵和被判有罪的基础上提出无期徒刑。简而言之，我们被你这个废除死刑的支持者利用了……实在不愉快！”

情绪起伏的古美门用力踢翻附近的椅子。

“想用私刑的话就请吧，你们现在也只能做这种事了。”羽生抿嘴笑道，“你想要击垮我，是吧？但你却做不到。你已经被请下擂台，没法同我对战了。”

“你知道你们做的事有多荒唐吗？”

沉默着的黛开口。

“有些理想单靠遵守规则是无法实现的。”

“对晴树来说，这是他这辈子最重要的比赛。一切都很顺利，老天都在帮晴树。他没有和任何人交战就引导到了最理想的状态，很了不起吧？”

本田开口袒护羽生。羽生继续说道：

“正如古美门律师所说的那样，民众是愚昧的。必须要有人冒着危险去引导他们。”

“接下来就交给我们吧，这就是所有人的幸福，也包括安藤贵和。”

本田说完，羽生取出藏在隐蔽处的录音笔。“录音、删除。”他笑容爽朗地按下删除键，把录音笔扔给兰丸，和本田离开了。

“被他把想说的都说了呢……”

“我第一次被气得说不出话。”

兰丸和古美门怔怔地目送羽生二人，黛懊恼地握紧了拳头。

“我到现在都没法相信……羽生君竟然有那样不为人知的一面。”

回到古美门的事务所，黛还是难平怒气。

“你说错了，那家伙并没有另一面。如果有，我早就看穿了。”

“羽生律师不过是一味单纯地想要实现一个美好的世界。也就是说，他只有外在。”

“所以谁都不去戒备他，才被他迷住。是吗，真知子？”

或许正如古美门、服部和兰丸说的那样……黛嘟起嘴。

“你自己不也险些中招吗？”

古美门对兰丸这么说。兰丸指出：“律师，你最早不是也很喜欢他嘛！”

“似乎不止你们。”

服部给他们看电脑里的视频网站，画面里正在播放羽生和本田被围着采访的视频，羽生正笑着说：“愤怒与憎恨不会带来任何好处。”每当他微笑时，似乎能听到哗啦哗啦的拍手声。

“点击量的涨幅十分惊人，他在网络上人气爆棚，距离风靡全日本只是时间问题吧。”

正如服部所言，画面上滚动着诸如“帅哥检察官降临”之类的弹幕。

“双赢教教主诞生了。”

古美门恶毒地讽刺。

“因为人们心里都有期盼教主出现的那一面。”

服部说道。

“完败给晴树了吗？”

兰丸惋惜地嘟哝。

“你说谁完败？”

古美门高呼。

“如果不能和他交锋，就没法赢啊。”

“开什么玩笑？怎么可能在真相没完全弄明白的情况下让他不了了之地赢！”一直静静听着三人交谈的黛爆发了。

“真相如何都没关系，但我的胜诉报酬可不能就这么算了！安藤贵和是我的猎物，不管用什么手段，我都要抢回来！”

说到底，古美门满腔斗志的理由都是为了自己。

“关键是贵和女士为什么会对羽生律师言听计从。”

服部这么一说，黛望向古美门。

“去查清楚！”

“这次一定要把皮笑肉不笑的天然卷混蛋羽生晴树彻底干掉！最终决战！”

古美门呐喊。

黛和古美门结伴去了东京拘留所的探视室，和看守一起走进来的贵和一看到他们就停下了脚步。

“你好，我们是吉永庆子派来的。”

“对不起，我们觉得如果不这么做，你不会见我们。”

贵和正想要回去，却又改变了主意，示意看守退下。在贵和坐下的瞬间，黛几乎趴在玻璃上发问：

“你和羽生说了什么？你对我们隐瞒了什么？为什么你要承认有罪！”

“你还是那么聒噪啊。你的问题太多了，我回答不了，也不想回答。”

“用一个唇印就想分别，是不是太冷淡了？”

古美门干脆地对贵和挑明。

“最好的分别就是默默消失，不拖泥带水。辛苦费我还是会付的，就这么着吧……我很感谢你们。我们就此作别，再见。”

贵和轻飘飘地挥着手，正要起身时，古美门忽然严肃地对她说：

“我曾经以为是你杀的。”

贵和定住了。

“眼看就要被无罪释放的时候撤下我们，并打算接受无期徒刑……理由只有一个：你一旦被认定无罪，警方就会开始寻找真凶……而找到真凶会让你很困扰。”

“你觉得我是会庇护他人的那种人吗？”

“你是一个只为了自己欲望而活的孽畜。”

“对。”

“所以，如果有人值得你去庇护，那他就是真凶，而我一定会找出来！”

贵和瞪着古美门，她的眼神里仿佛写着：“你说什么？”

“这眼神不错。”

古美门挑衅地笑着。贵和背过身离开了。

“把跟安藤贵和有关的男人全部挖出来，一路追溯到幼儿园时期！”

“是！”

黛用力点头。

地方法院的法庭里，对证人的问话已经开始。

“那真是非常和睦的父女……我妹妹病逝的时候，砂月还强颜欢笑……说如果我哭的话，爸爸会更伤心。”

砂月的阿姨——现在的养母山村聪子站在证人席。

“她很爱自己的爸爸呢，但她的笑容却在那个女人出现后消失了，是吗？”

羽生问道。

砂月小学五年级时，放学回家就会看到贵和。砂月的父亲光一郎对贵和百依百顺，贵和在的时候，他甚至会把亡妻的照片底朝上扣起。

“她直觉地感到那是个危险的女人吧……她是个很聪明的孩子。”

“因此，你就去劝光一郎先生和被告分手……他听进去了吗？”

听到羽生的问题，聪子点了点头。

“一开始并没有成功。但最终，他说为了砂月，会和她分手。”

“而这个决定却激怒了被告，导致她行凶……”

被告席上的贵和沉默不语地看着聪子和羽生一问一答。

“如果是那样，我……”

聪子悔恨的表情仿佛在说都是自己的错。

“不是你的错。案发以来，全靠身为阿姨的你忘我地照料支持，一直紧锁心扉的砂月才渐渐地开始说话，并且回到了学校，不是吗？”

“谢谢你。”

“砂月如今每天都会去父母的墓前祭拜。我衷心希望有一天，她能重回往昔的笑容。”

除了记者，旁听席上的女性几乎都对羽生入了迷。

轮到三木问话，了解贵和童年的食堂大叔高木站到了证人席。

“她住在我家后面那个破房子里，总是饿肚子。”

“她的父亲死得早，母亲过着堕落的生活，也不管孩子。她还有别的朋友或是熟人吗？”

三木问。

“她孤零零的，是个盯着笼子里的虫子发呆的孩子。”

“贫困与孤独……这就是被告的童年。想吃饱肚子，想睡在温暖的家里，还想要被爱。自然而然地，她开始渴望财富和爱情……比旁人更渴求爱情。当然，她所犯下的罪无法饶恕。但是，有可同情之处，也是事实。”

听着三木等人的对话，羽生露出了微笑。

审理结束后，三木和井手刚到事务所，泽地就站起了身。

“欢迎回来，有客人。”

不用刻意汇报，就能看到古美门正四仰八叉地坐在沙发上。

“复活岛怎么样啊？”

“有很多长脸巨人的石像被半埋在地面上哦！”

三木回答。

“这种事不用去都知道。”

“埃及有好几座用石头堆砌的巨大三角形建筑……”

泽地刚开口，古美门立刻打断她：“够了。”

“放弃安藤贵和吧，没你出场的份。”

三木开门见山地说道，他肯定是来谈这件事。

“和检察厅打这种不痛不痒一看就知道结果的官司你不羞愧吗？”古美门说道。

井手回答：“我们只是提出合理的主张而已。”

“古美门律师，你的心情我能体会。你和黛律师至今都被世人鄙视为企图为恶魔脱罪的无良律师，客户也少了很多。你想获得名副其实的胜利去夺回一切，但是你不能无视客户的意愿。”

“争取到了重审，这已经足够了吧？”

泽地和三木这么一说，古美门更是不退让：

“你不是想要击败从无败绩的我吗？你的夙愿不就是要把无敌的我打入地狱吗？为什么你要妨碍这一切呢？”

“那种事已经无所谓了，就让往事随风吧。”

三木的声音冷静从容。

“你说什么？”

“我清醒了，愤怒和憎恨不会带来任何好处……官司不在输赢，重要的是让大家都获得幸福。泽地君，五人制足球赛几点开始来着？”

三木一边擦钉鞋一边看时间。

“……看来你也入教了。”

“入教？”

三木歪着脑袋，古美门背过身，离开了三木事务所。

“今天的综艺节目录好了。”

服部操作着遥控器开始重播电视节目。

“重要的是要看到人类美好的部分，而不是盯着丑陋的部分。如果大家都能做到这一点，世界一定会焕然一新。”

羽生正在五人制足球场里风度翩翩地接受采访。

“执政党邀请我出马？百分之二百不可能，因为我是一名检察官。”他否认了记者问他是否打算参政这一提问。

“什么？不好意思，关于艺人的离婚，我不发表意见。”

对于最近的明星八卦，他困惑地摊了摊手。

“获得最佳牛仔裤代言奖？哈哈。”他的回答爽朗而羞涩。

“对了，电视机前的各位，请不要再把礼物送到检察厅了。虽然我很开心，但检察厅方面会很困扰。”这是他最后的总结陈词。

然后，画面切换到街头采访。

对于记者关于“判安藤贵和无期徒刑是否合理”的问题，公司员工、女白领、主妇等各自作了回答。“无期徒刑比较合理吧？”“我觉得总叫着死刑死刑的有点过火了。”“那个检察官年纪轻轻却很稳重！很了不起！”“那样的年轻人大概会掀起一波新浪潮吧。”……每个人都支持羽生的主张。

“……已经红翻天了啊！”

黛停下拿筷子的手，张着嘴呆呆地看着屏幕发呆。

“我也想拿最佳牛仔代言奖……”

古美门独自懊恼。

“公审的旁听券一票难求，还出现了黄牛。”

“全国各地都成立了羽生晴树粉丝俱乐部，听说粉丝之间还屡次发生冲突。”

听到兰丸和服部的话，古美门惊呆了：“那么快就开始教派战争了吗？”

黛说起白天去 NEXUS 的时候，那里也是一派热闹。

“去 NEXUS 参观的人挤爆了。”

“朝圣吗？”

“相对的，咱们这边却门可罗雀，愿意帮忙的人也越来越少。”

“你这废物真是啰嗦啊，你自己不也一无所获吗？”

古美门对黛发脾气。

“我在努力，但是跟她交往过的男人实在太多，根本见不完！”

黛把写有男人们情报的一叠记录砸在桌上。

“这还只是一小部分哦。”

帮忙调查的兰丸也一副投降的表情。

“那你就凭灵感找！”

“怎么可能找得到？”

“那就让我来碰运气吧！”看着古美门和黛斗嘴，服部将一叠记录撒到半空，然后投出了水果刀。

“我以前曾在俄罗斯国家马戏团里做过飞刀手。”

刀刺中了一张记录后落在了桌上。黛看了看，皱起眉。

“这个地方我一个人去有点……”

翌日，古美门和黛两人去了金崎府邸。门牌上写着“关东金崎组”的大屋前守着几个看起来凶神恶煞的男人，古美门转身就要逃，黛拼命拉住他，按下了门铃。

被带到院子里的长椅上等待金崎正宗时，黛不由心跳加快，古美门也显得同样紧张。金崎出现了。两人嗖地跳起身。

“您好您好！不好意思在您百忙之中前来打扰。”

“请恕我们突然造访。”

“我们是一介小律师，古美门和黛。”

“天王盖地虎！”

古美门当下就开始谄媚，而黛则学着电影里见过的滑稽姿势打招呼。

“……那家伙说过你们早晚会来。”

“那家伙？”黛问道。金崎用眼神示意放在一旁的周刊杂志，杂志的封面正是羽生。

“虽然他希望我什么都别说，但与其被奇怪的谣言乱传，还是由我自己来说吧，除了我老婆以外，我只迷恋过贵和一个人。”

金崎说起与贵和之间的关系。

“……所以我决定不打扰她。那个检察官小伙说会把一切都藏在肚子里，事实上他也这么做了。所以，你们也老实点，知道吗？东京湾还冷着呢。”

说着，金崎以锐利的眼神扫向古美门二人。

几天后，地方法院的公审结束了。三木、井手等人一起退庭，贵和也被带下。

“啊，贵和女士。”

坐在旁听席最前排的泽地靠近贵和，伸手抓过散落在贵和肩膀的头发。

“好美的头发。”

“谢谢。”

贵和被看守催促着带走。

这一晚，古美门独自在酒吧里喝酒，一名女子翩然在他身旁坐下，正是泽地。她从丰盈的胸前取出一只塑料袋放到了古美门面前。

“谢了。”

“因为古美门律师很少托我办事。”

“虽然我也不想拜托你这么不可信的女人。”古美门面朝前方，把一只信封从桌上滑向她，“小小意思……”

“不用了，就当是您欠我的。而且呢……你们要是一片祥和，我就兴奋不起来。”

泽地离开了，从头到尾她都没用正眼瞧过古美门。

砂月和聪子在光一郎的坟前祭拜。这时，一名年轻的僧侣走近，正是兰丸。

“往生者一定也很欣慰自己常被祭拜。您是否知道，若供头发于坟前，便能穿越阴阳两界的隔阂，将您的思念传到彼岸……”

听了年轻僧侣的话，砂月拔下自己的一根长长的黑发。

数天后，服部把邮包交给古美门和黛。黛从中取出亲子鉴定书，打开。

“……这……”

“真相想必就是……”

服部也难掩惊异之情，古美门只是静静地颔首。这时，黛的手机响了。

“是羽生打来的……”

夜晚的五人制足球场上，羽生和本田一边踢着球一边等待古美门和黛。

金崎老大联系我们了。

“看来你们已经知道了那个会让大家陷入不幸的真相。”

发现黛和古美门后，羽生和本田这么说道。黛神情严肃地问：“是砂月……吗？”

“……凶手是安藤贵和，”羽生斩钉截铁地说道，“就算作案的是其他人，那也是被她逼的……安藤贵和就是凶手。古美门律师，你也说过吧，真相如何都无所谓，只要赢就好。我也是这么想的，如果大家都能获得幸福，那么真相如何是无所谓的。我和律师您或许其实就是硬币的正面与反面。”

羽生凝视着古美门说道。

本田继续补充：

“一个不在乎与全世界为敌的女人赌上性命也要保守秘密……律师的工作就是保护委托人的利益，是吧？多亏有晴树，他彻底改变舆论对死刑的渴望，而无期徒刑则是能让大家都幸福的结局。砂月、安藤贵和、你们，都可以幸福。你们如果继续轻举妄动，金崎老大也不会再袖手旁观的。”

“……的确是。”

古美门点头。

“然后就只剩你们两位的心情问题，但这也很容易解决。古美门律师，你只要舍弃想要胜利、想要对方失败、想得到报酬与名声的欲望就好，仅此而已。”

羽生熠熠生辉的眼望着古美门。

“……原来如此。”

“我和简早晚都会回NEXUS，律师你不来吗？”

“我？”

古美门看向羽生。

“还有服部和兰丸，大家一起。”

“这太棒了，如果你们能加入，将会是史上最强的团队，简直无所不能呀。”

本田笑着，仿佛在说这才是“爱与和平”。

“我们一起改变世界吧。”

“……或许不错。”

古美门露出苦笑。

“欢迎加入！”

本田竖起大拇指，对古美门抛了个媚眼。

“我真开心你能理解我，律师，不，研介！”

羽生一脚把球传给古美门。

“好耶，晴树！爱与和平哦！”

古美门虽然企图把球踢回去，却一脚踢空摔倒在了草坪上。球滚到了黛的脚边。

“来吧！真知子！”

羽生和本田叫道，黛脸色怫然地瞪着众人。

“你们别再演这种无聊的戏了。什么‘爱与和平’呀，恶心。”

“看来关键是这位 NEXUS 的旗下律师反对呢！”

古美门拍着草坪站起身。

“羽生君，简姑娘，我觉得真相很重要……即使有人受伤，大家都不幸。但如果那就是真相，我们也没有办法。”

听到黛这一番话，古美门噗地笑了。

“她是个麻烦的家伙吧？从第一天遇到她，直到现在，完全没有长进！你这个聒噪不停自以为是固执的罗圈腿晨间剧女主废物灯笼裤！”

“律师你自己也是为了钱就能心安理得地伤害他人还强词夺理的卑鄙小人。”

黛笑着顶嘴。

“因此，我们还要再挣扎一番。”

“你们已经无计可施了。”

本田说道。

“谁知道呢？我们就是不见棺材不掉泪。”

古美门丢下这么一句话，和黛离去。

几天后，兰丸站在了地方法院民事法庭的原告席，问话的是古美门。

“加贺兰丸先生，长年以来，你作为古美门法律事务所的调查员努力工作至今。”

“是的。然而，对方却从两年前就再没有公正合理地支付报酬给我……真是不可饶恕！”

“我也吃了一惊，没想到他竟然会做出这种事……”

被告席上坐着被告服部与被告代理人黛。

“没错，负责事务所财务的事务员服部侵吞了我的酬劳，我请求被告支付他所侵吞的全部数额。”

古美门高声叫道。

然后，服部站到证人席，由黛开始主问话。

“……我是一时冲动……但我也是受害者。”

“什么意思？”

“我被骗了！当然，我被正在交往的女性夺走了一切……错的是那个女人！如果有什么诉求，也该找那个女人而不是我！”

服部痛诉。

“那个女人是指？”

“安藤……贵和。”

“你说什么？”

“就是那个安藤贵和吗？”

黛和古美门夸张地发出惊叫。

“就是那个安藤贵和！”

为了给法庭留下深刻印象，服部连名带姓地叫着贵和的名字。

“如果是被那个世纪恶女所骗，那么他或许是无罪的！”

“法官大人，我请求下次让安藤贵和作为证人出庭！”

“看来的确有必要！官司不分大小，我坚决要求她出庭！”

柜门和黛走近法官席，逼他作决定。

下一个审判日——

“骗人吧？为什么我得在这种莫名其妙的官司里露面？我拒绝，拒绝！那个斜分头小子。”

单人牢房里的贵和如闻晴天霹雳，虽然抵抗了一番，但还是不由分说地被带走了。

羽生压抑着怒气走进民事法庭的旁听席。旁听席上挤满了多名记者，原告席上是古美门和兰丸，被告席上则是黛和服部。贵和板着脸站在证人席前。

“安藤女士，你认识站在那里的被告吗？”

主问话的是黛，贵和摇了摇头：“不。”

“但他却证言曾经与你交往过。”

“我不认识他。”

“比如两年前的六月三十日晚上，你们似乎曾经见面。”

“没见过。”

贵和脸色怫然，对黛的提问接连表示否认。

“是吧，那一天就是德永光一郎被杀的日子，当晚你应该正在案发现场行凶，所以是服部先生的记忆出错了，是吧？”

黛问她，贵和却保持沉默。

“可是如果你刚才是在撒谎，那就说明你可能并不是那起案件的真凶。”

“这算什么？”

这算什么闹剧？贵和是想这么说吧。黛继续问道：

“不是罪犯却要认罪，不会有这种事吧？”

“你在说什么啊？”

“你也不可能……是在庇护什么人，是吧？我说完了。”

黛回到座位后，贵和继续嚷嚷：“这算什么啊！”

然后，古美门起身做交叉询问。

“迄今为止，你曾与多名男子交往，因此可能记不起被告，让我们来确认下吧。比如说，你记得金崎正宗先生吗？”

虽然贵和对此提问沉默，脸上却写着动摇。

“大约在十三年前交往过的金崎……”

“我不认识！”

贵和粗暴地回答。

“你和他怀过孩子，还说不认识他？”

听到古美门的话，贵和的脸上失去了血色，旁听席上也议论纷纷。

“法官大人，对证人如此提问有违规则。我请求停止。”

羽生在旁听席上站起身。

“不好意思，能请旁听的人安静吗！”

古美门提醒羽生。

“很明显，你的问题与本案无关。”

“这并不由你来决定。”

“法官大人，我也觉得这是与本案无关的问题，本想要提出异议……但或许后面会与本案有深切关联，请让他继续吧。”

黛在一旁打掩护，古美门得以继续。

"听说金崎先生让你把孩子生下来？"

古美门和黛拜访金崎府邸的那天——

"我老婆没法生孩子，我还想这下后继有人了。但是，那家伙却消失了。我四处派人、想方设法地找到了她。她声称把孩子打掉了，但那是谎言。"

金崎取出文件资料给他们看。

古美门取出从金崎那里拿到的资料复印件。

"这是生产记录。十三年前的八月三日，你确实产下了一名二千九百八十克的女婴。"

贵和紧抿着双唇瞪向古美门。

"你不想孩子被金崎先生抢走，于是怀着断肠之痛将孩子送给了同乡，连收养人是谁都没有问。而且，你似乎还拿刀想要去找到孩子的金崎先生。"这也是从金崎那里听来的，"你说：'我想要那孩子在和我们毫无关系的世界里过上正常的日子，如果你去打扰那孩子，我就杀了你。'之后，你就在自己的生活里抹除了关于那个孩子的记忆。没错吧？"

"安藤女士，你没有必要回答。"

羽生在旁听席上大叫。

"你不想回答的话，可以不回答。但我有提问的权利，所以我会继续提问。"古美门干脆地回答，"经过十年多的光阴，你却在自己勾搭来的新猎物德永光一郎的家中如同遭了晴天霹雳一般——"

"停……"

贵和目光黯然地望着古美门。

“因为眼前的女孩与她同年同月同日生……她的神情、她的模样、她左手背上的痣……一切的一切，看起来都和她一模一样。这不可能。因为在户籍上，她是德永氏与亡妻所生的孩子，但你却没有理由地坚信——”

“闭嘴！”

贵和叫道，古美门却依旧往下说：

“虽然不知为什么会被这家人收养，你却坚信她一定就是自己在十三年前送走的孩子！”

“我叫你闭嘴！”

贵和大吼，那声音仿佛是从地底迸发一般。

“你、你在说什么疯话！全都是你的想象吧！我没孩子！那种傲慢的臭丫头跟我没半点关系！”

“那么我就让大家看看亲子鉴定结果如何？”

古美门挑衅地举起鉴定书，旁听席上再次沸腾。贵和走出证人席，伸手想从古美门手中抢下鉴定书，却立刻被看守押了回去。

“放开我！你不要自说自话！”

即使被摁着双臂，贵和还在大叫。

“请冷静，贵和女士。我所说的无非只是推测。你混迹在德永家无非为了见她，你或许真心希望自己能和德永先生结婚，成为她的母亲。”古美门冷静的口吻简直令人憎恨，“但是那个和父亲相依为命的孩子却对你极其厌恶。”

贵和……回忆起——案发当天砂月在家里煮汤，察觉到贵和往厨房里张望，砂月头也不回地甩出一句：

“滚出去，恶魔。”

贵和深受刺激，愣在当场，无法动弹。然后，她的视线对上了光一郎满是歉意的眼神……

“你认为德永先生应该会决定和你分手。但事实相反，他开始寻找肯收养那个孩子的亲戚。”

听到古美门的声音，贵和猛地回过神。

“德永先生在你和女儿之间选择了你，她在知道这件事的时候该有多么绝望啊！我一直都耿耿于怀，明明食用了相同的食物，为什么死亡的是成年人德永先生，而身材娇小的她却得救了呢？”

“不是的……”

贵和费力说着。

“她似乎是个非常聪明的孩子，说不定她可以控制自己服下的毒药低于致死量，这样一来，她就绝对不会被怀疑。”

古美门的主张是：砂月在自己的盘子里放入少量毒药，而在锅中投入了大量毒药。

“毫无疑问，被怀疑的人会是你。而事实也的确如此。”

“求你了……”

贵和呜咽地恳求。

“巧妙地把你设计成杀人凶手的她，为了掩人耳目，今天也认认真真地去扫墓了。”

“不是那样的……”

贵和的眼中涌出泪水。

“而她完全没想到自己嫁祸的女人竟然是自己的亲生母亲！”

“不是的！那孩子不是凶手！那孩子很爱她的爸爸……”

贵和的哭喊响彻法庭，旁听席上一片寂静。

“哦……原来如此，如果是这样，那么剩下的可能性就在德永光一郎身上了。”古美门坏心眼地一笑，“阻碍他和你结婚的砂月实在太过累赘，他最终绝望地决定和砂月同归于尽，并为你留下保险金……即使这样，砂月还是决定让你背上罪名。当知道最爱的父亲想要杀死自己的时候……她也无法再活下去了吧？”

贵和无言地淌着泪。

“你很想紧紧地抱住她吧……很想抚摸她亮泽的黑发吧……很想能几小时几小时地望着她吧……很想坦白这一切吧？但是，你却不能告诉她……你是被全日本鄙弃的女魔头的女儿。你所庇护的人，就是你的亲生女儿……德永……”

“律师，已经够了！法官大人……反对，该问题与本案无关。”

黛实在听不下去了，她站起了身。

“反对有效。”

法官这么一说，贵和哇地哭倒在地。数名记者为了抢头条而冲出法庭。

审理的第二天，古美门和黛在探视室里与贵和面对面。

“痛快吧？被一股脑地揭发出来了。”

贵和默然而坐，整个人失魂落魄。

“媒体一片哗然。砂月好像被围堵得连学校都没法去了。真是愉快。”

贵和瞪着哈哈大笑的古美门。

“好了，安藤贵和，你要守护的东西已经不存在了，认罪也没有意义了。那么，要怎么做才算明智？重新聘用我，至少让自己无罪释放，还要支付胜诉报酬。”

“……”

“没什么好犹豫了吧！别管女儿会怎么样，只为自己的欲望而活，这才是你。来，赢下无罪判决，扬长而去吧。”

“你太过分了。”

黛打断他，古美门依旧口不择言。

“我才不管！都怪她把我用完就扔！安藤贵和，你相信吧，你只能和我一起去死，把罪名推给砂月或是光一郎！”

“……我唯独不能让那孩子被卷进来。”

贵和的声音几不可闻。

“已经来不及了。”

“那孩子没有罪！你想想办法！”

“想不了办法。”

“去想办法啊！”

贵和终于恢复了平时风格，古美门却一声大喝：

“没办法可以想！反正是你以前送走的小鬼，抛之不顾就好了！”

贵和再次陷入沉默。

“不要再这么说了。”

“真相很重要，是吧？”古美门回应试图阻止自己的黛，“即使委托人会不幸，也应该让真相大白，是吧？这一切不都是托你的共同协助而达成的吗？”

“虽然如此……但保护委托人也很重要。”

“那要怎么做？你的意思是，还有别的手段吗，灯笼裤？”

“……既要让贵和女士无罪，也要救砂月。”

黛斩钉截铁地说道。

“这种事可能吗？”

“走到这一步……只能这么做了。”

“做什么？”

“制造……新的真相……”

骑虎难下也好，一不做二不休也罢……总之，已经无法中途退出了。

“答对了。安藤贵和，这是最后的决战。”

古美门冲着玻璃另一头的贵和一笑。

几天后，黛和古美门又坐到了代理人的席位上。羽生和本田跟着入庭，坐到了检方的席位上。

“我回到擂台了。”

古美门望向与自己相对而立的羽生。法官宣布“开庭”后，贵和站到了证人席前。古美门派上黛：“去。”

“好！”

黛啪叽啪叽地拍了拍自己的脸站起身，开始了对被告的问话：

“安藤女士，你希望在承认罪行后赎罪，是吗？”

“……是的，是我杀的。”

贵和温顺地点了点头。

“动机是？”

“因为他提出分手，我十分绝望……就想着杀了他之后再随他而去。”

“有部分报道称，你是为了庇护德永砂月而撒谎。”

“这是毫无根据的乱讲。”

贵和态度毅然地说道。

“那么有关砂月是你女儿的传闻呢？”

“怎么可能？我原本打算连她也杀的。”

“是这样啊……那么，你是怎么弄到的毒药？”

“在网上从海外购买的。”

“那么，是这个吗？”

黛取出东南亚的调味料小瓶。

“是的，就是这个。”

贵和老实地承认。

那一天，贵和想要悄悄地把毒药投入锅中。但是不经意抬起脸，却看到了客厅里的光一郎与砂月。他们并肩坐在桌前，光一郎正在给砂月看功课。这番情景让她感受到了父女之间强大的羁绊……

“看着那两个人的样子，我忽然回过神来……我意识到自己打算做的事有多可怕。”

贵和抬起头，吐字清晰地说道。

“我连忙逃了回去……然而到了第二天，我却发现了可怕的事……那个瓶子不在包里……我太过慌乱，把瓶子留在那个房子里了吧……然后，就出现了那条可怕的新闻……”

电视新闻里报道了德永家的案件。贵和浑身的力气仿佛一下子被抽空了。

“是、是吗！这个瓶子的外观毫无疑问就是调味料！”黛看着自己的瓶子说，“而且感觉还很好吃！如果这种东西掉在了厨房里……一定会因此而导致不幸的意外！”

按照黛的推测，贵和回去后，光一郎发现了掉在地上的瓶子，捡起后，倒进了汤里……

“Oh my god！”① 古美门夸张地喊着英语站了起来，旁听席的人们对黛的说辞也都表示赞同。

“竟然说是意外……我反对！就在刚才，被告已经承认了犯罪行为。”

本田举手。

“是的……是我把那种东西留在那里……所以等于是我杀的。”

“等于……”

“我虽然理解你的心情，但你并没有行凶。”

黛说。

“但我确实想要杀那两个人！在那一刻，我毫无疑问就是杀人犯。”

贵和泫然欲泣地诉说。

“各位审判员，真相总是出人意料……安藤贵和这名女子诚然就是个无药可救的坏女人。因为她企图杀害心爱的男人与其年幼的女儿。考虑到因此而造成的结果，她所犯下的罪行可谓罪孽深重。她绝对被应该处以严刑——以‘违反剧毒药物管理法’的罪名。”

听到黛的话，审判员们露出迷惑的表情。

“不过，她并没有犯杀人罪，因为本案很有可能并非杀人案件，而是意外死亡。”

---

① 此处感叹为“天哪！”

“我……我不以杀人受罚吗？”

贵和问黛。

“是的，这就是法律。我说完了！”

黛回到座位上，颓丧地耷拉着脑袋。

“……我太不纯洁了。”

“恭喜。”

古美门愉快地笑了。

“你对自己行凶的认供又算什么？”羽生起身做交叉询问，“你的意思是因为自己有杀人意愿，所以有罪吗？”

“……是的。”

贵和点了点头，声音几不可闻。

“你觉得这种愚蠢的主张能用到法庭上吗？”

“反对！什么样的证词都不能被讽刺为愚蠢的主张。”

“这分明是编造！这是对法庭的亵渎！”

相较于古美门的冷静，羽生声色俱厉。

“你凭什么说这是编造！你没凭没据地否认被告灵魂的呐喊，这才是亵渎！”

古美门当即辩驳，羽生吃惊地抬起脸。

“……间接故意……是的，间接故意！你带着毒药想要去杀人，还故意把毒药留在那里，你预测到了这样的结果。毫无疑问这就是杀人！被告自己也证实了这一点！”

“原来如此。也就是说，检方也了解她的这番证词了吧！不过这和你们搜集至今的证据完全不匹配。”

羽生找不到词儿来应对古美门流畅的反驳。

“那就请承认你们贯彻至今的主张与证据都是错误的，在此基础上，准备好能证明这是间接故意杀人的证据，从头开始，重新起诉！”

古美门对着羽生等人吼道。

羽生和本田都无言以对。

“看来交叉询问已经结束了。”

古美门沉稳地对法官道。

“被告可以退下了。”

贵和正要退庭，羽生却叫住了他：“安藤贵和，留步。”

“我无法认可这么荒唐的证词……你知道我为了你尽了多大的力？你怎能如此背叛我？”

“你开始说胡话了哦。”

“羽生，这不就是双赢吗？”

古美门和黛笑着说。

“她无罪释放，就不可能是双赢！你是知道她给多少人带去了不幸吧？她应该至少在牢房里悔改个十几年才能回归社会。不然，不幸的人会继续增加！”羽生声嘶力竭地诉说，“而且，真知子……你从什么时候变成了这么会使诈的律师？你完全就是古美门律师啊！”

“不可以吗？”古美门问。

“律师，你总是挑起人类的欲望、掀起纷争，并大量运用极端攻击性的语言来说服对方……越是愚昧的人就越会被充满气势的话打动……利用人类的愚昧与丑陋来获胜，这就是你的手法。但是，那种做法不会有幸福，只有一时的快感。”羽生继续说道，“即使不得已又或者费周章，但只有双方努力找到协调点，才会有幸福！所谓避开纷争、大家都能幸福的社会就是如此！只有勇敢而高尚的人才能做到让步和给予。古美门律师，因为你懦弱，才会执着于胜利！不是吗？”

“……我觉得没错。”

黛被羽生的气势压倒，点了点头。

“即便如此，你也没法让所有人都幸福。”

古美门这么一说，本田不服气地反驳：“为什么？事实上，晴树已经让很多人得到幸福了。”

“知道你们以前暗中促成和解的西平家和东山家后来怎么样了吗？”

羽生和本田再次因古美门的话而沉默。

“他们搬进同一栋公寓后，邻里矛盾比以前更为激烈，两个家庭都已经垮了。”古美门继续说道，“你们暗中促成重建的紫阳花文具店没多久也破产了。不幸接二连三。”

“……骗人，这是你现编的。”

“是，但他们可能会变成那样！”

古美门满不在乎地说道。

本田回应：“那时我们就再救他们，不论多少次。”

“怎么救？”

“我相信人类的纯粹。不要去盯着丑陋，而要去关注不论是谁都有美好的一面。”

“你果然是无药可救。”古美门嗤笑坚持主张人性本善的羽生。

“我哪里错了？”

羽生死咬古美门不放。

“你错在你觉得自己没错。你说过人类是愚昧的，我也深有同感，每一个人都愚昧、丑陋而卑劣。”

古美门站到羽生正前方，与其相对而立。古美门的辩词让黛回忆起至今以来和古美门共同战斗过的一场场官司：

“为了自己的名誉，毫无顾忌地攻击他人。”

——曾被誉为“一代天骄”的鲇川光。

“无法容忍妻子不漂亮的丈夫。”

——黛的同学，因为自己的自卑而追求美丽女性的熊井健吾。

“因嫉妒邻居而走火入魔的主妇。”

——曾经关系亲密、却因为嫉妒而发展到伤害事件的西平夏津与东山冬海。

“想要独占工作成果的公司员工。”

——“紫阳花文具”里要求获得与人气卡通形象“犬老爹”盈利相对应酬劳的田向学。

“想要同时爱多个男人的女人。”

——主张一妻多夫的北条爱子。

“无法容忍普通人不努力的天才。”

——正所谓天才与暴君只有一纸之隔，世界级动画导演宇都宫仁平。

“为了便利奢华的生活而放弃原有生活的人们。”

——因是否将“御冴御冴之森”申报为世界遗产而四分五裂的奥蟹头村落的人们……

“为了自己的欲望而玩弄男人的恶女。”

——古美门直直地望向贵和。

“肆意妄为、狡猾奸诈、肮脏丑陋、社会底层的渣滓，这才是我们人类。”

“……所、所以要引导他们……”

羽生声音颤抖地辩驳。

“你就错在这里！你首先要正视自己，认识到自己也是底层丑陋渣滓的一员。”

“晴树不丑陋！”

本田叫道。

“不，很丑陋呢。为了实现理想而利用审判，诱惑、欺骗、操纵他人！”

“……那是因为——”

羽生语塞了。

“迷恋自己的贤明，热爱为他人竭尽全力的自己，迷迷铤而走险的自己。”

“……不对！”

羽生费力地挤出这么一句。

“想让大家都幸福，想要双赢……说到底，这一切不过是你个人的欲望。被众人感激、被人信奉、收到众多支持者的来信、甚至比我先拿到最佳牛仔代言奖，这令你很满足吧！但你所做的并不是双赢，你制造了许多微不足道的输家，来成就自己成为赢家！”

羽生什么话都说不出了，他沉默着。

“听好，我来告诉你你的本性，要好好听着。你是个自以为是、轻视他人、伪装成好男人但笑容虚伪令人作呕！你对西装的品位诡异，汉字也写不好，英语和足球都不怎么样，还喜欢编乱七八糟的谚语。你愚钝无趣，只不过是背地里做手脚刚好走运，你这个闲适国废物窝囊天然卷的短腿臭王子！白——痴！”

“呜哇啊啊啊啊啊啊啊啊啊！”

被古美门一通恶毒痛骂，羽生扑向古美门，一把揪住他的胸口猛烈摇晃。

“羽生君！”

黛正要去阻止他，却见羽生松开了手，瘫坐在地上，呜咽着抽泣。

“……不用说得那么过分吧……我也很努力的！”

羽生哭得像孩子一般肆无忌惮，古美门从黛的包里取出化妆镜给他看，素以爽朗笑容著称的端正五官，揉成了一团。

“这表情不是很好嘛，欢迎你来到人类世界。”古美门笑了，“你如果真的想要构筑一个大家都能幸福的世界，方法只有一个。”

羽生呆呆地张着嘴，等待古美门的回答。

“爱上丑陋。”

听到这句话，羽生露出如被五雷轰顶的表情。

判决日——

每个人都屏息静气地等待着判决。

“被告——无罪。”

这一瞬间，贵和静静地低下了头。旁听席的记者们飞快地冲出法庭，古美门和黛静静地看着这一切。

黛来到光一郎的墓前。同一天，砂月与聪子也一如既往地来扫墓，今天是要来听判决结果……

“很抱歉我们擅自做了鉴定。如果不需要，就请毁掉吧。”

聪子的视线落在黛递来的亲子鉴定书上，神色迟疑。一旁的砂月夺过后看到了里面的内容。

“不一致。”

“……你的妈妈是你最爱的那个在天国的妈妈哦。”

聪子似乎松了一口气，砂月也喜悦地点了点头：“嗯！”黛不经意地环视周围，却见贵和正在隐蔽处看着她们。

“贵和女士……那样真的好吗？”

黛在古美门事务所里一边喝茶一边问贵和。

“知道我不是她妈妈，她不是很高兴嘛。”

“……顺带说一下，这才是真正的鉴定结果。”黛把鉴定书递给贵和，“看或不看，都是贵和女士的自由。”

贵和接过后，当即用餐桌上的烛火烧了鉴定书。

“哎……没关系吗？”

“嗯，反正这也是假的吧。”

“哎？不是啊，那是……”

听着两人的对话，古美门笑得着实愉悦。

“哎？”

“你一开始就没去做亲子鉴定吧，斜分头小子。”

黛和贵和同时望向古美门。

“不愧是贵和女士。”

古美门点了点头。

“哎？哎？”

不明就里的似乎只有黛一个人，贵和露出笑容准备回去。

“我得走了。接下去要和出版社洽谈，他们要出版我的自传和写真集。”

“看来一亿打底是没问题了，那么附加报酬呢……”

“今晚来酒店吧。走了。”

“呀嚯！”

听到贵和的邀约，古美门高兴地蹦了起来。

“哎？哎？哎？”黛依旧无法接受，“请、请等一下。你没有做亲子鉴定？咦？那么，贵和女士和砂月呢？哎，真相是什么？……光一郎先生想要带着砂月一起寻死……”

“可能吧。”

服部在黛的一旁点头。

“哎？那么砂月果然是凶手？”

“可能吧。”

“难道是贵和女士……？”

“可能吧。”

“等、请等一下……我到底是为了什么才在法庭上编造了那样的真相啊！”

“说不定那就是真相。”

服部的表情像是看透了一切。

“简而言之，我又被骗了，是吧？那时我可是抱着摘下律师徽章的思想准备啊！”

“快摘快摘，摘了就世界和平了。”

古美门逗弄黛。

“到头来还是完全没弄明白真相，不是吗！”

“那又怎样？”

“真相是什么呀！”

“吵死了，晨间剧女主。”

“而且啊，你对羽生说得像模像样，律师你才是十分、非常不成体统！羽生君比你正经多了！”

黛懊恼万分地对古美门伸出舌头扮了个鬼脸。

这一晚，古美门去了贵和留宿的酒店房间。贵和蒙上了古美门的眼睛，将他捆绑在床上后一走了之了。

“哇！是要在这种气氛下开始吗？高速旋转攻三点是什么样的嘛！还没好？你真是磨人啊！”

古美门扭着腿，他的身边放着一封信，便笺上印着鲜红的唇印……

准备去旅行的羽生前来古美门事务所打招呼。

“羽生君说他要去旅行了。”

黛才开口，羽生就接话：

“我想要环游世界。”

“典型的梦想破灭后寻求自我的丧家犬模式。”

古美门神清气爽地口出恶言。

“我的确是丧家犬……但是，我没有舍弃梦想，我仍想创建没有纷争的世界。只是，我认识到如今的自己能力还不行。我要进行武者修行。”

“不死心啊。”

古美门受不了地挑着八字眉笑了。

“本田简小姐呢？”

服部问黛。

“劝她留在检察厅了，还会继续做一阵子。”

此时，本田正在法院的一角给醍醐打电话：

“我终于清醒了……我觉得我寻回了真正的自己……醍醐检察官。”

她穿着一身和以前相同的黑衣，刘海也和以前一样遮住了脸。怎么都无法把这个模样和那个说着“爱与和平”抛媚眼的本田联系起来了。

而矶贝正在努力让NEXUS更上一层楼，他向新来的律师们讲解NEXUS的理念。

“办公桌不固定，每个人都自由、独立却又息息相关。我们不争输赢，创造一个人人都幸福的世界。我是NEXUS的代表……矶贝硬汉纸、真真好男银！”

舌头照例没转过来，事务所里响起他啪叽啪叽拍打脸颊的声音。

“我要彻底地重新锻炼天真的自己。”

羽生爽朗地宣布。

“我并不觉得羽生天真哦……因为，你一边说着要回避纷争，但实际上却拼命地在战斗，这就是羽生。”

黛发自内心地说着，服部也点着头。

“的确，再也没有像羽生律师那样坚持毅然挑战古美门律师的人了。”

“晴树可厉害了！”

兰丸伸手去握羽生的手，两人的手牢牢地握在一起。

“服部先生、兰丸，很高兴遇到你们。”

“晴树……你还会回来吧。”

兰丸忽闪着眼睛。

“当然！”

“羽生律师一定能改变世界。”

“我也觉得一定会这样。”

服部和兰丸打包票。

“谢谢你……古美门律师。”羽生忍着泪对古美门伸出右手，“‘爱上丑陋’已经成为了我的座右铭。律师你果然很了不起！今后也请保持这样的势头继续努力，加油！和大家共同的日子会成为我最宝贵的财富。谢谢你们，好运！”

黛拿起羽生的行李送他出门。

“晴树——回来！”

兰丸的哭喊，让古美门总觉得不对劲。

“服部，那家伙确实输得体无完肤？”

“是的，他被打得落花流水。”

“赢的人是我？”

“你大获全胜。”

“那为什么到最后他都是一副赢家脸？为什么连逃跑的方式都那么主角风！”

羽生爽朗地对古美门等人留下诸如“加油”之类的话后踏上了旅程……

“万人迷吧……”

“其实他只是个白痴吧？”

古美门真心这么认为。

“真知子，要保重，我会写邮件给你。”

羽生乘上巴士，从车窗探出头。

“……那个，羽生。”

“嗯？”

“趁这个机会，我就明说了……我是喜欢羽生的……但是，我并没有能干到可以工作与恋爱兼顾……所以，我无法回应羽生的感情。对不起。”

鼓足勇气告白后，羽生垂下了眼：“……啊、是啊，嗯，我知道了。”

“会有比我更适合羽生的人。”

“谢谢，再见了。”

羽生抬起脸，爽朗地笑了。巴士启动，羽生含笑挥手的模样渐渐远去。

“……这样就够了。”

很快，巴士就不见踪影。

三木正在处理文书工作，泽地说了声：“有客驾到。”走了进来。从她身后探出头的正是古美门。

“官司打得不错啊。”

“是的，我想来对你说声谢谢。因为你把安藤贵和让给了我，我的不败纪录才能完全复活，名头也愈发响亮。”

"我们这边的许多客户都外流到古美门事务所了。"

泽地不带感情地说道。

"三木律师，作为一个试图给无辜被告定罪的律师，你似乎受到了一部分人的嘲笑，但不用介意。因为我们不争输赢。那么，今后也要友好相处。"

古美门留下因胜利而洋洋得意的笑容后，迅速离开。

他到底来干什么……目瞪口呆地目送古美门离开后，泽地轻轻地把沙织的照片放在三木面前。仓鼠沙织——这就是导致三木和古美门决裂的根本原因。

"泽地，既然如此，我要出钱悬赏古美门的首级。不论采取什么手段，我都要把那家伙打入地狱！"

三木在眼镜后的一双大眼久违地闪出了光。

"真令人兴奋。"

就应该这样！泽地缩着肩膀笑了。

羽生在巴士里看着相框。那是在古美门事务所里拍下的黛的照片。不，羽生看的并不是黛，而是在她背后露出半边脸的古美门……

"沙特阿拉伯有这么一句谚语：'纵踏破铁鞋，亦有不得之物。'"

羽生在摇晃颠簸的巴士里喃喃低语。

傍晚，服部在庭院里偷偷打电话。

"不，羽生律师虽然是个卓越人才，但我以为能击败令郎的将会是黛律师。嗯？您说令郎吗……他愈发自我膨胀了，连服部我都觉得棘手。”

这时，正在客厅看商品名录的古美门叫他：

“服部——接下来，我再买艘潜水艇吧。”

当晚，回到古美门事务所的黛围坐在餐桌旁。

“为什么你在这里？去和 NEXUS 的胡子大叔改变世界！”

“我觉得我的目标和 NEXUS 的理念还是有点不一样。”

“到头来你还不是跟谁都处不好！”

“对此我……”古美门正在说话，服部却在一旁插嘴。

“是我擅自恳请黛律师能回归鄙事务所。”

“我才不要这种家伙！”

“但是律师，你不是把琐碎事务全交给服部去做了吗？他很可怜的。”

努力吃肉的兰丸说道。

“这样下去，我要过劳死了。”

“那可不行啊。没办法，我就回来吧。到头来，说古美门事务所如何如何厉害的，其实都是要我靠打理啊！”

黛似乎归心似箭……不，应该说她觉得自己已经回归。

“我才不要你这种蠢货律师！”

“爱上蠢货吧！”

“爱得起来才怪！我和你们这种底层愚民不一样。你还是把自己绑在磁悬浮列车头去参加山梨县磁悬浮时速五百零五公里的行驶实验去吧！那样大概还能变聪明一些！”

果然不听他口出恶言，心里就不踏实。

黛吃着晚餐，深刻地体会到了这一点。

胜者即是正义 2

电视剧演员表

古美门研介……………………………堺雅人饰
黛真知子……………………………新垣结衣饰
羽生晴树……………………………冈田将生饰

安藤贵和……………………………小雪饰

加贺兰丸……………………………田口淳之介饰
本田简………………………………黑田华饰
矶贝邦光……………………………古馆宽治饰

三木长一郎…………………………生濑胜久饰
泽地君江……………………………小池荣子饰

服部…………………………………里见浩太朗饰

电视剧制作团队

剧本……………………………古沢良太

音乐……………………………林悠希

企划·制片……………………成河广明

制片……………………………稻田秀树

山崎淳子

导演……………………………石川淳一

城宝秀则

西坂瑞城

联合制作………………………富士电视台

制作创作………………………共同电视台